KB231500

천사
혈성

장담 新무협 장편 소설
FANTASTIC ORIENTAL HEROES

천사혈성 6

장담 新무협 판타지 소설

초판 1쇄 찍은 날 § 2008년 1월 21일
초판 1쇄 펴낸 날 § 2008년 1월 30일

지은이 § 장담
펴낸이 § 서경석

편집장 § 문혜영
편집책임 § 서지현
편집 § 유혜림

펴낸곳 § 도서출판 청어람
등록번호 § 제1081-1-89호
등록일자 § 1999. 5. 31
어람번호 § 제2-1406호

주소 § 경기도 부천시 원미구 심곡1동 350-1 남성B/D 3F (우) 420-011
전화 § 032-656-4452 팩스 § 032-656-4453
http://www.chungeoram.com
E-mail § eoram99@chollian.net

ⓒ 장담, 2007

ISBN 978-89-251-1146-9 04810
ISBN 978-89-251-0862-9 (세트)

天死血星

9
결자해지(結者解之)
[완결]

천사혈성

千秀芳景深更掩中窄 雨月客塵現夜
革閑政运天下 漢州知和陸宏 即 新中

一天師監禮
長座前再拜
道吉廣為傳
至大政元四月
日弟子趙孟頻敬

장담 新무협 판타지 소설

FANTASTIC ORIENTAL HEROES

도서출판
청어람

目次

第一章
혈전이 남긴 것

死星
天血

1

후우웅!!!

전신 공력이 유리혈루에 주입된 순간!

유리혈루에서 백색 광룡이 용틀임을 하며 자라났다.

찰나, 붉은 눈을 한 아홉 마리의 백룡이 혈유만만편을 휘어감으며 혈유존자를 덮쳤다.

콰우우우!

초식이 필요없었다. 검이 가는 대로, 백색 광룡이 움직이는 대로 가면 되었다.

수십 마리의 혈사(血蛇)가 꿈틀거리며 앞을 가로막지만 백색 광룡을 막기에는 역부족이었다.

오 초가 지나자 팽팽하던 격전이 한쪽으로 기울기 시작했다.

힘에서 밀린 혈유존자의 얼굴이 악귀처럼 일그러졌다.

입술을 비집고 흘러나오는 굵은 핏줄기!

그러나 그뿐이었다. 그토록 강한 공격에도 혈유존자는 쉽게 무너지지 않았다.

한데 그렇게 십여 초가 더 흘렀을 때였다. 전무심이 이를 앙다물고 핏발 선 눈을 부릅떴다.

'이런! 이놈들이 하필 지금!'

공력이 노도처럼 단전에서 빠져나가자, 구천삼마령이 단전과 심장에서 기지개를 켜고 빠르게 혈맥으로 퍼져 나가기 시작한 것이다.

그 때문인가. 백색 광룡의 기세가 더욱 강해졌다.

이대로 가면 자신의 몸이 견딜 수 없을 것 같았다.

방법은 하나뿐. 상대를 최대한 빨리 쓰러뜨리고 구천삼마령의 기운을 가라앉히는 것!

전무심은 날뛰는 구천삼마령의 기운을 풀어놔 버렸다.

희열을 노래하며 노도처럼 밀려 나가는 구천삼마령이다.

"혈유존자! 맹서를 어긴 자여! 죽음으로써 대가를 치러라!"

전무심의 입에서 계곡을 무너뜨릴 것 같은 일성이 터져 나왔다.

천라구혼멸이 펼쳐지고, 유리혈루가 하늘을 아홉 조각으로 나누며 떨어져 내리는 순간!

백색 광룡이 붉고 검은 기운에 뒤덮인 채 혈유존자의 머리 위로 떨어져 내렸다.

가히 파천의 기세!

암담해진 혈유존자는 지난 백 년 세월을 모조리 담아 혈유만

만편을 떨쳤다.

그러나 이미 구천삼마령의 기운과 합쳐진 백색 광룡이었다.

하늘조차 갈기갈기 찢어발길 것 같은 광룡의 포효!

그것은 혈유존자가 감당하기에는 너무나 패도무쌍한 기운이었다.

채 삼 초가 지나기도 전!

콰과과광!

천지를 뒤흔드는 굉음이 고막을 터뜨려 버릴 듯이 울리고, 세 가지 기운이 뒤섞인 백색 광룡이 단 삼 초 만에 혈유존자의 몸을 바위 속에 반쯤 박아버렸다.

"푸헉!"

시뻘건 피분수가 혈유존자의 입에서 뿜어졌다.

암담함과 곤혹감이 뒤섞인 표정, 피로 얼룩진 그의 입가가 씰룩거렸다.

"대, 대체… 어떻게…… 네가… 천(天)…의 기운을…….."

그러나 전무심은 그의 말에 대답할 정신이 없었다.

들끓어오른 삼마령의 기운이 살기로 화한 상태. 핏발 선 눈에서 뿜어지는 살기는 혈유존자조차 공포에 질리게 만들 정도였다.

번쩍!

일 장의 거리를 둔 채, 유리혈루가 백색 광채를 번뜩이며 횡으로 그어졌다.

공포에 질린 눈빛으로 전무심을 바라보던 혈유존자의 머리가 사방으로 뿜어지는 피분수의 힘에 의해 스르르 옆으로 밀려난다.

천외비각의 서열 이위, 혈유존자가 목이 잘린 채 죽은 것이다.

동시에 전무심의 고개가 하늘로 쳐들렸다. 그의 눈에서 푸르스름한 빛이 은은히 피어올랐다.

'빌어먹을! 또 하나가 튀어나왔어! 일단 살기를 풀어주어야 해. 아니면 놈들에게 내가 먹히고 만다!'

때마침 멀리서 유난히 공포에 찬 비명이 길게 메아리치며 들려왔다.

강한 기운, 그곳에도 그들이 있는 듯했다. 천외비각의 노괴들이!

입구 쪽의 싸움도 거의 끝이 난 상태. 전무심은 마무리될 때까지 더 기다리지 못하고 계곡 위로 신형을 뽑아 올렸다.

*　　　*　　　*

사문천은 자신의 무공에 자신을 가지고 있었다.

섬서제일패 백안마군 사문천! 그게 자신이 아니었던가!

얼마 전까지만 해도, 아니, 청화산에 오기 전까지만 해도 그랬었다. 그런데 청화산에 와서 전무심의 기운에 눌린 자신을 발견하고 회의가 들었다.

'제길, 전무심이 나보다 강한 것 같군.'

하지만 더 이상은 용납할 수 없었다. 설사 삼성오존이라 하더라도 밀리고 싶지 않았다.

그것은 사문천, 마존궁주의 자존심이었다.

한데……. 제기랄! 어디서 얼굴이 시커먼 늙은이가 나타나서 자존심을 뒤흔든다.

벌써 삼십여 초가 지났는데도 승기를 잡을 수가 없다. 더구나 가끔씩 떠들어대는 소리가 쓰린 속마저 긁는다.

"어린놈이 제법이구나! 전무심이라는 놈만 상대하면 될 줄 알았거늘!"

얼마나 나이를 먹었기에 쉰이 넘은 자신을 어린놈이라 한단 말인가!

"늙은이! 싸움은 입으로 하는 것이 아니다!"

"낄낄낄, 새파란 놈이 어르신에게 싸움을 가르치려 하다니. 이놈아! 내가 한참 강호를 횡행할 때 네놈은 태어나지도 않았어! 어디서 감히 싸움이 어쩌고 하는 것이냐!"

콰광!

입을 나불대면서도 콕콕 찍어대는 손가락의 힘이 가공스럽기 짝이 없다.

하지만 사문천도 지지 않았다.

"수염도 없는 새카만 늙은이가 어디서 나이 타령을 하는 것이냐!"

휘이잉!

그가 검을 휘두를 때마다 시퍼런 검강이 대기를 난자하며 상대의 지강을 튕겨낸다.

"크카카카! 백두 살 먹도록 내 수염에 대해 말하는 놈은 모두 죽여 버렸지. 한데 정말 오랜만에 듣는구나! 이 때려죽일 놈!"

정말 분노했는지 그의 열 손가락에서 튕겨지는 지강이 더욱 거세게 날아들었다.

한데 백두 살?

문득 오래전에 잊혀진 이름 하나가 떠오르는 사문천이었다.

"설마 늙은이, 당신이 흑지천살(黑指天殺) 추고웅이라도 된단 말인가?"

"캬캬캬! 네놈이 내 이름을 알다니! 그 대가로 예쁘게 찢어서 죽여주마!"

빌어먹을 일이었다. 새카만 늙은이가 정말 흑지천살이라니.

사십여 년 전에 죽었다 알려진 늙은이가 왜 이 자리에 있단 말인가!

그때부터였다. 사문천은 입을 꾹 다물고 남겨놓았던 힘마저 끌어올리고는 전력을 다해 추고웅을 상대했다.

사문천의 공격이 더욱 강해지자 추고웅도 더 이상 장난처럼 싸우지 못하고 새카만 눈을 번들거리며 신중하게 초식을 펼쳤다.

그렇게 다시 이십여 초가 지났을 때였다.

"어디 이것도 받아봐라!"

사문천이 하얗게 변한 눈을 번들거리며 휙 검을 뻗었다.

그는 이번 일검에 그동안 아껴놓았던 모든 기운을 한꺼번에 쏟아냈다. 하늘이 그에게 준 선천의 힘까지 모조리!

전력을 다한 일격!

순간 흑지천살이 눈을 홉뜨고 열 손가락을 내려쳤다.

시커먼 지강이 그의 열손가락에서 줄기줄기 뻗어 나왔다.

"오냐, 이놈아! 어디 한번 해보자!"

찰나였다!

떠더더덩!

수백 개의 마른 박이 한꺼번에 터져 나가는 굉음과 함께 추고
웅의 몸이 뒤로 주르륵 밀려났다.

"크읍! 이, 이런 개 같은……."

답답한 신음을 흘리는 그의 손에서 피가 뿜어진다.

언뜻 봐도 두 개의 손가락이 보이지 않는다.

천하의 그 무엇으로도 자르지 못하고, 천하의 무엇이든 못 뚫
는 것이 없다는 그의 흑지가 사문천의 검력을 이기지 못하고 잘
려져 나간 것이다.

"크하하! 맛이 어떠냐, 새카만 늙은이!"

"빌어먹을 새끼! 감히 이 어르신의 손가락을 자르다니!"

"이번에는 머리통을 잘라주마!"

사문천이 대갈일성을 터뜨리며 검을 치켜들었다.

하지만 추고웅은 더 싸울 마음이 없는지 재빨리 뒤로 신형을
날렸다.

"다음에 보자, 이놈아! 다음에는 내가 네놈의 하얀 눈깔을 뽑
아버릴 것이니라!"

"흥! 다음에 보자는 놈치고 별 볼일 있는 놈이 없더군! 돌아와
라, 늙은이!"

그러나 추고웅은 이미 산능선을 넘어 꼬리도 보이지 않게 도
망친 후였다.

"쿨럭!"

그제야 사문천이 지팡이 삼은 검에 몸을 의지하고 피를 토해냈다.

족히 한 사발이 넘을 듯한 피를 토해낸 사문천의 얼굴이 눈동자만큼이나 하얗게 탈색되었다.

"빌어먹을 늙은이, 하마터면 내장이 다 조각날 뻔했군."

손가락이 잘리기 직전에 펼쳐진 추고웅의 마지막 일격이 그의 내장을 뒤흔들어 놓은 것이다.

"궁주!"

그때 뒤늦게 상황을 깨달은 가은겸과 곽천승이 대경해 달려온다. 그들의 몸도 여기저기 상태가 말이 아니었다. 누구도 지금의 두 사람을 보고 마존궁 자존심의 대명사라는 마존쌍마라 생각할 수 없을 정도였다.

'개방의 제자라고 하면 딱 맞겠군.'

사문천은 피식 웃으며 입가의 피를 쓰윽 닦아냈다.

"소란 떨지 마라. 나 사문천, 아직 안 죽었다."

*　　　*　　　*

콰광!

검력이 스치는 곳은 모든 것이 터져 나갔다.

바위도 나무도 견디지 못하고 비명을 질러댔다.

"저놈을 막아!"

하늘 아래 자신의 적수가 없는 것마냥 설치던 공마도인(空魔道人)이 악다구니를 써대며 물러선다.

살기충천한 전무심은 조금도 망설이지 않고 손을 썼다.

태양빛을 받은 유리혈루가 하늘을 가를 때마다 피가 튀어 오르고, 억눌린 신음이 터져 나왔다.

"막는 자는 누구든 죽는다!"

일갈에 썰물처럼 물러서는 흑의인들이다. 전무심의 신형이 그들 사이를 벼락처럼 관통했다.

순간 눈부신 하얀 광채가 일직선으로 허공을 갈랐다.

또 다른 힘, 청마령의 힘이 더해진 유리혈루가 백색 기둥처럼 뻗어간다.

그것은 인간의 힘으로 받아낼 수 없는 미증유의 거력이었다.

"흐읍!"

천외비각의 서열 육위, 공마도인은 하얗게 질린 안색으로 손에 들린 불진을 어지럽게 흔들었다.

검날을 수수깡처럼 부수던 불진의 수실이 눈발처럼 부서져 허공에 흩날렸다.

찰나였다. 커다란 손 하나가 허공을 격하고 공마도인의 눈앞에 나타났다.

하늘 위에 하늘이 없음을 알리는 일수, 무천일수(無天一手)였다!

미처 물러설 틈도 없었다.

퍼억!

둔탁한 소음이 들렸다 싶은 순간, 공마도인의 눈이 하얗게 뒤집어졌다.

"꺼어어어……."

이마에 하얀 손도장이 찍힌 그의 혼은 이미 지옥을 향해 달려가고 있었다.

"모두 도망가!"

공마도인마저 무너지자 천왕대전의 호법 옥천도가 악을 쓰듯 외쳤다.

그러나 그가 외치기도 전에 천왕교의 무사들 중 일부는 이미 몸을 돌린 상태였다.

그들을 향해 핏빛 광채에 휩싸인 지옥혈심표가 날아갔다.

"켁!"

"크억!"

"사, 살려줘!"

핏빛 광채가 스치자 팔다리가 떨어져 나간다.

목이 잘린 채 맥없이 꼬꾸라진다.

하늘 높이 솟구치는 피분수!

패의 대지 천왕교의 무사들이 공포에 질려 도망친다.

그러나 지옥혈심표를 회수한 전무심은 그들을 본 척도 하지 않고 허공으로 빨리듯이 사라져 버렸다.

지켜보던 천사단의 무사들도, 죽음의 문턱에서 목숨을 건진 마존궁의 무사들도 모두가 공포에 질려 병장기를 늘어뜨렸다.

지옥사신, 천사혈왕 전무심!

비록 그는 사라졌지만, 그들은 영원히 조금 전의 광경을 잊을 수 없을 터였다.

"뭐 해! 다른 곳을 도와주러 가자고!"

그나마 제일 먼저 정신을 차린 척우진이 떨리는 표정을 감추기 위해 고래고래 소리쳤다.

사진옥을 비롯한 형제들이 즉시 신형을 날렸다. 전무심이 사라진 방향을 향해서.

"우리는 대형을 쫓아가자!"

진무악도, 설야광도, 초중암도 수하들을, 형제들을 이끌고 뒤를 따랐다.

아직 싸움은 끝나지 않았다. 어쩌면 지금부터 더욱 처절한 싸움이 그들 앞에 기다리고 있을지 몰랐다.

그리고 사실이 그랬다. 지옥의 불길이 절정을 향해 타오르고 있었다.

격전이 치열해질수록 악만 남았다.

복부가 관통된 상태로도 상대의 팔다리를 베어내기 위해 검을 휘둘렀다.

한 팔이 잘리면 다른 팔로, 다리가 잘리면 한 발로 뛰어다니며 적을 공격했다.

주위의 처절함에 두려움조차 사라졌다.

오늘만큼은 모두가 인간의 존엄을 포기했다.

청화산에는 더 이상 자비란 것이 존재하지 않았다.

죽이지 않으면 죽는다!

하나라도 더 죽여야 동료가, 내 형제들이 살 수 있다!

오직 그것만이 진실이었다.

지옥이 따로 없었다. 이곳이 지옥이었다.

그렇게 두 시진이 지나고, 태양이 피보다 더 붉게 물들 무렵,

기다란 소성이 청화산 하늘 높이 울려 퍼졌다.

삐이이이익!

동시에 지옥의 악귀나찰 같던 천왕교 무사들이 일제히 산 아래를 향해 몸을 날렸다.

누구도 그들을 쫓지 않았다. 쫓을 힘도 없었다. 오히려 다시 돌아올까 봐 두려울 뿐이었다.

그렇게 일각이 지났다.

다행히도 산을 내려간 천왕교의 무사들은 돌아오지 않았다.

그제야 사람들은 고통에 일그러진 얼굴로 주위를 둘러보았다. 자신이 살았다는 것이 믿기지 않는 표정들이었다.

"정말 징그럽군. 다시는 겪고 싶지 않아……."

누군가가 혼잣말처럼 중얼거렸다. 모두가 같은 마음이었다.

한편 공마도인을 죽인 전무심은 청마령의 기운을 누르기 위해 아무도 없는 장소를 찾아 산을 헤맸다.

도중에 몇 군데의 격전지를 지나치던 그는 치솟는 살기를 억제치 못하고 사십여 명을 더 죽였다.

치가 떨릴 정도로 지독한 살기였다. 그의 모습이 어찌나 살벌한지, 피아를 불문하고 그의 곁에서 멀어지기 위해 싸움을 멈출 지경이었다.

결국 전무심은 격전장을 빠져나와 아예 격전이 벌어지지 않는 산 중턱 위로 올라가야만 했다.

절대지경의 고수 중 보이는 자들은 이미 자신이 처리한 이후였다. 이제부터는 남궁창훈과 사문천과 척우진 등에게 맡겨도 될 듯했다.

사마령의 기운을 누르는 와중에 살기가 치솟으면, 상대가 누구든 보이는 모든 사람을 죽일지도 모르는 상황. 하루 종일 아무도 오지 않을 곳, 그가 찾는 곳은 그런 곳이었다.

그렇게 반 각, 근처에서 적당한 장소를 찾지 못한 그가 청화산 뒤편으로 돌아갔을 때였다. 절벽 중간에 지어진 작은 암자 하나가 눈에 들어왔는데, 암자 뒤쪽으로 제법 커다란 동굴이 보였다.

전무심은 즉시 땅을 박차고 암자가 있는 곳으로 날아갔다. 암자까지의 높이는 이십여 장, 가파른 돌계단이 있었지만, 계단으로 오를 여유조차 없었다.

암자 앞에 내려선 전무심은 그제야 동굴의 입구에 서 있는 제법 커다란 석불 하나를 볼 수 있었다. 한데 묘하게도, 일 장 높이의 석불을 보자 미칠 듯이 들끓던 마령의 기운이 조금 가라앉는 듯했다.

참으로 괴이한 느낌이었다. 지금까지 구천삼마령을 다스리면서도 느끼지 못했던 생경한 느낌이었다.

전무심은 더 생각하지 않고 석불을 돌아 동굴로 들어갔다.

이제는 누가 찾아온다고 해도 하는 수 없었다. 몸속의 마령이 이곳보다 더 나은 곳을 찾게끔 허락해 주지 않았다.

다행히 동굴은 생각보다 깊었다. 이십여 장을 들어가자 그제야 끝이 보였다.

'이 정도면 밖에서는 보이지도 않겠…… 크윽!'

그때 갑자기 백마령과 청마령이 내부에서 충돌했다.

전무심은 이를 악물고 눈을 부릅떴다.

두 기운의 성질은 혈마령과 흑마령과는 또 다르게 차갑고도 강했다.

얼어붙은 혈관이 조각조각 부서져 버리는 극렬한 통증은 마치 머릿속을 송곳으로 휘젓는 듯했다.

온몸이 부들부들 떨렸다.

천하제일이라 믿어 의심치 않았던 천라혈왕공과 구전암황기도 거세게 흔들렸다. 그나마 두 가지 기운에 섞여 있던 혈마령과 흑마령이 자신들의 터전을 지키기 위해 혈맥을 보호한 덕에 더 이상의 충격은 가해지지 않았다.

다행이라면 다행이고, 앞으로의 일을 생각하면 암담했다.

아직 다섯 개의 마령이 더 남아 있으니 무슨 일이 벌어질지 벌써부터 걱정이 될 정도였다.

하지만 그것은 나중 일이었다. 당장 두 마령의 기운을 잠재우는 것이 선결 과제였다.

"우웩!"

전무심은 가슴에 뭉쳤던 선혈을 토해내고는, 아득한 정신을 붙잡고 떨리는 몸을 진정시키기 위해 혼신을 기울였다.

구천마령!

어떤 자가 만들었는지 몰라도, 진정 고금제일의 광자(狂者)임이 분명했다.

그러지 않고서야 어찌 이런 기운을 아홉 개의 침에 심어놓을 수가 있단 말인가!

'지지 않겠다! 네가 아무리 강해도 나를 이길 수는 없을 것이

다! 내가 바로 전무심이다! 내가 바로 천유옥이란 말이다!'

혈전이 끝난 청화산은 죽음보다 더한 침묵으로 휩싸였다.

서른일곱 개의 크고 작은 계곡과 열두 개의 봉우리가 붉은 피로 뒤덮였다.

피비린내가 어찌나 지독한지 까마귀들조차 허공만 맴돌 뿐 쉽게 땅에 내려서지 못했다. 마치 세상의 모든 까마귀들이 청화산으로 몰려온 듯 하늘에 다른 새들은 보이지 않고 온통 까마귀들만 보일 뿐이었다.

싸움이 끝나고 한 시진이 흘렀다.

개방으로부터 천왕교의 무사들 오백여 명이 작수 남쪽으로 내려갔다는 연락이 왔다. 지옥의 악귀나찰 같던 천왕교의 무사들이 완전히 물러간 것이다.

그제야 몸이 성한 사람들은 동분서주하며 청화산을 이 잡듯이 뒤져 동료들의, 사형제들의 시신을 수습했다.

구석구석에 처박힌 시신을 수습하는 데만 이틀이 걸렸다. 죽은 자만 팔백에 달하고, 부상자는 그보다 훨씬 더 많았다. 적의 시신까지 합하면, 시신만 근 일천오백에 달했다.

죽은 자 중에는 구파오가와 마존궁의 장로 급 고수만도 이십여 명이나 되었다. 천왕교의 호법과 장로들에게 죽은 자도 있었지만, 대부분이 천외비각의 노인들과 천왕가의 사람들에게 죽임을 당했다.

만일 전무심과 천사단이 없었다면 어떤 일이 벌어졌을까?

그것은 생각하는 것조차 두려운 일이었다.

적들이 두려움에 떨며 부르던 이름.

천사혈왕 전무심!

정천무맹의 무사들도 마존궁의 무사들도 이제는 그 이름을 들을 때마다 흠칫 몸을 떨었다.

죽은 천왕교와 공손세가의 무사들 칠백 중에 적어도 사백 이상이 전무심과 천사단에 의해 죽어간 것이다.

"허어……. 너무 많은 사람을 잃었어."

남궁창훈은 핏물이 굳은 입술을 벌려 탄식했다.

단 두어 달 사이, 혈곡과의 싸움에서 죽은 사람까지 합하면 근 이천에 이르는 제자들이 죽었다.

구파오가는 향이 꺼질 시간이 없었다. 이제는 통곡 소리조차 흘러나오지 않는다. 차곡차곡 쌓이는 분노의 탑만 높아질 뿐이다.

"놈들을 칩시다! 놈들을 쫓아가서 모조리 죽여 버립시다, 형님!"

분을 참지 못한 팽추린이 이를 갈며 소리쳤다.

그는 왼팔을 벌겋게 물든 천으로 묶고 있었는데, 하마터면 한 팔을 잃을 뻔했다. 때마침 전무심이 나타나 자신의 상대를 가로채 가지 않았다면, 한 팔이 아니라 목이 잘렸을 것이었다.

"쓸데없는 소리 하지 말게. 지금은 놈들을 추적하는 것보다 앞으로 어떻게 할 것인지가 더 중요한 때야."

남궁창훈이 냉정하게 말했다.

분노만으로는 아무것도 해결할 수 없었다.

"그런데 전 단주는 어디 있는가?"

남궁창훈의 질문에 누구도 확실히 대답하지 못했다.

전무심이 보이지 않은지 이틀째였다.

사진옥을 비롯한 형제들조차 처음에만 찾아봤을 뿐이다. 그러다 전무심이 몇 군데 격전지에 나타났다는 말이 들리고, 광포해 보일 정도의 살기를 뿜어내며 천왕교 무사들을 죽였다는 말을 듣고는 더 이상 억지로 찾지 않았다.

한데 기이한 것은 그들 중 전무심을 걱정하는 사람이 없다는 것이었다.

진무악이 넌지시 그래도 찾아봐야 하지 않겠냐고 하자 사진옥이 말했다.

"삼 년 전에 비하면 가시에 긁힌 정도일 뿐이오. 며칠 지나면 나타날 테니 그보다는 적들이 또 쳐들어오지나 않을지, 그거나 걱정하시오."

이후로는 답답해도 꾹 참고 기다리는 중이었다.

척우진이 침중한 표정으로 답했다.

"단주는 두 명의 괴인을 죽이면서 약간의 내상을 입었소. 지금 모처에서 몸을 돌보고 있는 중이오."

얼버무리기 위해 대충 한 말이었지만, 누구도 이의를 달지 않았다.

절대지경의 고수가 하나도 아니고 다섯이나 나타났다.

단 한 사람에게 섭화평이 십여 초 만에 죽고 팽추린이 심각한 부상을 당했다.

남궁창훈조차 백 초를 버티지 못하고 죽을 뻔했다.

사문천이 겨우 상대를 막아냈다지만, 그 자신도 심각한 내상을 입은 상태다.

그런 괴인 셋을 혼자서 죽인 전무심이 아닌가. 그러고도 부상을 당하지 않았다면, 그를 어찌 사람이라 할 수 있으랴!

"어쨌든 전 단주와 군사의 이번 계획은 실패로 돌아갔습니다. 이제 어떻게 할 생각이십니까, 부맹주? 마존궁과의 관계를 계속 유지하실 겁니까?"

공동의 현고자가 불만 가득한 목소리로 말했다.

하지만 제갈경의 생각은 달랐다.

"실패한 것만은 아닙니다."

"어찌 실패하지 않았다는 것이오? 적보다 본 맹과 마존궁의 제자가 더 많이 죽었소. 그게 실패가 아니면, 어떤 것이 실패란 말이오?"

언뜻 들으면 현고자의 말도 옳은 것 같았다. 그러나 단순히 숫자로 비교한 것과 내용을 비교한 것과는 엄연한 차이가 있었다.

"글쎄올시다. 내 생각은 조금 다르오. 적들의 강함에 비해 이 정도면 성공했다는 생각이 드는구려. 더구나 적들은 수뇌부들이 대거 죽지 않았소?"

사문천이 인상을 찡그리며 말하자 현고자도 목소리를 조금

누그러뜨렸다.

"우리도 많은 사람이 죽었소이다. 본 맹의 장로만도 열 명이 넘게 죽었소, 궁주."

'그 열 명을 다 합쳐도 그 늙은이들 중 하나만도 못할걸?'

사문천은 더 이상 소란 피우는 게 싫어 차마 그 말은 하지 않았다. 대신 짜증나는 투로 말했다.

"우리의 목적은 천왕교를 몰살시키자는 것이 아니었소. 적의 기세를 꺾고, 적들 중 다수의 고수들을 이곳에서 제거하자는 것이었지. 하니 그 정도면 충분히 목적을 달성한 셈이 아니겠소?"

화산의 운성자가 냉랭한 목소리로 맞받아쳤다.

"기왕이면 몰살시킬 계획을 세웠어야 하는 거 아니오? 수백 명의 제자들이 죽었거늘, 이 어찌 목적을 달성했다고 할 수 있겠소?"

그 말에 코를 후비며 묵묵히 듣고 있던 진무악이 코웃음 쳤다.

"흥! 그나마 이 정도로 천왕교를 물리칠 수 있었다는 것을 다행으로 알아야 할 겁니다. 평지에서 정천무맹 단독으로 맞부딪쳤다면, 아마 정천무맹의 일천오백 무사 전원이 몰살했을 겁니다."

"뭐요?!"

"사실이 그렇지 않습니까? 우리 천사단과 마존궁이 합류하고 지리적 이점이 있었는데도 겨우 적들 중 반만 죽였는데, 무슨 수로 저들을 몰살시킨단 말입니까?"

척우진이 당연하다는 듯 고개를 끄덕였다.

"오랜만에 옳은 소리를 하는군. 우리 천사단이 없었다면 어떻게 되었을지, 그건 하늘이 알고 땅이 아는 일이지."

그러나 현고자와 운성자는 천왕교와 전무심의 격전을 보지 못한 사람들이었다. 직접 본 자들조차 믿지 않는 일이거늘, 어찌 보지 못한 자가 믿겠는가.

그렇다고 성질 더러운 진무악과 말싸움할 수도 없는 일. 운성자는 홱 고개를 돌리고는, 당장 천왕교의 무사들을 다 때려죽일 것처럼 말했다.

"본 맹의 원로 분들이 대거 나오시면 놈들은 지리멸렬할 것이오. 그때는 천사단이나 마존궁의 도움이 없어도 충분히 천왕교를 상대할 수……."

그때 남궁창훈이 그의 말을 끊었다.

"원로만 나와선 안 돼. 본산의 고수란 고수는 모두 나와야 해."

"부맹주……?"

"그래도 본 맹의 힘만으로 천왕교를 치려면, 반은 죽을 각오를 해야 할 것이야."

"설마?"

"아무래도 나머지 세 친구는 물론이고, 도성과 검성도 불러내야겠어. 그리고 각파의 제자들을 더 차출해야 할 것 같네."

바로 그때였다.

"중요한 것은 숫자가 아닙니다."

승방의 방문이 열리고 한 사람이 들어섰다.

커다란 키, 짙은 청의. 전무심이었다.

사라진 지 이틀 만에 그가 돌아온 것이다.

3

"이번 일에 대해선 제군이 책임을 져야 할 것이야!"

"제가 왜 책임을 져야 한단 말입니까?"

"몰라서 묻나? 그대의 판단착오로 본 교의 무사들만도 오백이나 죽었네. 공손세가의 잡배들을 빼도 말이야. 게다가 천외비각의 선인 둘과 천왕오로 중 한 사람인 사도무진마저 죽었지 않은가! 군사의 지위에 있는 자가 그에 대한 책임도 지지 않겠다는 말인가?"

"군사가 매사에 책임을 져야 한다면 아마 천하에 군사를 할 수 있는 사람이 몇이나 될 거라 생각하십니까? 더구나 적을 일천 가깝게 죽이고 왔는데도 무조건 실패라 하시는 것은 지나친 것이 아닙니까?"

"흥! 그깟 별 볼일 없는 자들 일천과 본 교의 정예, 오백을 어찌 비교한단 말인가?"

그 말을 기다렸다는 듯 백리군악의 눈빛이 싸늘하게 굳었다.

"별 볼일 없는 자들이라……. 그런 자들에게 수십 명이 죽을 정도로 천왕가 분들의 무공이 형편없다는 말씀은 아니시겠지요?"

"뭣이라!"

"게다가 천외비각의 한 분과 사도무진 어른께선 한 사람에게 당하셨는데, 그도 상대가 형편없어서 당했다고 하실 겁니까?"

"그거야… 전무심 그놈은 예외로 해야 하지 않겠나?!"

"그럼 사문천은, 남궁창훈은, 척우진과 진무악을 비롯한 천사단은 또 어떻습니까? 제가 적어도 일곱 분은 가야 한다고 했을 때 뭐라 하셨습니까?"

선괴(仙怪)가 얼굴을 붉힌 채 백리군악을 노려보았다.

백리군악이 탄식하듯이 말했다.

"하아, 적들은 결코 약하지 않습니다. 처음부터 경각심을 가지셨다면, 결코 이토록 많은 피해를 보지는 않았을 것입니다. 아니, 하다못해 저들을 공격했을 때, 제 말에만 따라주셨어도 피해를 반으로 줄일 수 있었을 겁니다. 안 그렇습니까?"

마지막은 거의 추궁처럼 들릴 정도였다.

그런데도 선괴는 백리군악의 말을 반박할 수가 없었다. 모두가 사실이었으니까.

"제군의 말이 사실이오?"

천왕의 묵직한 음성이 뇌리를 흔드는데도 그는 마땅한 답을 찾지 못했다.

"묻지 않소?! 제군의 말이 사실이오!"

"그, 그게……. 교주, 그때는 적들에 대한 정확한 정보가 없어서……."

말을 더듬는 선괴를 보고 백리군악이 고개를 저으며 말했다.

"그럴수록 제 말을 따라주셨어야지요. 그랬으면 지금처럼 말다툼할 이유도 없었잖습니까?"

"그거야 그렇지만……."

하지만 백리군악은 더 들어보지도 않고 사도궁헌을 향해 허리를 숙였다.

"교주께 아룁니다. 어찌 되었든, 오늘의 일은 분명 저의 책임 또한 적지 않은 것이 사실입니다. 원하건대, 한 번의 기회를 더 주시기를 간청 드립니다."

천왕 사도궁헌의 눈이 백리군악의 뒤통수에 틀어박혔다.

청화산에서 죽은 무교도들은 대부분이 자신을 따르는 사람들이었다. 묘하게도 백리군악을 따르는 무사들은 별반 피해를 보지 않은 것이다.

문제는 그들이 먼저 백리군악의 명을 어겼다는 것이었다. 전장에서 군사의 말을 따르지 않았으니, 백리군악에게 그들의 죽음에 대한 책임을 물을 수도 없었다.

심증은 있으나 드러난 것은 아무것도 없는 상황. 게다가 아직은 그에게 백리군악이 필요했다.

"어찌 이번의 일을 그대의 잘못이라 하겠는가? 정천무맹과의 싸움은 이제 시작이니 너무 마음 쓰지 말고 계책이 있으면 말해 보라!"

천천히 고개를 든 백리군악의 붉은 입술이 열렸다.

"이번 일로 더 확실하게 드러난 사실이 하나 있습니다. 천사혈왕 전무심과 천사단을 제거하는 것이 당장 마존궁이나 정천무맹의 세력을 치는 것보다 우선이라는 것입니다. 그들을 제거하지 않고서는 자칫 본 교의 대계가 수렁으로 빠질지도 모르는 일, 그들을 죽일 추살단을 만들까 합니다, 교주."

"추살단?"

"예, 교주. 숫자는 이삼십 명 정도. 무위는 모두가 초절정 이상의 경지에 달한 자들만 뽑아 만들 생각입니다."

사도궁헌의 표정이 굳어졌다.

"천하의 누구라도 죽일 수 있겠군."

"그들로 전무심과 천사단을 공격하고 추살단을 상대하는 사이, 본 교는 정천무맹과 마존궁을 쓸어버리고 섬서를 장악하는 것입니다."

백리군악이 내놓은 계책은, 계책이라 말하기도 어려울 정도로 간단했다. 하기에 더욱 매력적이었다.

그러나 백리군악이 아니면 실행할 생각도 하지 못할 정도로 파격적인 계책이었다.

삼십 명 이내의 초절정고수. 그들 중에는 절대지경의 고수도 몇 명 들어갈 것이 분명했다. 천하에 어느 누가 이러한 고수들로 추살단을 만들 생각을 했을 것인가!

또한 천하의 어느 곳에서 이런 추살단을 조직할 수 있단 말인가!

백리군악을 바라보는 사도궁헌의 눈이 깊게 잠겨들었다.

"그래, 누구를 단주로 삼을 생각인가?"

"허락만 해주신다면……."

백리군악은 말꼬리를 끌며 천왕의 눈을 똑바로 바라보았다.

"천외비각의 각주 어른께 부탁드릴까 합니다."

순간 천왕의 눈빛이 새파랗게 번뜩였다. 그것은 노여움이라기보다는 희열에 가까웠다.

"정말…… 좋은 생각이군!"

4

시신을 태우고 묻는 데만 닷새가 걸렸다.

닷새간 청화산은 시신 태우는 냄새가 진동했다.

다행히 마지막 날 제법 많은 비가 내려 냄새도, 피도 모두 쏟아지는 빗줄기에 씻겨 내려갔다.

그날, 하늘도 슬픈 듯 은은한 뇌성을 울렸다.

천사단도 서른일곱 명이 죽고 오십여 명이 부상을 입었다.

죽은 자의 반은 나중에 합류한 천왕교도들이었고, 나머지 반은 거승과 홍곽열이 이끄는 무사들에 은천비원의 무사들 다섯 명과 촉산의 형제 세 명이 포함되어 있었다. 당연히 분위기가 침중하게 가라앉을 수밖에 없는 상황이었다.

"어떻게 할 생각인가?"

척우진이 굳은 표정으로 물었다.

전무심이 무표정한 얼굴로 말했다.

"곧 어떤 식으로든 놈들이 다시 움직일 거요."

"또? 그렇게 많은 피해를 보고도?"

"내가 아는 그는 그렇게 하고도 남을 자요. 그러니 우리도 그에 대한 대비를 해야만 하오. 솔직히 말해서, 너무 많은 시간을 허비했소."

너무나 냉정해서 차갑게 보일 정도다.

그러나 틀린 말도 아니었다. 전쟁에서 상대의 처지를 생각해 공격을 미룬다는 것은 말이 되지 않았다.

전무심이 힘없이 밖을 바라보고 있는 삼족개에게 말했다.

"지금도 개방의 제자들이 전역에 깔려 있소?"

"닷새 전 이미 철수했네만."

"아무래도 그들을 다시 동원해야 할 거 같소."

"다시? 얼마나?"

"한 달. 놈들의 사소한 움직임까지 철저히 감시해 주시오."

왠지 등골이 오싹한 기분이었다.

거부할 수 없는 명령 뒤에 진한 피냄새가 느껴졌다.

'한 달, 한 달이라……'

*   *   *

천사단과 마존궁은 작수로 돌아가고 청화산에는 정천무맹 사람들만이 남았다.

그렇게 혈전이 벌어진 지 구 일이 지났을 때다. 급전이 청화산에 전해졌다. 혈곡이 석문에 머물러 있던 화산의 제자들을 공격했다는 소식이었다.

석문은 화산에서 백여 리밖에 떨어지지 않은 곳에 위치했는데, 화산파가 혈곡을 상대할 요량으로 그곳에 제자들을 머물게 한 것도 그만큼 화산과 가깝기 때문이었다.

실질적으로 화산파의 전진 거점이라 할 수 있는 곳, 그곳이 바로 석문의 화산 지부였던 것이다.

혈곡이 그곳을 공격했다는 말은 화산을 직접 공격했다는 거와 크게 다르지 않았다.

제갈경은 급전을 받고 고민하지 않을 수가 없었다. 혈곡의 뜻을, 아니, 천왕교의 뜻을 어렴풋이 짐작한 때문이었다.

그는 곧바로 남궁창훈을 찾아갔다.

"놈들은 우리가 이곳에서 움직이기를 바라고 있습니다."

남궁창훈도 제갈경의 생각을 읽었는지 침중하게 굳은 표정으로 말했다.

"총단에서는 어떻게 하겠다고 하던가?"

"이미 오백의 무사를 화산으로 파견한 것 같습니다. 게다가 종남도 삼백의 제자를 파견한다 합니다."

"음… 그 정도로 혈곡의 활동을 제어할 수 있다 생각하나?"

"힘들 겁니다. 천왕교의 무사들만도 오백이나 되고, 혈곡의 무사들도 일천이 넘습니다. 종남, 화산의 전력과 본 맹의 무사들을 합친다 해도 잘해야 견제하는 정도에 불과할 겁니다."

"결국 우리들이 움직여야 한다는 건가?"

"문제는 그럴 수가 없다는 겁니다. 일반적인 생각대로 움직이는 놈들이 아니어서 앞으로의 움직임을 도무지 예측할 수가 없습니다."

"하면 다른 방법이라도 있나?"

"지금으로서는 천왕교와 혈곡의 연결을 끊는 것이 우선입니다. 둘의 연결이 끊어지지 않으면, 천왕교를 완전히 물리치기 전까지 끝없는 소모전만 이어질 뿐이지요."

사실이 그랬다. 새 물이 계속 유입되는 독에서 바가지로 물을 퍼낸다고 독이 비워질까.

"다행히 총단의 무사들이 파견되어서 시간이 있으니 그사이에 대책을 세워봐야겠습니다."

잠자코 듣고만 있던 남궁창훈이 신중하게 입을 열었다.

"내 생각이네만, 그 문제에 대해 전무심과 상의해 보는 것이 어떻겠나? 그와 마존궁이 천왕교의 움직임을 잠시만 막아준다면 혈곡을 처리할 시간을 얻을 수 있을 것 같은데."

제갈경은 굳은 표정으로 천천히 고개를 끄덕였다.

지금으로서는 달리 방법이 없었다. 어느 한쪽을 해결하지 못하면 이도 저도 아니게 될 상황이었다. 다만 시간이 있는 동안 두어 가지 문제를 먼저 해결해야만 했다.

"일단 맹에 속한 문파들이 제자들을 더 파견해 줄 수 있는지부터 알아봐야겠습니다. 이러나저러나 지금 인원만으로는 천왕교를 상대한다는 것 자체가 힘든 상황입니다."

*　　　*　　　*

청화산혈전에 이어 화산이 코앞에서 혈곡에게 당했다는 소문이 나자 전 강호가 술렁였다.

정천무맹이 맹에 속한 문파에 무사들의 추가 파견을 요청하면서 소문은 들불처럼 빠르게 번졌다.

심지어 단 보름 만에 섬서의 일이 광동에까지 전해지는 초유의 상황이었다.

수많은 억측이 나돌고 과장된 이야기가 입에서 입으로 전해졌다.

일천오백의 죽음이, 장강을 넘으며 일만 오천으로 둔갑되는 일이 벌어지기도 했다.

의와 협을 떠들던 자들은 자라목처럼 머리를 집어넣고 눈치만 보고, 말없이 무공정진에 힘쓰던 자들은 무사건을 질끈 매고 강호로 나왔다.

개중에는 구파오가에 속했던 자들도 있었고, 중소문파의 제자도 있었다.

또한 이 기회에 이름을 날려보겠다며 무작정 정천무맹으로 향하는 자도 다수였다.

하나 그러한 움직임은 정파에서만 있는 것이 아니었다.

칠대마세 중 이미 싸움판에 끼어든 신마성과 마존궁과 혈곡을 제외한 호남의 구유도문, 절강의 광혼방, 호북의 절마맹, 산동의 사해방 등 사대마세를 비롯한 마도사파들이 은밀한 움직임을 보이기 시작했다.

물론 그들은 직접적으로 천왕교를 돕지 않았다. 자칫 불똥이 자신들에게 튈 것을 염려한 때문이었다.

그러나 그들이 구파오가의 세력권에서 기세를 올리는 것만으로도 천왕교에는 상당한 도움이 되었다.

구파오가 중 그들과 가까이 있는 문파들은 제자들의 추가파견에 소극적일 수밖에 없었던 것이다.

"지금 상황에서 각기 백 명의 중견 제자를 빼낸다는 것은 무리일 수밖에 없소이다, 군사."

"본 문은 일백은커녕 오십도 힘든 상황이외다."

"허어, 한마디로 장로들이 모두 나와야 한다는 말인데, 그게 어찌 쉬운 일이겠소이까?"

거의 대부분의 문파들이 죽는소리를 했다.

단순히 일반 제자도 아니고, 일류 이상의 중견 제자를 백 명 내놓는다는 것은 보통 일이 아니었다. 만약에라도 그들이 몰살한다면, 그 문파는 적어도 이삼십 년 문을 걸어 잠그고 다시 힘을 키워야 할 터였다.

강호의 안녕도 중요하지만, 그들에게는 자파의 안위도 중요했다.

제갈경도 모르지 않았다. 그러나 의와 협을 추구하는 정파무인들이라면 그 정도의 각오쯤은 당연히 할 줄 알았다.

한데 자신의 가문인 제갈세가조차 가주인 형님이 사람을 보내, 될 수 있으면 세가의 사람들을 적게 파견할 수 있는 방법을 찾아보라고 말한다.

더 무슨 말을 하랴.

제갈경은 이마를 감싸 쥐고 사흘을 고민했다. 전무심이 왜 정천무맹에 대해 불신을 가지고 있는지 이해가 갈 듯했다.

참담한 기분에 가슴이 새카맣게 타들어가던 그는 사흘 만에 흐트러진 마음을 정리하고 이를 악물었다.

'이대로는 안 된다. 뭔가 특단의 조치를 취해야 해! 방법이 없을까?'

문득 남궁창훈의 말이 떠올랐다.

그는 오존의 나머지 사람들을 비롯해 도성과 검성을 끌어내겠다고 했다. 화산이 혈곡에 당한 상황이니 도성 무양 진인은 분명 나올 터였다.

그리고 전무심은 천왕교에 밀리지 않을 강력한 무인들의 집단이 있어야 할 거라 말했다. 정천무맹이 과연 할 수 있을지 모르겠다는 냉소와 함께.

강력한 무인들의 집단. 오존과 이성.

이마를 감싸 쥔 제갈경의 손가락 사이로 칼날 같은 눈빛이 번뜩였다.

'그래, 최강의 집단을 구성하자. 천사단처럼 천왕교의 최정예와 붙어도 절대 밀리지 않을 정도로 강력한 집단을. 그리고 그들을 움직일 권한을 가진 사람을 극소수로 하는 거다. 맹주와 부맹주, 그리고 나. 단 셋 사람만으로. 일단 부맹주를 만나보자.'

그는 자리에서 벌떡 일어나 문을 열고 밖으로 나갔다. 남궁창훈을 만나기 위해서였다.

"어디 가려고 그러십니까?"

때마침 회랑을 지나가던 제갈호가 허리를 숙이고 물었다.

"아… 머리가 아파서 잠시 바람이나 좀 쐬려고 한다."

제갈경은 자신이 아끼는 조카에게조차 거짓말을 했다. 왠지는 몰랐다. 그래야만 할 것 같았다.

사안이 그만큼 중요하다는 것은 핑계일 뿐이었다. 전무심의 말이 못내 가슴에 걸린 것이다.

"정천무맹 내에 천왕교의 세작이 있다는 점을 항상 명심해야 할 겁니다. 이번 일만 해도 너무 빨리 적들에게 알려지지 않았습니까?

어쩌면 가까운 곳에 있을지도 모르니 중요한 일에 대해선 절대 함부로 입을 열지 마십시오."

청화산의 회합에 대해 자세히 아는 사람이 거의 없었던 사실에 비춰봐도 적들의 반응이 너무나 빨랐다.

자신의 조카는 절대 아닐 테지만, 근처의 누군가가 자신의 말을 엿들을지도 몰랐다.

'그래, 일단 세작들부터 잡아내야 돼!'

第二章

천마(天魔)

死星天血

1

    전무심은 작수 인근의 장원 하나를 빌렸다.

    낡은 장원이었지만 터가 넓고 건물이 많아, 조금만 손보면 이백여 명이 머무르는 데 충분할 듯했다. 더구나 한 달 빌리는 세가 은자 백 냥에 불과해서 객잔에서 지내는 것보다는 훨씬 나았다.

    장원을 빌린 전무심은 은천비원 무사들과 수하로 거둔 천왕교의 교도들을 동원해서 장원을 고치기 시작했다.

    장원 하나 고치는 것쯤은 그들에게 문제될 것이 없었다. 천왕곡 사람들은 실력의 차이가 있을 뿐, 집 짓고 보수하는 것 정도는 대부분 할 줄 알았으니까.

    그렇게 닷새, 장원이 몰라보게 달라졌다. 집주인이 눈을 휘둥그렇게 뜨고는, 집을 일 년 후에 그대로 넘겨준다면 세를 받지 않겠다고 할 정도였다.

"완전 공짜군."

장원에 들른 사문천이 배가 아픈지 장원을 둘러보고 속 쓰린 표정을 지었다.

그는 육백 명의 무사를 위해 두 개의 커다란 객잔을 통째로 빌렸던 것이다. 무려 한 달에 이천 냥을 주고. 그나마도 아랫사람들이 눈을 치켜뜨며 그 정도로 합의한 것이었다.

"그래도 집주인이 엄청난 이득을 본 겁니다. 산에 가서 베어 온 나무만 해도 오십 그루는 될 겁니다."

전무심은 거꾸로 돈을 받지 못한 것을 아까워하는 표정을 지었다. 사문천의 아픈 배가 터지던가 말던가.

"쿵! 그래, 이대로 놈들을 보고만 있을 건가? 혈곡 때문에 정천무맹이 쉽게 움직이지 못할 것 같은데, 이러다 우리만 천왕교의 표적이 되는 것은 아닌지 모르겠군."

전이었다면, 까짓 거 올 테면 와보라며 호언장담했을 사문천이었다. 하지만 청화산에서 천왕교의 가공할 무력을 경험한 그는 더 이상 함부로 입을 열지 않았다.

아마 이제는 마존궁의 총단이 걱정될 지경일 터였다.

전무심은 물끄러미 생각에 잠긴 사문천을 바라보다 불쑥 입을 열었다.

"그래서 한 가지 생각한 것이 있습니다."

사문천이 의자에 깊숙이 몸을 묻은 채 눈만 살짝 치켜떴다.

"뭔가? 상황을 바꿀 묘안이라도 있나?"

그런 사문천을 향해 전무심이 무심한 목소리로 말했다.

"공손세가를 칩시다."

의자에 몸을 묻고 있던 사문천이 발딱 몸을 세웠다.

"공손세가를?"

"철저히 준비해서, 단숨에 몰아친다면 어렵지 않을 겁니다. 물론 최대한 빠르게 치고, 안강의 주력이 움직이기 전에 신속히 돌아와야 하니 최소한의 인원만 동원할 생각입니다."

사문천의 눈이 반짝였다.

"가능하겠나?"

"완벽한 계획은 어디에도 없습니다. 다만 분명한 것은, 공손세가의 힘을 최대한 약화시키면 그만큼 천왕교의 활동 반경이 줄어들고, 마존궁이 안전해진다는 것입니다."

그건 전무심의 말이 맞았다. 그거야말로 사문천이 마음속으로 바라던 바였다.

"언제 할 건가?"

반짝거리는 사문천의 눈동자가 하얗게 변해갔다.

"놈들에 대한 모든 움직임을 파악하고 있습니다. 빠르면 칠일, 늦어도 열흘이면 준비가 될 겁니다."

"그래? 좋아, 나도 그때까지 준비하지."

사문천과 밀담을 나눈 지 사흘 후.

두 무리의 사람들이 약간의 시간차를 두고 전무심을 찾아왔다. 그중 한 무리는 천가장에서 장초량이 보낸 사람들이었다. 지인들에게 연락해 본다더니, 천가장으로 찾아온 그들을 모아 보낸 듯했다.

그들은 모두 열두 명. 나이가 지긋한 노인부터 이십대 후반의 청년까지, 연령은 천차만별이었지만 하나같이 일류 이상의 고수들이었다.

전무심으로선 반가울 수밖에 없는 일이었다.

"전무심입니다."

"도병천이라 하네. 당금 천하를 뒤흔드는 소문의 주인공을 이렇게 보다니, 정말 반갑구먼."

그들을 이끌고 온 육순 중반의 노인이 자신의 이름을 밝혔다.

낡은 마의에 거친 수염이 가슴까지 내려온 그의 이름은 전무심의 귀에도 익숙했다.

적산검호(寂山劍豪) 도병천.

중원십검 중 한 사람으로 장초량이 가끔 강호의 검수에 대해 이야기할 때마다 빠지지 않고 거론되던 사람이었다.

무리를 이루기 싫어 홀로 돌아다니기를 좋아했던 사람. 그러면서도 강호 십대검수에 들 만큼 강한 검을 지닌 사람. 장초량은 도병천을, 어느 날 갑자기 산속으로 들어가지만 않았으면 오존이 육존이 되었을 거라 평했었다.

"말씀은 많이 들었습니다. 뵙게 되어 반갑습니다."

"장 형이 그러시더군. 자네의 검을 보지 않고는 검을 논하지 말라고. 그래서 겸사겸사 왔네."

아마도 호승심을 자극해 산을 내려오게 만든 듯했다.

아무래도 좋았다. 고수가 한 사람 늘어나면 그만큼 다른 사람의 피해가 줄어드는 법이니까.

"너무 과찬을 하신 것 같군요. 어쨌든 잘 오셨습니다."

전무심은 도병천에게서 눈을 떼 다른 사람들을 바라보았다.

눈이 마주치자 한쪽에 담담한 표정으로 서 있던, 단단한 몸집에 얼굴선이 굵은 오십대의 중년인이 가볍게 포권을 취했다.

"산동의 학연신이라 하네."

열두 사람 중 세 손가락 안에 들 정도로 강해 보이는 자였다. 처음 들어보는 이름이라는 것이 의외일 정도였다.

"전무심입니다."

이어 이 사람 저 사람 바쁘게 인사가 오갔다.

개중에는 유심수사 백화빈이나 건곤척 탁진한처럼 전무심이 알 정도로 강호에 이름이 알려진 사람도 있었다. 반면에 이제 강호에 나온 지 얼마 되지 않아 이름을 알지 못하는 사람도 몇 사람이나 되었다.

한데 그렇게 인사를 거의 다 마쳤을 때였다.

"어? 아니, 이게 누구십니까?"

정문 쪽에서 반가움과 놀람이 섞인 목소리가 들렸다. 척우진의 목소리였다.

그의 목소리에 반응을 보인 사람은 학연신이었다. 그가 고개를 돌리고는 빙그레 웃었다.

"오랜만이군. 잘 있었나?"

"어쩐 일이십니까? 이렇게 먼 곳까지 오시다니."

"자네가 있다기에 무작정 왔지."

"산동에서 여기까지요?"

"보고 싶은 사람이 있으면 만 리인들 못 가겠나?"

하긴 그랬다. 하지만 문제는 학연신이 그럴 사람이 아니라는

데 있었다.

산동 제남의 명문세가 학가장 출신. 가문의 반대를 무릅쓰고 붓 대신 검을 쥔 그는 목적이 없으면 산동조차 잘 벗어나지 않는 사람이 아니던가.

학연신에 대해 잘 알고 있는 척우진으로선 의아한 마음이 들 수밖에 없었다.

'이 양반이 무슨 일로 온 거지?'

그때 전무심이 도병천과 다른 사람들을 척우진에게 소개했다.

척우진은 도병천이라는 이름에 눈을 크게 뜨고 재빨리 고개를 숙였다.

"척우진이 도 선배를 뵈오이다."

"흠, 도절 대천도가 바로 자네였군. 반갑네, 나도 생전의 적형을 몇 번 만난 적이 있었지."

"사부님께서도 도 선배님에 대한 말씀을 자주 하셨었습니다."

도병천과 간단히 인사를 나눈 척우진은 자기의 이름에 놀란 표정을 짓는 백화빈과 탁진한을 향해 씩 웃었다.

"반갑소이다, 척우진이오."

언제까지 정원에서 인사만 나누고 있을 수도 없는 일. 전무심이 정원에 서 있는 사람들을 둘러보며 말했다.

"일단 들어가시죠."

2

옅은 구름이 붉게 타 들어갈 무렵, 다섯 사람은 먼지를 잔뜩 뒤집어쓰고서 남쪽 관도를 통해 작수에 들어섰다.

나머지 팔십 명의 동료는 만일을 위해 십 리 밖의 숲에 남겨 둔 채였다.

천왕곡을 떠난 이후, 팔십오 명이 천왕과 제군의 눈을 피해 움직인다는 것은 쉬운 일이 아니었다. 옷도 바꿔 입고 일고여덟 명씩 나누어 주로 밤에만 움직이다시피 했다.

시간이 더 걸리긴 했어도, 그리했기에 한 번도 제지당하지 않고 작수까지 올 수가 있었다.

그렇게 무사히 목적지에 도착해 약속 장소인 서쪽 외곽 관운묘로 가자 설야광이 그들을 마중 나왔다.

"오느라 수고하셨습니다."

다섯 사람 중 은천일호인 청년이 설야광의 인사를 받았다.

"우리가 무슨 수고를 했겠습니까? 수고야 설 단주가 했지요."

"당연히 할 일을 했을 뿐입니다. 가시지요."

관운묘에서 장원까지는 오 리 정도밖에 되지 않았다.

청년은 같이 온 네 사람과 함께 설야광의 안내를 받아 은밀하게 장원 안으로 들어갔다.

'마침내 여기까지 왔군.'

천왕곡을 나오자마자 들은 소식은 놀랍고도 충격적이었다.

천왕교가 오백이 넘는 사상자를 내고도 승부를 가리지 못한 채 물러섰다고 한다. 더구나 천왕의 무리 중에는 천외비각의 노괴 넷과 천왕오로 중 한 사람이 끼어 있었는데도, 전무심에게 두 명의 노괴와 천왕오로의 넷째 사도무진이 죽으면서 상황이 급변했다고 한다.

한 사람이 전세에 얼마나 영향을 줄 수 있으랴, 했던 모든 사람의 의구심을 그가 한 방에 날려 버린 것이다.

더구나 듣기로는, 그가 바로 천왕교의 수호총령 암천혈왕이라지 않는가.

천왕을 제어할 수 있는 유일한 존재, 암천혈왕 말이다!

이제 곧 그를 만날 것이다.

천사혈왕 전무심, 그는 어떤 자일까?

듣기로는 무뚝뚝하니 단단한 바위를 골라 깎아놓은 것 같은 사람이라던데, 정말 그럴까?

천왕율을 어긴 자신과 은천비원을 그가 어떻게 생각할까?

자신들과 협상을 한 걸 보면 죄를 묻지 않겠다는 뜻 같기도 하다.

그러나 그의 마음을 들여다보지 못하는 한 확실한 것은 아무 것도 없었다.

'부딪쳐 보면 알겠지. 어차피 이렇게 된 상황, 기껏해야 죽기밖에 더할까?'

그가 입술을 지그시 깨물고 손톱이 손바닥에 박히도록 주먹을 으스러지게 쥐었을 때다.

"이곳에서 잠시만 기다리십시오."

방으로 자신들을 안내한 설야광이 짧은 몇 마디만을 남긴 채 밖으로 나갔다.

설야광의 등을 바라보는 그의 눈빛이 기이한 빛을 발했다.

'설야광, 예전의 그가 아니다. 어떻게 된 거지?

"은천일호 진선우를 비롯해 모두 팔십오 명이 왔습니다."

설야광의 보고를 받은 전무심이 한참 만에 입을 열었다.

"우리를 완전히 믿지 못하나 보군."

팔십오 명 중 다섯 명만이 들어왔다. 믿었다면 모두 데리고 와야 했다. 전무심의 말대로 믿지 못했다는 말.

설야광의 이마에 땀이 배어 나왔다.

전무심이 긴장한 설야광을 바라보며 말을 이었다.

"하긴 아마 누구라도 마찬가지일 거요. 상대에 대해 정확한 것을 모르는 이상 완전히 믿는다는 게 사실 더 이상한 것이 아니겠소? 전에 그대들이 그랬던 것처럼."

설야광은 이마에 맺힌 땀을 닦지도 못하고 재빨리 말문을 열었다.

"그들도 곧 달라질 겁니다."

"그래야 할 거요. 내가 누군지 알면서도 달라지지 않으면 서로가 곤란해질지도 모르니까."

두 시진보다 더 길게 느껴지는 이각이 흘렀다.

그사이 청년, 진선우는 눈을 반쯤 감고 천리귀심안(千里鬼心眼)이라는 심법을 사용해 장원의 기색을 탐색해 봤다.

탐색을 시작한 지 일각도 지나지 않아 그의 숨소리가 깊게 침잠되었다. 긴장 때문이다.

십 장, 십오 장, 이십 장. 그는 탐색 범위를 점점 넓혀갔다.

'놀랍군. 곳곳에서 절정의 고수들이 지닌 기운이 느껴진다. 이 정도면 천왕대전에 크게 뒤지지 않는 힘이라 할 수 있겠어.'

그렇게 막 이십 장을 넘어 갈 때다. 갑자기 숨이 턱 막혀 버렸다.

미지의 알 수 없는 기운이 다가오고 있었다.

너무도 거대해서 있는지 없는지, 자신이 잘못 안 것은 아닌지 의문이 들 정도의 거대한 기운이었다.

진정 자신이 느낀 것이 인간의 기운이란 말인가?

그때 문득 한 사람의 이름이 떠올랐다.

'서, 설마… 전무심?'

단신으로 천왕교를 발칵 뒤집어놓은 그가 아니라면 천하에 누가 있어 이런 기운을 지닐 수 있을까.

경악도 잠시, 결국 진선우는 더 이상의 탐색을 포기하고 말았다. 자신조차 감히 감당 못할 기운의 주인이 있는 이상, 다른 곳을 탐색한다는 것이 의미없음을 깨달은 것이다.

그때 뒤에서 그를 유심히 지켜보고 있던 은천사호가 이마를 찌푸리며 투덜댔다.

"너무 늦는 것 같구려. 설야광과 함께 직접 찾아갈 걸 그랬나 보오."

진선우는 방문 쪽만 뚫어지게 쳐다보며 탁한 목소리로 입을 열었다.

"곧… 올 겁니다. 조금만 더 기다려 봅시다."

뚜벅, 뚜벅, 뚜벅…….

조금도 흔들림이 없는 일정한 발걸음 소리가 귀로, 가슴으로, 온몸으로 밀려왔다.

　진선우는 잔뜩 긴장한 표정으로 방문이 열리는 것을 바라보았다.

　마침내 천사혈왕 전무심을 만난다는 생각을 하자 손바닥에 피처럼 끈적끈적한 땀이 고였다.

　과연 전무심이라는 자는 어떤 자일까? 대체 어떤 자이기에 천왕교의 고수들을 두려움에 떨게 만드는 걸까?

　곧 걸음 소리가 멈추더니 방문이 열렸다.

　덜컹!

　방문이 열리는 소리에 움찔, 몸이 떨렸다.

　이제는 돌아설 수도 없다. 방문이 열리면서 돌아갈 길이 사라져 버린 것이다. 돌아갈 수 있는 방법은 단 하나, 앞을 가로막고 있는 천왕이라는 벽을 부수는 수밖에 없다.

　'내가 돌아갈 수 있을까?'

　입술을 잘근 깨문 진선우는 앞을 노려보듯이 직시했다.

　동시에 키가 큰 청의인을 필두로 다섯 명이 안으로 들어섰다.

　그들이 서너 걸음 앞으로 다가오자 진선우의 고개가 자신도 모르게 모로 기울어졌다.

　그리고 어느 순간, 고개가 살짝 기울어진 진선우의 입이 반쯤 벌어졌다. 동시에 눈도 점점 커졌다.

　자신이 잘못 본 것이 아닌지 몇 번이나 눈을 깜박였지만, 다가오고 있는 자는 사라지지도, 변하지도 않았다.

　어이가 없었다.

죽었다던 사람이 눈앞에 나타났다.

비록 많이 달라지긴 했지만 틀림없는 그였다. 다른 사람은 알아볼 수 없을지 모르지만, 그는 몰라볼 수가 없었다.

진선우는 가슴이 먹먹해서 말이 나오지 않았다.

화가 나서 버럭 소리라도 지르고 싶은데, 입이 벌어지지 않았다.

그런데 빌어먹을! 왜 눈물이 나오려 한단 말인가!

진선우는 눈에 힘을 주고 이를 악물었다.

그때다. 그가 다가오다 말고 걸음을 멈춘다. 다섯 걸음 앞이다.

빤히 바라보는 것이 자신을 알아본 듯하다.

"나쁜… 새끼……."

그의 입에서 흘러나온 목소리는 아기의 웅얼거림처럼 작았다. 그러나 못 들은 사람은 하나도 없었다.

"일호?"

옆에 있던 은천비원의 사람들이 당황한 표정으로 그를 바라보았다.

사진옥을 비롯한 네 사람도 눈살을 찌푸리고 진선우를 노려보았다.

그러다 어느 순간 그의 눈에 맺힌 눈물을 보고는 곤혹스런 표정을 지었다.

그때 전무심이 입술을 비틀고 소리없이 웃었다.

"너였나? 네가 은천비원의 일호였단 말이지? 정말 오랜만이군."

진선우가 참지 못하고 버럭 소리쳤다.

"빌어먹을 놈! 나쁜 새끼! 살아 있었으면 나를 찾아왔어야지, 왜 여기서 지랄을 떨고 있어! 찾아왔으면 내가 술이라도 한잔 줬을 거 아냐!"

난데없는 그의 행동에 모두가 병 찐 표정을 지었다.

은천비원의 사람들은 창백한 표정으로 몸이 굳어버리고, 전무심을 따라 방 안으로 들어선 사진옥과 고후명과 상유상과 예종은 눈을 휘둥그렇게 뜨고 진선우를 바라보았다.

전무심에게 '놈', '새끼'를 찾는 그가 네 사람에게는 제정신이 아닌 것처럼 보였다.

그런데 발끈해서 뭐라 할 수도 없는 것이, 대형이 좀처럼 보이지 않던 웃음마저 짓고 있지를 않은가.

아마도 전부터 알고 있던 사람인 것 같았다.

한데 이상하다. 자신들도 어디선가 본 듯한 얼굴이 아닌가?

누구지? 대형이 어떻게 저자를 아는 거지?

네 사람이 의아해하며 멍하니 서 있자 전무심이 다시 걸음을 옮겼다.

"진진, 오랜만이다. 네가 은천일호였을 줄은 꿈에도 생각 못 했군."

진진?

순간 사진옥을 비롯한 네 사람은 눈을 휘둥그렇게 떴다.

머리가 흐트러지고, 약간 그을린 얼굴에 화장기가 없어 바로 알아볼 수는 없었다. 하지만 그 이름을 듣는 순간, 오래전 천유옥과 술잔을 부딪치던 한 여자의 얼굴이 떠오른 것이다.

선우진진, 바로 그녀의 얼굴이.

"뭐야? 저자가 선우진진?"

"설마 귀신들의 여왕?"

"맙소사! 은천비원의 일호가 선우진진이었단 말이야?"

전무심이 천유옥이라면, 진선우 그는, 아니, 그녀는 선우진진이었다.

귀왕전의 작은 주인, 귀화선자 선우진진.

황당한 사실에 사진옥 등은 한동안 말을 잊었다.

그때 전무심이 가늘게 떨고 있는 선우진진에게 물었다.

"귀왕전주도 은천비원의 사람인가?"

선우진진이 천천히 고개를 젓고 말했다.

"아버지는 내가 은천비원에 속해 있다는 것을 모른다."

이제 버릇이 되었는지 여전히 탁한 목소리다.

전무심이 피식 입술을 비틀었다.

"모른다고? 정말 그럴까?"

"그래, 내가 은천비원 사람이라는 것은 내 가족에게도 비밀로 해왔으니까."

"바보 같기는. 설마 정말 모를 거라고 생각하는 것은 아니겠지? 진진, 너는 네 아버지를 너무 우습게보는군."

"무슨 소리를? 아버지는 정말 모르……."

그러다 뭔가가 이상한지 진선우는 홱 고개를 돌려 구석에 서 있는 중년인을 뚫어지게 바라보았다.

"외숙, 정말 아버지가 모르고 있는 건가요?"

이제 마흔 중반으로 보이는 중년인은 선우진진의 질문이 떨어지자 난감한 표정을 지었다.

그러더니 어쩔 수 없다 생각했는지, 아니면 이제 때가 되었다 생각했는지 중년인이 한숨을 내쉬며 사실을 밝혔다.

"그게……. 후우, 전주께선 네가 은천비원의 사람이라는 것을 알고 있다, 진진."

선우진진은 입술을 물어뜯으며 중년인을 압박했다.

"그러니까, 지금까지 아버지와 외숙이 저를 놀렸단 말이군요!"

중년인이 움찔하며 빠르게 설명했다.

"그게 아니다. 전주는 천유옥이라는 놈이 죽고 나서, 네가 귀왕밀전에 들어가 미친 듯이 무공만 파고들 때부터 너를 주시했었다. 그냥 얌전히 앉아 있을 네가 아니라는 것을 알고 있었으니까. 그래서 네가 몰래 은천비원을 만든 걸 알고 나를 보낸 거다. 네가 다칠까 봐."

그러더니 모든 원흉은 따로 있다는 듯 이를 갈며 말했다.

"좌우간 천유옥이라는 그놈만 아니었어도 지금쯤 편히 지내고 있을 넌데, 그 빌어먹을 놈 때문에……."

그때였다. 사진옥이 이마를 찌푸리며 한마디 툭 쏘아붙였다.

"거 듣는 분 기분 나쁘게 자꾸 놈이 뭐요, 놈이?"

중년인, 환귀(幻鬼) 송조는 사진옥의 반응에 별 웃기는 놈 다 본다는 투로 말했다.

"내가 언제 자네들에게 뭐라 했나? 공연한 트집 잡지 말게. 나는 죽은 천유옥이라는 놈 때문에 내 조카가 고생한 것이 화나서 그러는 것이니까."

"이 양반이 그래도!"

이번에는 고후명과 상유상과 예종이 동시에 나섰다.

은천바원의 다른 세 사람도 송조를 지원하기 위해 송조의 옆으로 섰다.

"물러서요!"

선우진진이 손을 들어 그들을 말렸다. 그리고는 들어 올린 손을 꺾어 전무심을 가리켰다.

"저 사람이 그 사람이에요, 외숙."

"누구?"

"천유옥."

환귀 궁조가 눈을 껌벅였다. 무슨 말인지 잘 이해가 가지 않는다는 듯.

그러다 갑자기 해쓱하니 질린 얼굴을 천천히 돌렸다.

"서, 설마, 그럼 조금 전에 그래서 네가……?"

놀란 사람은 그만이 아니었다. 묵묵히 서 있던 사호가 떨리는 눈으로 전무심을 바라보았다.

"그럼 저 사람이… 전무심이… 혈사자 천유옥?!"

그 말이 또 은천비원의 나머지 두 사람에게 충격을 주었다.

"헉! 무슨 소린가? 혈사자는 죽었다고 하지 않았나?"

놀란 외침이 나오는 가운데 전무심이 걸음을 다시 옮겼다.

전무심이 자신을 향해 눈을 부릅뜨고 있는 사람들에게 나직이 말했다.

"내가 누군지를 안 이상, 그대들은 둘 중 하나를 선택을 해야 하오."

그런 전무심을 향해 선우진진이 도끼눈을 뜨고 쏘아붙였다.

"멋대가리없기는! 일단 술부터 내오고 이야기해, 이 빌어먹을 인간아!"

커다란 술 단지가 수북이 쌓였다.

대충 세어봐도 스무 개가 넘어 보였다.

그 많은 술을 마신 사람은 단둘. 전무심과 선우진진이었다.

다른 사람들은 따로 자리를 마련한다며 다 나가 버렸다.

"꺼억, 그래서, 아버지가 돌아가셨단 말이지?"

"그래."

"화가 나서 다 죽이려고 나왔고?"

"죽일 놈만 죽이려고 했지."

"그런데 왜 나를 찾아오지 않았지? 아니지, 내 생각이 나기나 했냐?"

"솔직히 생각이 안 났다."

"진짜 빌어먹을 놈. 꺼어억!"

선우진진은 그 말 이후로 말없이 술만 퍼부었다.

다시 입이 열린 것은 술이 떨어졌을 때였다.

선우진진은 술잔을 단숨에 목구멍으로 털어 넣고 게슴츠레한 눈으로 전무심을 바라보았다.

그녀는 전무심의 코앞으로 고개를 쑥 내밀고, 술기운 때문인지 유난히 붉어진 입술을 벌렸다.

"자식, 찾아왔으면 내가 한번 줬을지도 모르는데. 그러면 네 가슴에 쌓인 한이 조금 풀어졌을지도 모르는데. 멍청한 자식,

그럴 땐 친구를 찾아왔어야지."

쿵!

주절주절 말하던 선우진진이 갑자기 고개를 탁자에 처박았다.

전무심은 고개를 처박은 선우진진의 뒤통수를 물끄러미 바라보다 혼잣말처럼 중얼거렸다.

"그때는 갈 수가 없었다. 여자한테 질렸거든."

고개를 처박은 선우진진이 여전히 이마를 탁자에 댄 채 머리를 삐딱하니 틀었다.

"여자? 하은설? 걔가 왜?"

아마 술기운 때문인 것 같았다.

아니, 선우진진이라면 자신의 마음을 이해해 줄지도 모른다는, 그런 막연한 마음 때문인지도 몰랐다.

그리고 솔직히, 누군가에게 자신의 마음을 한번쯤 털어놓고 싶기도 했다.

그동안 형제나 다름없는 친구들에게 말하지 않은 것은, 그들이 자신의 일처럼 아파할 것 같아서였다. 그러나 선우진진이라면 보다 냉정하게 바라볼 수 있을 터였다.

전무심은 선우진진의 눈을 물끄러미 바라보다 나직이 말했다.

"설아가 내 심장에 단심비를 꽂았거든."

무슨 말인지 잘못 알아들은 듯 선우진진이 붉어진 눈을 깜박거렸다.

"뭐, 뭐가 어쨌다고? 뭔 말이야?"

전무심이 검지를 들어 자신의 심장을 콕콕 찔렀다.

"여기다, 설아가 단심비를 두 개 다 꽂았다니까?"

"딸꾹!"

온몸이 흔들리게 딸꾹질을 한 선우진진이 천천히 머리를 드는 걸 보며, 전무심은 마지막 남은 술을 천천히 목구멍으로 흘려 넣었다.

털어놓고 나니 왠지 가슴이 시원했다.

'진작 누군가에게 털어놓을 걸 그랬나?' 하는 생각이 들 정도였다.

전무심은 비어버린 술잔을 내려놓고 선우진진을 바라보았다.

선우진진의 두 눈에 방울방울 눈물이 맺혀 있었다.

"많이 아팠겠네."

그녀의 목소리가 떨려 나왔다.

동시에 맺힌 눈물이 주르륵 쏟아졌다.

전무심은 피식 웃으며 빈 술잔을 내려다봤다.

"조금."

그러나 웃음은 그리 길게 가지 않았다.

"…아니, 많이 아팠다. 미쳐 버리고 싶었지. 아마 아버지를 생각하지 않았다면 정말 미쳤을 거다."

"크, 큭!"

갑자기 선우진진이 눈물을 흘리면서도 크큭거리며 웃었다.

전무심은 그런 그녀를 그냥 묵묵히 바라보기만 했다.

"하은설이 아직 살아 있는 걸로 봐서 만나보지도 않았구나.

그렇지?"

"가보기는 했지. 그리고 잊기로 했다. 모든 것을. 한도, 그녀
도……."

선우진진이 눈을 부릅뜨고 머리를 전무심의 턱밑으로 내밀었
다.

"그래서 잊혀지겠어? 어? 정말 잊을 수 있겠어?"

기다란 속눈썹이 보였다. 가까이서 보니 선우진진도 조금은
여자처럼 보였다.

"솔직히 자신이 없다."

"병신!"

갑작스런 선우진진의 한마디에 전무심의 눈매가 꿈틀거렸
다.

선우진진은 아랑곳하지 않고 혀 꼬인 목소리를 빠르게 쏟아
냈다.

"지랄 말고 한번 만나봐. 죽여 버리든 살려주든. 그래야 끝장
이 나는 거라고."

"꼭… 그래야 하나?"

"조금 전에, 단심비가 심장에 꽂혔다고 했지?"

전무심이 고개를 끄덕였다.

"심장이 터졌다면서 어떻게 살았지?"

"터지지는 않았다. 아주 미세하게 비켜 맞았지."

"두 개 다?"

"그래."

탕!

선우진진이 냅다 탁자를 내려치고 소리쳤다.

"내 그럴 줄 알았지!"

"무슨 소리지? 그럴 줄 알았다니?"

그때 문득 오래전에 품었던 의문이 하나 떠올랐다.

전무심은 딱딱하게 굳은 표정으로 선우진진을 직시했다.

"혹시… 그녀가 고의로 비켜 맞췄다고 생각하는 건가?"

"정확한 걸 알려줄 사람은 내가 아니라 하은설이야. 그러니까 나중에 하은설에게 물어봐. 여자의 마음을 아무것도 모르는 너는, 내가 설명해 줘도 몰라."

'정말 만나봐야만 하나?'

아무래도 술을 더 마셔봐야 알 것 같았다.

하지만 그전에 물어보고 싶은 것이 하나 있었다.

"그런데 진진, 네가 익힌 것은 귀왕의 무공만이 아닌 것 같은데, 어떻게 된 거지? 다른 사람을 사부로 모시기라도 했나?"

선우진진이 히죽 웃었다.

"귀왕밀전에 들어가 있을 때 누가 찾아왔더군. 그가 가르쳐 줬다. 거래를 하자면서. 더는 알려고 하지 마. 나도 약속을 해서 말할 수 없으니까. 나중에, 살아서 천왕곡으로 돌아갈 때쯤 되면 자연히 알게 될 거야."

3

그는 언뜻 보기에 마흔 정도로 보였다.

은발에 가까운 백발은 너무도 희어서 신비해 보일 정도였다.

백리군악은 사람을 보면서 처음으로 두려움이 느껴졌다. 천왕에게서도 느껴지지 않았던 두려움이었다.

그가 붉고 얇은 입술을 벌려 물었다.

"그 꼬마가 언제쯤 움직일 것 같으냐?"

"며칠 사이에 움직일 겁니다, 각주 어르신."

"아직 서른도 안된 아이가 내가 나서야 할 정도로 강하다니. 세상은 정말 재미있는 곳이야."

윙윙거리듯 흘러나오는 목소리에서는 티끌만큼의 긴장도 느껴지지 않았다.

오히려 긴장한 사람은 백리군악이었다. 그는 긴장을 누그러뜨리기 위해 몰래 혀끝을 깨물어야만 했다.

"각주님을 보필할 사람들은 모두 스물네 명입니다."

"굳이 그 아이들이 필요있겠나?"

스물네 명 중에는 백 살이 넘은 사람도 있었고, 제일 나이가 어린 사람도 마흔이 넘었다. 그들을 아이라 부를 사람이 하늘 아래 누가 있으랴.

그러나 백리군악은 거기에 조금도 이의가 없었다. 눈앞에 있는 자는 그들을 충분히 그렇게 부를 만한 자였다.

"자잘한 일을 처리해 줘야 할 사람은 있어야 하지 않겠습니까?"

"흠, 그건 그렇지."

"사소한 일은 그들에게 맡기고 각주님께서는 오직 하나, 전무심만 상대해 주시면 됩니다."

"걱정 말아라. 그는 내가 반드시 죽여줄 테니까. 대신 너도 약속을 지켜야 한다."

"죽고 싶지 않고서야 어찌 각주님과의 약속을 어길 수가 있 겠습니까?"

"그래, 당연히 그래야지. 흐음, 백 년 만의 외출이라 그런지 가슴이 다 설레는군."

백리군악은 입 안의 비릿한 피맛을 느끼며 자리에서 일어났 다.

"그럼 저는 가서 마지막 준비를 하도록 하겠습니다."

백리군악이 나간 지 일각. 한 사람이 뒤쪽에서 걸어나왔다.

"어떻습니까?"

은발의 중년인은 붉은 입술을 슬쩍 벌리며 웃었다.

"재미있는 놈이야. 가진 것도 제법이고. 무슨 꿍꿍이인지는 모르겠지만, 일단 재주 부리는 모습을 구경하는 것도 재미있을 것 같다."

"보통 놈이 아닙니다. 조심하셔야 할 겁니다, 중조부님."

은발중년인의 얼굴에서 웃음이 사라졌다.

"너는 내가 누군지 잊었나 보구나?"

흠칫한 백의인은 즉시 고개를 숙였다.

"제가 어찌 잊겠습니까? 소손이 실수를 했습니다."

"천하에 나의 적수는 오직 한 사람, 천왕가에 깊숙이 웅크리 고 있는 그 늙은이뿐이다. 그에 비하면 백리군악은 아직 젖도 안 뗀 어린아이에 불과하지. 너는 절대 그 음흉한 늙은이의 존 재를 잊어서는 안 된다."

"예, 증조부님."

"내가 비각의 사람들이 죽어나가는 것을 그대로 놔둔 것도, 내 힘이 약해져야 그 늙은이가 기어나올 거라 생각해서였지. 후후후후, 이제 얼마 안 남았다. 천왕과 천마의 싸움이 막을 내릴 때가."

"천하의 누가 감히 증조부님보다 강할 수 있겠습니까?"

단순한 아부가 아니었다. 분명한 사실이었다.

그가 아는 한, 천하에서 천마(天魔) 서문유적을 누를 수 있는 사람은 아무도 없었다.

"이번에는 절대 지지 않을 것이다. 그 음흉한 놈을 내 반드시 그 지겨운 골짜기에 처박고 말 것이니라!"

그 시각. 백리군악은 사도궁헌과 마주앉았다.

"일단 본 교의 제자 오백을 비밀리에 움직일까 합니다."

"오백? 어디로 말인가?"

"이곳과 작수의 중간 지점에 적당한 장소를 물색 중입니다. 장소가 정해지는 대로, 저들의 눈을 피해 조금씩 이동시킬 생각입니다."

"군이 그럴 필요가 있겠나?"

"언제든 기회가 오면 그들이 중요한 역할을 하게 될 것입니다. 게다가 그들이 그곳에 있음으로 해서 저희들은 아무도 모르는 방어벽이 하나 있는 셈이 되지요. 설령 뜻하지 않은 일이 벌어진다 해도, 그들이 있는 한 이곳의 안위는 걱정할 것이 없게 될 것입니다."

"하나 그리되면 이곳에 남는 인원은 일천에 불과하네. 정천 무맹이 총공세를 펴면 위험하지 않겠나?"

"그들은 그럴 배짱도 없는 자들입니다. 그리고 속하는 그들이 제발 그러하기만을 바라고 있습니다. 그리되면 싸움은 더욱 빨리 끝나게 될 테니 말입니다."

"하긴……. 좋아, 그럼 제군의 뜻대로 추진해라."

第三章
피하지 않겠다!

死星
天血

1

　화산과 혈곡의 싸움은 소강상태에 접어든 듯 보였다. 그러나 더 큰 싸움이 벌어지기 전의 고요, 폭풍전야라는 것을 모르는 사람은 없었다.

　석문으로 모여든 화산과 종남과 정천무맹의 무사들만 해도 일천오백이 넘었다. 거기에 정천무맹 총단에서도 언제든 출전할 수 있도록 일천 무사에게 만반의 준비를 갖추고 대기하라는 명령이 떨어진 상황이었다.

　천하 곳곳에서 모여드는 무사들까지 합하면, 적어도 **외형만**으로는 혈곡을 압도했다.

　하지만 누구도 무조건적인 승리를 점치지 않았다.

　혈곡에 유입된 천왕곡의 무사들이 일천에 달했다. 더구나 혈곡이 위치한 전보산 일대는 지형이 험악하기 그지없어 직접 치는 것도 쉽지 않았다.

그렇게 팽팽한 대치를 이룬 채 시일이 흐르자 양편의 수뇌부는 피가 말랐다.

화산은 화산대로 하루 빨리 복수를 하고 싶었고, 혈곡은 생각 외로 천왕교가 득세하지 못하자 초조해졌다.

칼만 들이대면 툭 터질 것 같은 긴장감에, 여름으로 가는 길목에서 섬서 동부가 살얼음판이 되었다.

과연 누가 먼저 칼을 들이댈까? 누가 이길까!

천하는 눈에 불을 켜고 상황을 주시했다.

불똥이 튀면 어디까지 튈지 아무도 몰랐다.

천왕교가 미는 혈곡이 이길 경우, 그 여파는 하남 호북에 이를 것이 분명했다. 그리고 곧 천하로 퍼져 갈 터였다.

그런데 천하인들이 섬서 동부를 주시하는 사이, 살얼음을 깨는 승부수는 엉뚱한 곳에서 던져졌다.

*   *   *

개방으로부터 천왕교의 움직임에 대한 세세한 정보가 하루도 빠짐없이 전해졌다.

그렇게 이십 일. 때가 되었다 생각한 전무심은 사문천을 만났다.

그리고 그날 저녁, 신월이 칼날처럼 천공을 가르던 시각, 장원에서 이백여 명의 무사가 소리없이 빠져나왔다. 천왕교의 일반 무사들과 거승이 이끄는 혈곡의 무사들만 장원에 남겨놓은 채.

때맞춰 사문천도 추리고 추린 삼백 무사를 이끌고 객잔을 나섰다.

그들은 만날 시간도 아깝다는 듯 작수를 등지고 신월이 기울어지는 곳을 향해 내달렸다.

석천까지는 서남쪽으로 칠백 리 길.

전무심은 미리 삼족개로 하여금 개방의 오백 제자를 진행로에 배치시키도록 해둔 상태였다.

석천까지 가장 빠른 길을 안내도 할 겸 시시각각 변하는 상황을 알기 위함이었다.

천왕교가 움직이면 언제 어느 때든 발길을 돌려야만 했다.

백리군악이라면, 석천을 포기하고 작수의 정천무맹 임시 지부를 칠지도 몰랐다. 그들이 무너지면 종남은 한나절 거리. 순식간에 섬서의 판도가 뒤바뀔 수도 있는 것이다.

다음날 아침.

서신을 든 제갈경의 손이 부르르 떨렸다.

경악에 찬 눈은 서신에 박혀 움직일 줄을 몰랐다.

"석천의 공손세가를 친다고?"

전무심의 서신이 당도한 것은 아침을 먹고 난 이후였다. 고의로 서신을 늦게 전하도록 한 듯했다.

서신을 읽은 제갈경은 청천벽력과 같은 충격을 받았다.

만일 전무심의 계획이 성공한다면, 상황은 일시에 달라질 터였다.

공손세가와 혈곡은 천왕교의 두 다리나 마찬가지. 한데 그중 하나의 다리가 부러지게 되는 것이다.

제갈경은 자리에서 벌떡 일어나 남궁창훈의 방으로 향했다.

제갈호가 그를 수행했다.

"무슨 일인데 그리 서두르십니까, 숙부님?"

부지불식간에 제갈경이 말했다.

"전무심이 석천을 치러 갔다."

"예?"

"자세한 것은 나중에 알려주마. 일단 부맹주를 만나 상의해 봐야겠다. 너는 간부들에게 연락해서 모두 대기하라 일러라."

"예, 숙부."

제갈경에게서 서신을 받은 남궁창훈은 탄성을 터뜨렸다.

"허어, 언제나 그들이 한 발 앞서가는군."

그건 어쩔 수 없었다. 자신들은 총단의 허락을 받지 않으면 극단의 전략은 그 자체로 불가능했다. 병법은 둘째 문제였다.

하기에 제갈경은 자신과 남궁창훈이 맹주의 허락하에 진행하는 비밀 계획에 더 집착했다.

"천호단은 언제나 완성되겠습니까, 부맹주?"

"아직 반밖에 모이지 않았네. 빨라도 사흘 정도는 더 있어야 할 거네."

사흘, 길다면 길고 짧다면 짧은 시간이었다.

그러나 지금은 그 사흘이 삼 년만큼이나 길게 느껴졌다.

일류 이상의 고수들만으로 이루어진 최강의 천호단이 완성되면, 자신도 전무심처럼 극단적인 계획을 독단으로 세울 수 있을 터였다.

"전무심이 성공하고 돌아오면 바로 혈곡을 칠 생각입니다. 그때까지 모두 모였으면 싶군요."

"그때까지는 모일 수 있을 거네."

2

전무심은 이백 명의 천사단을 사 대로 나누었다.

일대는 전무심이 형제들과 이대는 척우진이 진무악과 나중에 합류한 도병천 일행과 축산의 형제들로, 삼대는 선우진진이 뒤에 나온 은천비원의 무사들, 그리고 사대는 설야광이 처음부터 이끌던 은천비원의 무사들이 맡기로 했다.

작수를 출발한 지 열 시진.

한 시진에 거의 팔십 리에 가까운 거리를 달리고 이각을 쉬며 강행군한 덕에 천사단은 개방제자의 안내로 공손세가가 내려다보이는 홍암산(紅岩山)에 도착할 수 있었다.

붉은 바위로 덮인 홍암산은 높이가 오십여 장에 불과했다.

그러나 이십여 리 떨어진 곳의 공손세가를 관찰하기에는 그보다 더 나은 곳이 없었다.

석양으로 인해 붉은 바위가 더 붉게 보이는 시각.

천사단에 이어 곧 사문천과 마존궁의 무사들이 도착했다.

"조용하군."

"누군가가 우리를 발견했다고 해도 아직 수뇌부까지는 전달되지 않았을 겁니다."

"그럼 곧 전해질지도 모르겠군."

전무심이 뒤를 향해 나직이 말했다.

"적을 치는 시간이 이각이 넘어서는 안 되오. 신호가 울리면 무조건 물러나도록 하시오."

나직하지만 모두의 귀에는 바로 옆에서 말하는 것처럼 생생하게 울렸다.

이어 사문천이 차갑게 말했다.

"인정사정 볼 것 없다. 오늘의 싸움이 섬서의 향방을 좌우한다는 사명감을 가져라. 한 놈을 살려주면, 나중에 동료 두 사람이 죽는다는 점을 명심하도록."

간단하지만 확실한 이유였다.

사문천의 말이 끝나자 전무심이 몸을 돌렸다.

"가지요."

"그럴까?"

마치 유람이라도 가는 듯한 말투였다.

그러나 속마음은 결코 그렇지 못했다.

적이든 아니든, 사람을 죽이러 가는 길이 어찌 즐거울까.

석양이 몸부림을 치며 마지막 불꽃을 불사를 즈음, 홍암산의 능선에서 오백의 무사가 일제히 공손세가를 향해 몸을 날렸다.

*　　　*　　　*

석양이 지자 어둠이 밀려오기 시작했다.

외곽 순찰을 돌던 고구삼은 하품을 하다 말고 몸이 굳어버렸다.

어스름 속에 뭔가가 다가오고 있었다. 민가의 지붕을 타넘고, 담장을 넘어 일직선으로.

적어도 수백 줄기는 되어 보였다.

"까, 까마귀 뗀가?"

하지만 그렇게 생각하기에는 그림자의 형체가 너무나 컸다.

잠깐 사이, 눈을 부릅뜨고 전면을 주시하던 그의 입이 쩍 벌어졌다.

"저, 적이……! 컥!"

순간 눈앞에서 뭔가가 번쩍하는가 싶더니 한 자루 비도가 그의 입을 뚫고 머리 뒤로 빠져나왔다.

동시에 힘없이 주저앉은 고구삼의 몸 위를 천사단 이백 명의 그림자가 쓸고 지나갔다.

공손세가의 정문을 향해, 밀물처럼.

뒤늦게 그들을 발견한 순찰무사들은 홱 몸을 돌려 정신없이 도망쳤다.

"저, 적이다! 적이 몰려온다!"

그러나 그들은 채 십여 장을 달려가지도 못하고, 벼락 맞은 참새처럼 힘없이 땅바닥에 나동그라졌다.

이제 공손세가의 담장까지는 이십여 장, 선두에 선 전무심의 신형이 한줄기 유성처럼 공손세가를 향해 날아갔다.

거의 같은 시각, 공손세가의 북쪽 담장 위로도 삼백 줄기의 인영이 솟구쳤다.

사문천을 비롯한 삼백 명의 마존궁 무사들이었다.

어스름과 함께 시작된 전격적인 공격은 너무도 강력했다.

파도에 휩쓸린 모래성이 무너지는 듯했다.

천사단과 마존궁의 최정예들은 천왕교의 무사들이 기거한다는 내원을 향해 경쟁하듯이 내달렸다.

수십 명의 무사들이 튀어나와 그들을 막았지만 몇 번 검을 휘둘러 보지도 못하고 쓰러졌다.

너무나 뚜렷한 힘의 격차.

결국 공손세가의 일반 무사들 중 일부는 대항할 생각을 버리고 도망가기 시작했다.

그때 지붕 위에서 터져 나온 전무심의 일갈이 공손세가를 뒤흔들었다.

"공손세가의 무사들은 검을 버리고 엎드려라! 우리 천사단의 상대는 천왕교지 그대들이 아니다! 서 있는 자들은 누구를 막론하고 죽일 것이다!"

그 일갈의 여파는 작지 않았다.

천사단이라는 말이 나온 순간, 뒤늦게 쏟아져 나온 공손세가의 무사들 사이에서 동요가 일었다.

"처, 천사단? 그럼 저, 전무심이 왔다는 말이잖아?"

"저기 저자가 전무심이다! 천사혈왕 전무심이 왔다! 모두 도망가!"

"엎드리면 살려준다잖아! 엎드려!"

여기저기서 공포에 질린 목소리가 흘러나왔다.

천왕교의 무사들조차 공포를 느끼는 이름, 천사혈왕 전무심!

그가 왔다는 것은 사신이 왔다는 말과도 같았다.

머뭇거리던 공손세가의 무사들 중 하나둘 검을 내려놓고 엎드리는 자가 나왔다.

천사단은 빠르고도 냉정하게 움직였다.

엎드린 자들은 지나치고, 서 있는 자들은 가차없이 베어버렸다.

점점 엎드리는 자들이 늘어났다. 그러더니 천사단의 무사들이 달려가는 곳에서는 너 나 할 것 없이 바닥에 엎드렸다.

천사단의 무사들은 그들의 몸을 타넘어 내원으로 달려갔다.

"살고 싶거든 우리가 떠날 때까지 몸을 일으키지 마라!"

한편 북쪽을 공격하던 사문천도 전무심의 일갈이 터져 나오자 즉시 보조를 맞추었다.

"엎드린 놈은 베지 마라! 서 있는 놈들만 죽여라!"

그러면서 한마디를 덧붙였다.

"전대 가주의 아들인 공손위를 따를 놈들은 엎드려라! 곧 그가 이곳의 주인이 될 것이다! 배덕자들은 우리 손에 죽을 것이니라!"

엉거주춤 물러서던 자들 중 삼십여 명이 엎드렸다.

마존궁의 무사들은 망설이지 않고 그들을 지나쳐 끝까지 대항하는 자들만 공격했다.

내원에 들어서자 사방에서 쏟아져 나오는 천왕교의 무사들이 보였다.

전무심은 일말의 망설임도 없이 그들을 향해 날아가며 쌍장을 휘둘렀다.

콰과광!

굉음과 동시 쏟아져 나오던 자들 중 대여섯 명이 비명도 지르지 못하고 튕겨졌다.

"대항하는 자는 모두 죽여라!"

쏴아아아!

순간 천사단의 무사들이 밀물처럼 천왕교의 무사들을 향해 밀려갔다.

전무심은 무심한 눈으로 밀려가는 천사단을 바라보고는, 안쪽을 향해 스윽 몸을 날렸다.

'일단 천외비각의 노괴를 먼저 찾아야 한다.'

그때다. 문득 장원의 안쪽에서 한 마리 매가 하늘 높이 솟구치는 것이 보였다.

"모두 나가서 놈들을 막아!"

홍완동이 벌게진 얼굴로 십여 명의 간부를 향해 소리쳤다.

처음에는 어이가 없었다.

급습이라니. 자신이 있는 곳을 급습하는 놈이 있다니!

그러다 들리는 소리에 몸이 굳었다.

천사단! 전무심!

홍완동은 그 이름을 듣고 몸이 굳은 자신에게 화가 났다.

분노가 끓어올라 피를 보지 않고는 참을 수 없을 것 같았다.

악쓰듯 소리쳐 몰려온 수하들을 내보낸 그는 품속에서 은색 장갑을 꺼내 손에 끼었다.

"죽일 놈. 그래, 네놈이 얼마나 강한지 보자!"

한데 그때였다.

와장창!

창문이 부서지는 소리와 함께 낭랑한 목소리가 뒤에서 들려왔다.

"이곳에 쥐새끼가 숨어 있었군."

홍완동은 창문이 부서지는 소리를 듣고도 천천히 몸을 돌렸다.

부서진 창문 앞에 이제 스물대여섯이나 되었을까 싶은 청년이 서 있었다.

홍완동이 고개를 갸웃거렸다.

"네가 전무심이냐?"

"전무심? 눈이 나쁜가 보군. 내가 전무심으로 보이다니."

장난 같은 말투였다. 홍완동은 느긋이 손을 비비며 음충맞은 웃음을 흘렸다.

"흐흐흐흐, 아니라 이 말이지? 건방진 놈. 일단 네놈을 죽여 피맛부터 봐야겠구나."

그 말에 청년, 아니, 여인 선우진진이 피식 웃었다.

"미친 늙은이 같으니라구."

동시였다.

선우진진의 몸이 튕겨지듯 홍완동을 향해 다가갔다.

다가가는 그의 두 손이 쫙 펴지더니 홍완동을 향해 떨어져 내린다.

순간 홍완동의 입가에 조소가 매달렸다.

"죽일 놈!"

은빛 장갑이 끼어진 손을 들어 올리는 그의 얼굴에는 어떤 확신이 있었다.

건방진 어린놈의 손이 으깨어져 핏물로 변할 거라는 그런 확신이.

그러나 상황은 그의 생각대로 흐르지 않았다.

손을 맞잡아가는 선우진진의 손에서 백광이 번뜩인 순간, 강렬한 충격이 홍완동의 몸을 뒤흔든 것이다.

쾅!

"어헉!"

생각지도 못했던 상황. 비틀거리며 물러선 홍완동의 표정이 급변했다. 비록 오성의 공력만 썼다지만 자신이 뒤로 밀리다니.

그러나 자신이 밀린 것보다 그를 더 놀라게 한 것은 선우진진의 두 손이었다.

"그, 그것은?"

"늙은이, 이게 뭔지 알았다면 이제 곧 죽는다는 것도 알겠구나?!"

선우진진의 손은 백옥을 깎아 만든 것처럼 완벽한 우윳빛으로 물들어 있었다.

홍완동의 눈은 그녀의 손에서 떨어질 줄을 몰랐다.

"소, 소수? 설마 명옥소수공?"

"그래도 눈은 달렸다고 알아보는군."

홍완동의 얼굴이 의혹으로 물들었다.

"어떻게 남자가 명옥소수공을 익혔단 말이냐?"

선우진진이 차갑게 코웃음 쳤다.

"흥! 못 익힐 것은 또 뭔가? 이제 그만 죽어라, 늙은이!"

그녀의 소수가 천천히 처들렸다.

그러나 홍완동이 누군가? 천외비각 서열 삼위의 절대고수가 그 아니던가?

"웃기는 소리! 죽을 놈은 너다, 이 어린놈아!"

화악!

일갈을 내지른 홍완동이 선우진진을 덮쳤다.

찰나 그의 은빛 장갑이 끼어진 손에서 밝은 빛이 쏟아졌다.

쩌정!

네 개의 손이 정면으로 부딪치고, 동시에 두 사람이 서너 걸음을 물러섰다. 선우진진의 눈이 잘게 흔들렸다.

"훗. 은마갑(銀魔匣)을 여기서 보게 되다니, 돼지 목에 진주 목걸이가 걸렸군."

명옥소수는 고금에서 가장 강하다는 세 가지 수공 중 하나였다.

설사 백련정강이라 해도 자신의 소수를 건딜 수 없을 터였다. 그러나 천고의 기물인 은마갑이라면 이야기가 달랐다. 더구나 그런 기물이 절대지경의 고수에게 들렸다면 자신의 명옥소수도 별 쓸모가 없었다.

별빛처럼 차가운 눈빛이 선우진진에게서 뿜어졌다.

그때 홍완동이 벼락같이 달려들었다.

이제 승기가 자신에게 왔다는 것을 확신한다는 듯.

찰나였다.

선우진진의 백옥처럼 하얗던 손이 푸르스름하게 변했다. 너무나 하얘서 파랗게 보이는 듯했다.

쾅!

은마갑과 명옥소수공이 또다시 정면으로 부딪쳤다.

충돌의 여파에 건물의 한쪽 벽이 와르르 무너지고, 주르륵 물러난 홍완동이 경악한 표정으로 고개를 쳐들었다.

순간 홍완동과 거의 같은 거리로 밀려났던 선우진진이 먼저 몸을 날렸다.

시퍼렇게 변한 두 손을 앞세운 채.

"처, 천왕인(天王印)?"

선우진진의 손을 본 홍완동의 얼굴이 파랗게 질렸다.

전무심이 방에 들어섰을 때 홍완동은 가슴이 뻥 뚫린 채 죽어 있었다.

누구에게 죽었는지는 굳이 찾을 필요도 없었다.

선우진진이 한쪽 벽에 기대어 거친 숨을 몰아쉬고 있었던 것이다.

"네가 죽였나?"

선우진진이 피를 토하지 않기 위해 이를 악물고 고개를 끄덕였다.

의외라면 의외였다. 선우진진이 대단한 고수라는 것은 이미 알고 있었다. 그러나 천외비각의 고수를 죽일 수 있을 정도라고는 생각지 못했었다.

대체 지난 삼 년간 무슨 일이 있었던 걸까?

어떻게 삼 년 만에 저렇게 강해진 걸까?

자신에게 뭔가를 숨기는 듯하더니 그와 관련이 있는 듯했다.

'말해주고 싶으면 언젠간 말하겠지.'

자신 역시 숨기고 있는 것이 있었다. 그러고 보면 피장파장이었다.

"내가 도와줄까?"

멈칫한 선우진진이 고개를 저었다.

그때 전무심이 말했다.

"그래도 피는 토해내. 삼키면 나중에 오줌 쌀 때 빨갛게 나오거든."

"우웩!"

선우진진이 참지 못하고 피를 한 사발도 넘게 토해냈다.

그러고는 눈을 들고 전무심을 흘겨봤다.

"썩을 놈. 그게 여자에게 할 소리냐?"

"네가 여자냐? 친구지."

그 소리가 좋게 들린 적도 있었다.

그러나 언제부턴가 그 소리가 싫어졌다.

특히 지금 같은 경우는 더 싫었다.

"나쁜 새끼. 꼭 말을 해도……."

"엄살 그만 떨고 가자. 시간이 다되어간다. 아무래도 조금 서둘러야 할 것 같아."

3

술시 초.

방운휴가 전서응의 다리에서 떼어낸 전서통을 들고 급히 백리군악의 방에 들어섰다.

"공손세가에서 온 급전입니다, 제군."

서신을 받아 든 백리군악은 빠르게 서신을 읽어 내려갔다.

그리 길지 않은 내용이었다.

백리군악은 다 읽은 서신을 내려놓고 즉시 붓을 집어 들었다.

빠르게 써 내려간 글이 하얀 종이를 순식간에 가득 메웠다.

손을 가볍게 저어 삼매진화로 먹물을 말린 백리군악은 서신을 작게 접어 엄지 굵기의 통 속에 집어넣었다.

"이걸 즉시 인하구로 보내고, 천왕전에 공손세가의 소식을 알려라."

"예, 제군."

기다리고 있던 방운휴가 통을 받아 들고 방을 나갔다.

그제야 백리군악은 서탁 밑에서 손바닥만 한 종이를 꺼내 들었다. 깨알 같은 글씨가 적힌 서신이었다.

"그 인원이 하루도 안돼 칠백 리를 달렸다는 말인가? 그것도 우리의 눈을 완벽히 피해서? 훗, 대단하군."

잠시 후, 한 통의 서찰을 더 쓴 백리군악은 방 뒤쪽의 밀실로 들어갔다. 밀실에는 두 마리의 전서응이 있었는데, 백리군악은 그중 깃끝이 파란 전서응의 다리에 매달린 통 속에 서신을 집어넣었다.

곧이어 백리군악이 지켜보는 가운데 한 마리 전서응이 남쪽을 향해 힘차게 날갯짓을 했다.

천왕곡을 향해서.

'역시 너다운 일. 네가 움직이지 않으면 정보를 줄까 했었는데…….'

백리군악은 전서응이 어둠 속으로 완전히 사라지자 천천히 몸을 돌렸다.

'미안하다, 유옥. 끝까지 너를 이용하는 나를 용서하지 마라.'

이미 바퀴는 구르기 시작한 지 오래였다. 이제 와서 감상에 젖어 있기에는 너무 많은 길을 달려온 터였다.

백리군악은 두 주먹을 움켜쥐고 방을 나섰다.

'어차피 시작한 거, 끝은 봐야겠지.'

백리군악은 천왕전으로 가기 전, 먼저 별원에 있는 천외비각주 서문유적을 찾아갔다.

그가 별원에 도착했을 때, 서문유적은 달뜬 신음을 토해내며 몸을 비트는 이십대 후반의 여인을 희롱하고 있었다.

서문유적으로선 당연히 오랜만의 유희를 방해한 백리군악이 반가울 리 없었다.

그는 여인이 나가려 하지 않자 단숨에 여인의 음기를 빨아내 죽이고는, 여인의 벌거벗은 시신을 옆에 놔둔 채 백리군악을 맞이했다.

"지금?"

침상에 비스듬히 앉은 서문유적이 눈을 가늘게 떴다.

백리군악은 희열에 젖은 채 죽어 있는 여인은 본 척도 하지 않고 자신의 할 말만 했다.

"시간이 없습니다. 놈들이 작수에 도착해서 완전히 전열을 정비하면 그만큼 힘들게 될 것입니다, 각주."

"흠, 그래? 지금 쫓아가면 놈을 만날 수 있다 그 말이지?"

"예, 각주. 이번 기회에 각주님께서 놈을 죽이신다면, 천왕도 더 이상 각주님을 제재하실 수 없을 것입니다. 그만큼 각주님의 뜻을 펼치실 날이 가까워졌다는 뜻이지요."

그 말에 서문유적의 새파란 눈빛이 백리군악의 눈을 파고들었다.

"좋다. 일단은 너의 뜻에 따라주지. 하나… 말장난으로 나를 이용할 생각은 버려야 할 것이니라."

"제가 어찌 감히……. 그럼 속하는 나가서 각주님을 보필할 사람들을 준비시키겠습니다. 그리고 나중에 더 좋은 여인을 보내 드리도록 하겠습니다."

고개를 숙인 백리군악의 눈 깊은 곳에서 싸늘한 한광이 번뜩였다.

'하지만 그녀를 안을 기회가 있을지는 모르겠구나, 사악한 늙은이.'

공손세가에서 전서웅이 날아든 지 이각.

천왕의 명으로 이십여 명의 사람이 천왕전에 모여들었다.

쥐 죽은 듯이 조용한 가운데 사도궁헌의 노성이 터져 나왔다.

"그토록 공을 들였던 사공세가가 적들에 의해 유린당하고, 그곳에 있던 본 교의 제자들이 전멸하다시피 했다. 대체 어찌

된 일인가! 제군, 말해봐라!"

백리군악이 허리를 숙이고 대답했다.

"미처 놈들의 움직임을 알아채지 못한 속하의 잘못입니다, 교주."

"이번에도 전무심인가?"

"그렇다 합니다."

쾅!

사도궁헌이 발을 구르고 눈을 부릅떴다.

"그렇다? 놈에 대한 대책을 세운다고 한 것이 언젠데 여태 놔두고 있단 말인가?!"

백리군악이 천천히 허리를 폈다. 조금도 흔들림이 없는 모습이었다. 그러한 모습에 몇 사람이 백리군악을 질타했다.

"적의 움직임도 모르고 있으면서 어찌 군사라 할 수 있단 말인가?"

"일을 하고 있기는 한 건가? 천하를 놓고 다투는 판에 그리 한가해서야 원……."

하지만 백리군악은 그들의 말에 아랑곳하지 않고 사도궁헌을 향해 말했다.

"의외의 일격을 당하긴 했지만, 벌써부터 놈에 대한 조치를 취하고 있었습니다, 교주."

"조치를 취했다? 조금 전에 연락이 왔는데 어떻게 놈에 대한 조치를 미리 취했단 말인가?"

"사흘 전 본 교의 제자 오백을 비밀리에 인하구에 보내놨었지 않습니까? 속하는 그들과 함께 추살단 십여 명을 보내놨었습니다. 조금 전 그들에게 천리전응을 보내 전무심을 추적하라 명을 내렸습니다."

사도궁헌의 눈빛이 순간적으로 번뜩였다.

"그들만으로 천사단과 마존궁의 무사들에 둘러싸인 전무심을 죽일 수 있다고 생각하나?"

"당연히 그들만으로는 힘들 것입니다. 그러나 방금 전 비각의 각주님과 나머지 추살단도 출발했으니, 그들을 중간에서 따라잡을 수만 있다면 좋은 소식이 전해질 것입니다, 교주."

"그래? 천외비각주가 출발했단 말이지?"

"예, 교주."

사도궁헌의 입가로 차가운 미소가 번졌다.

"그럼 우리가 할 일은? 설마 이대로 구경만 하면서 기다릴 생각은 아니겠지?"

백리군악과 천왕 사도궁헌의 눈빛이 마주쳤다.

백리군악이 단호한 표정으로 말했다.

"기회는 왔을 때 잡아야 하는 법. 비각주께서 전무심을 제거했다는 연락이 오는 즉시, 작수에 있는 정천무맹의 지부까지 평정할 생각입니다."

4

모든 것이 한 치의 착오도 없이 이루어졌다.

천왕교의 무사들 태반을 제거하고 사공세가의 간부들 대부분을 제압했다. 생각했던 것보다 더 좋은 결과였다.

조금 마음에 걸리는 점이라면, 적을 공격한 지 일각도 되지 않아 전서응 한 마리가 하늘을 날아간 것이었다. 어느 정도는 예상하고 있었지만, 생각보다 빠른 반응이었다.

더구나 전서구도 아니고 전서응이라면 더 빠르고 정확하게 이곳의 소식이 전해질 터였다.

전무심은 조금 찜찜한 마음에, 반 시진이 채 지나기도 전 천사단과 마존궁을 일제히 퇴각시켰다.

다행히 피해는 그리 많지 않았다.

오백여 명 중 삼십여 명이 죽고 백여 명이 크고 작은 부상을 당했는데, 대부분이 천외비각의 홍완동과 장로 급 무인 십여 명에 의한 피해였다. 그래도 그 정도의 피해는 예상보다 적었고, 적들에 비하면 아무것도 아니었다.

전무심은 석천을 벗어나자마자 즉시 작수를 향해 달렸다.

지금쯤은 공손세가의 소식이 안강에 전해졌을 터였다. 그들은 자신들을 추적하던가 아니면 곧장 작수로 쳐들어가던가 둘 중 하나를 택할 것이 분명했다.

이제부터는 시간 싸움이었다.

그렇게 석천을 떠난 지 다섯 시진.

천사단이 먼저 소천에 도착했다.

이제 작수까지는 백여 리 정도 남았을 뿐이었다. 걸음을 늦춰도 두 시진이면 도착할 수 있는 거리인데다, 아직 적들의 동향에 대한 소식도 없었다.

하등 걱정할 것이 없을 듯했다. 잠깐 쉬는 시간을 이용해서

풀밭에 누워 낮잠을 자는 자들이 있을 정도였다.

그런데도 전무심의 표정은 펴질 줄을 몰랐다.

"대형, 무슨 걱정이라도 있습니까?"

바위에 걸터앉아 있는데 사진옥이 곁으로 다가가 물었다.

"작수에 도착할 때까지 긴장을 늦추지 말라고 전해라."

뜻밖의 명령이었지만 사진옥은 조금도 의구심을 품지는 않았다. 대형의 우려는 지금까지 한 번도 틀린 적이 없었으니까.

그래도 궁금하기는 했다.

"놈들이 움직였다는 정보라도 들어왔습니까?"

"아니, 아무 소식도 없다."

"그럼 왜?"

"그래서 걱정이다. 지금쯤 적들의 움직임에 대한 연락이 왔어야 정상인데 아무런 소식도 없으니 말이다."

"그럼 좋은 거 아닙니까? 놈들이 포기했다는 말이니까요."

"글쎄, 네가 보기에는 백리군악이나 천왕이 그렇게 순순히 포기할 사람인 것 같더냐?"

사진옥의 표정이 서서히 굳어졌다.

전무심과 사진옥의 표정이 밝지 않자 고후명과 예종도 가까이 다가왔다. 소나무에 기댄 채 세상모르게 낮잠을 자는 상유상을 놔둔 채.

"무슨 일입니까, 대형?"

고후명이 물었을 때다.

전무심이 천천히 몸을 일으켜 먼 하늘을 바라보았다.

모두가 입을 닫고 전무심의 말이 떨어지기만을 기다렸다.

그때 전무심의 입이 벌어졌다.

"마존궁이 우리와 얼마나 떨어져 있지?"

사진옥이 기다리고 있었다는 듯 즉시 대답했다.

"이십 리 정도 떨어져 있을 겁니다, 대형."

"이십 리라……. 진옥."

전무심이 눈살을 찌푸리며 부르자 사진옥이 긴장한 표정으로 대답했다.

"예, 대형."

"부상자들은 작수로 출발시키고, 나머지 인원은 길을 되돌아간다. 즉시 삼대의 대주들을 불러와라."

"예? 예, 대형."

사진옥은 눈을 크게 뜨고 의아한 표정을 지었지만, 곧 대답을 하고 고후명과 예종을 척우진과 설야광에게 보냈다. 그리고 자신은 선우진진을 만나기 위해 달려갔다.

전무심은 넓게 퍼져 쉬고 있는 천사단의 무사들을 훑어보고는 다시 하늘을 바라보았다.

그의 초감각은 지금까지 한 번도 거짓을 말한 적이 없었다.

하기에 자신의 느낌을 믿을 수밖에 없었다.

─적들이 오고 있다!

문제는 그 적들이 불길할 정도로 강하게 느껴진다는 것이었다.

'너무나 빠르다. 미리 알고 있지 않고서야 불가능한 움직임이다. 누군가. 누가 우리의 움직임을 알고 있는 것인가! 백리군악, 너냐?

그의 이가 지그시 다물렸다.

'좋아, 누구든 와라! 피하지 않겠다!'

*　　　*　　　*

사문천은 상대의 심장을 부순 검을 잡아 빼며 앞을 노려보았다.

공격을 받은 지 반 각 만에 마존궁의 최정예 무사들이 오십여 명이나 쓰러졌다.

적들은 두 배가 넘게 쓰러졌지만 그것은 아무 문제가 아니었다.

적이 아무리 많이 죽어도 내 사람 하나만도 못한 법이 아니던가.

"모두 죽여라! 마존궁의 위엄을 보여줘라!"

그가 이를 갈며 소리쳤다.

살기가 머리꼭대기까지 솟구쳤다.

그의 눈동자는 이미 하얗게 변한 상태였다.

바로 그때였다.

"낄낄낄, 네놈이 사문천이란 놈이구나!"

우측 허공에서 낄낄거리는 웃음소리가 들리더니, 곧이어 가공할 경력이 밀려들었다.

사문천은 휙 고개를 돌리고 검을 뻗었다.

세모꼴 눈을 번뜩이는 노인이 날아드는 게 보였다. 농부가 사용함직한 평범한 낫 한 자루를 들고 있는 노인이었다.

그러나 노인의 손에 들린 순간부터 그 낫은 결코 평범하지 않았다. 검은 광채로 번들거리는 낫이 어찌 평범한 것이랴.

"그렇다! 내가 바로 사문천이다, 늙은이!"

사문천은 대뜸 소리치며 뻗은 검에 내력을 집중시켰다.

그가 누군지 알 바가 없었다. 죽이지 못하면 죽는다는 것만이 진실이었다.

쾅!

일순간 검과 낫과 부딪치며 굉음이 일었다.

주춤, 두 걸음을 물러선 사문천은 세모꼴 눈을 한 노인을 노려보았다. 노인 역시 두 걸음을 물러서서 눈을 희번덕거렸다.

"켈! 제법이구나! 내 묵겸을 막아내다니. 한데 전무심은 어디 있지?"

"개소리 말고 덤벼라, 늙은이! 그를 만났으면 네놈은 벌써 뒈졌을 것이다!"

사문천은 마음이 다급해졌다.

묵겸을 든 노인은 자신에 못지않은 고수였다.

문제는 그런 고수가 눈앞의 노인 한 사람만이 아니라는 것이었다.

묵겸을 든 노인이 나타난 숲에서 십여 명이 나타났는데, 그들 중 두어 명은 묵겸을 든 노인과 비슷한 고수였다.

그들은 나타나자마자 조금도 망설이지 않고 마존궁의 간부들을 향해 달려들었다.

사문천이 마존궁의 간부들을 향해 소리쳤다.

"모두 조심해! 전력을 다해서 싸워!"

"킬킬킬, 네놈 걱정이나 하거라!"

하지만 묵겸을 든 노인이 그를 가만두지 않았다.

노인의 묵겸이 허공을 난자할 때마다 시커먼 묵광이 번뜩이며 사문천을 압박했다.

사문천은 이를 악물고 전력을 다해 검을 펼쳤다. 여유를 부린다는 것은 생각도 할 수 없었다. 아차 하는 순간이면 노인의 묵겸에 목이 날아갈 판이었다.

찰나간에 십여 초가 흘렀다. 팽팽한 접전.

사문천은 승기를 잡을 수 없자 마음이 초조해졌다.

주위의 상황은 최악을 향해 달려가고 있었다.

"커윽!"

가은겸이 어깨가 쩍 벌어지는 상처를 입고 신음을 토해낸다. 연신 뒤로 물러서며 검을 휘두르는 태주열도 내상을 입었는지 입에서 피를 흘리고 있다.

일곱 명의 장로와 네 명의 호법도, 나중에 나타난 자들과 한 치 앞을 내다볼 수 없는 접전을 벌이며 수세에 몰린 상황이다.

그렇게 그들의 손발이 묶이자, 부족한 숫자임에도 불구하고 밀리지 않던 마존궁의 무사들마저 조금씩 밀리기 시작한다.

사문천은 하얗게 탈색된 눈을 부릅뜨고 묵겸노인에게 물었다.

"천외비각의 늙은이냐?!"

묵겸을 든 노인, 임차규가 세모꼴 눈에서 살기를 뿜어내며 대답했다.

"그걸 알았으면 이제 그만 목을 내놓아라!"

"흥! 목을 내놓을 사람은 늙은이, 너다!"

냉랭히 코웃음 친 사문천은 필생의 공력을 검을 흘려 넣었다.

시퍼런 검강에 은은한 백색 기운이 어른거렸다.

점점 더 악화되어 가는 상황. 머뭇거릴 여유가 없었다. 승부를 뒤집을 수만 있다면, 자신의 몸을 갉아먹는 마공이라 해도 써야만 했다.

"죽어라, 늙은이!"

사문천은 검강이 백색으로 물들자 임차규를 향해 몸을 날렸다.

백혼마기가 실린 그의 검은 좀 전과 판이한 위력으로 임차규를 덮쳤다.

임차규도 사문천의 기세가 전과 다르다는 것을 느꼈는지 굳어진 표정으로 묵겸을 들어 올렸다.

콰과광!

"으음……."

주르륵 물러선 임차규의 입에서 신음이 흘러나왔다. 자신이 밀린 게 믿을 수 없다는 듯 세모꼴 눈이 역팔자로 꺾어졌다.

일검으로 승기를 잡은 사문천은 기회를 놓치지 않고 다시 임차규를 덮쳤다.

"이제 끝이다! 늙은이!"

한데 바로 그때였다.

가은겸을 거의 죽음으로 몰아넣은 짧은 창을 든 노인이 사문천의 우측을 치고, 가느다란 칼로 곽천승의 옆구리를 도려낸 붉은 머리의 노인이 좌측을 치며 달려들었다.

갑자기 삼면으로 둘러싸여 승기가 위기가 되어버렸다.

뜻하지 않은 상황. 사문천은 이를 악물고 몸을 휘돌리면서 백혼팔마검 중 삼초를 연이어 펼쳤다.

쩌저저정!

사문천을 중심으로 폭풍이 휘몰아쳤다.

강기의 회오리는 반경 오 장을 휩쓸고 사방으로 퍼져 나갔다.

그러나 천하의 패존 백안마군 사문천이라 해도 절대지경에 다다른 고수 셋을 혼자 상대할 수는 없는 일이었다.

합공을 받은 지 채 오 초가 지나기도 전.

연속된 공격에 충격을 받은 사문천의 입에서 핏물이 배어 나왔다. 그러더니 임차규의 묵겸이 허리를 스치고, 공력이 흩어진 사이 도를 든 노인, 야홍준의 도가 검신을 그대로 후려치자 피화살이 뿜어졌다.

"푸억!"

순간 기태청의 창이 사문천의 가슴을 파고들었다.

따라랑!

사문천은 안간힘으로 검을 휘둘러 가슴을 파고드는 창을 쳐냈다.

푹!

창날이 가슴을 스치며 어깨를 가르고 지나갔다.

"정말 대단한 놈이로구나!"

기태청의 입에서 진정으로 감탄했다는 듯 탄성이 터져 나왔다.

그러나 사문천은 서 있기조차 힘들었다. 창과 부딪친 충격에 고막이 먹먹하고 가슴이 울렁거렸다. 어깨에서 솟구친 핏물이 눈으로 들어갔는지 앞도 잘 보이지 않았다.

그때 어렴풋이 묵광이 번쩍이더니 임차규의 묵겸이 그의 목으로 날아들었다.

쉬익!

아마 본능이었을 것이다. 사문천이 무의식중에 들어 올린 검이 정확히 임차규의 묵겸을 후려쳤다.

쩡!

묵겸이 옆으로 비켜 나가고, 사문천의 검이 허공으로 튕겨졌다.

또다시 주르륵 물러선 사문천의 입에서 피가 뿜어져 나왔다.

단 한 번의 방어. 이제는 막을 것도 없고, 그럴 힘도 없었다.

사문천은 마지막으로 세 사람을 향해 욕을 퍼부었다.

"개새끼들! 고수라는 놈들이 합공을 하다니! 네놈들은 삼류 무사만도 못한 늙은이들이다!"

오십수 년을 살아온 사문천이 오늘 같은 욕을 한 것은 마존궁의 궁주직을 맡은 지난 이십 년 이래 처음이었다.

그런데 그게 먹혀들었는지 세 사람이 주춤했다.

그들도 엉겁결에 합공을 하긴 했지만, 자신들보다 월등히 강한 자도 아닌 사문천에게 합공을 했다는 것이 마음에 들지 않은 듯했다.

"임 형이 마무리 지으시게."

기태청이 한마디 툭 내뱉고 몸을 돌렸다.

야홍준도 어색한 몸짓으로 어깨를 추켜올리고는 다른 먹이를 찾아 눈을 돌렸다.

순간 입술을 깨문 임차규가 사문천을 향해 묵겸을 던졌다.

"켈! 그럼 내가 죽여주지!"

시커먼 기운이 서린 묵겸이 팽이처럼 휘돌며 사문천의 목으로 날아갔다.

사문천은 눈을 감고 빙긋 웃었다.

뒹굴기라도 하면 한 번은 피할 수 있을지 몰랐다. 그러나 죽는 건 매일반. 한 번 더 피하겠다고 구차하게 땅을 뒹굴고 싶지는 않았다.

죽더라도, 섬서제일패 백안마군 사문천답게 죽고 싶은 것이다.

'이제 죽는 건가? 화련이와 전무심이 맺어지는 것을 보고 싶었는데……. 자식, 내 딸만 한 아이가 어디 있다고 빼기는……. 응?'

묵겸이 목을 자르고 지나가도 열 번은 지나가야 했을 터였다. 그리고 자신의 생각도 끊겨야 맞았다.

한데 이상했다. 목도, 생각도 여전하다.

'어떻게 된 거야?'

눈을 뜨자 앞이 캄캄했다. 눈에 핏물이 들어가서만은 아니었다. 누군가가 자신의 앞을 가로막고 있었다.

사문천은 핏물 때문에 잘 보이지 않는 눈을 깜박거리며 앞을 보기 위해 노력했다.

'누구지?'

그때 귀청을 울리는 목소리.

먹먹한 고막으로 인해 무슨 말인지는 알 수가 없었다. 그러나 말투만으로도 가슴이 떨렸다.

'그가 왔구나!'

무령풍을 극성으로 펼친 전무심은 간발의 차이로 묵겸을 잡아챘다.

바람의 방향이 조금만 틀어졌어도, 임차규가 자존심 때문에 입술을 깨물며 멈칫하지만 않았어도 지금쯤 사문천의 머리는 땅에 떨어져 있을 터였다.

워낙 빨라서 마치 처음부터 그렇게 서 있었던 것 같았다.

임차규가 눈앞에서 벌어진 일을 믿을 수 없는지 멍하니 바라본다.

"무공을 완성했다는 자들이 자존심도 없는가?!"

일갈을 내지른 전무심은, 멍하니 자신을 바라보는 임차규를 향해 묵겸을 내던졌다.

취리리릭!

그는 세 사람을 먼저 제거하는 것에만 전력을 기울일 작정이었다.

자신의 뒤를 따라 천사단의 고수들이 계곡에 속속 들어서고 있었다. 세 사람만 자신이 처리하면, 다른 자들은 천사단이 충분히 맡을 수 있을 듯했다.

"이제부터는 내가 그대들을 상대해 주지!"

전무심은 손에 든 묵겸을 임차규에게 날리고, 야홍준을 향해 스윽 한 발을 내딛었다.

츠룽!

유리혈루가 그의 허리에서 빠져나오고, 동시에 좌수의 지옥혈심표가 귀곡성을 울리며 묵겸의 뒤를 따라 날았다.

쒜에에엑!

"이놈이 전무심이다!"

전무심의 정체를 알아챈 야홍준의 목소리가 떨려 나왔다.

"전력을 다해서 합공해!"

기태청도 창을 곧추세우고 혼신의 공력을 끌어올렸다.

비록 서열 십오위권 밖에 있다지만, 그래도 천외비각에 들어간 지 이십 년이 다 된 사람들, 절대지경을 코앞에 둔 고수들이다.

그러나 그들이 막기에는 전무심이 너무 강했다.

더구나 임차규가 묵겸을 피해 몸을 날리는 바람에 두 사람만이 전무심의 공격을 감당해야만 하는 상황.

지옥혈심표가 임차규를 따라 허공으로 치솟고, 유리혈루의 백색 검강은 그물처럼 야홍준과 기태청을 동시에 뒤덮었다.

"으헉!"

묵겸에 이어 날아든 지옥혈심표는 가히 공포였다. 허공에서 몸을 트는 임차규의 얼굴이 회칠이라도 한 듯 하얘지고,

까가강! 콰광!

항거할 수 없는 가공할 기세에 주르륵 밀려가는 야홍준과 기태청의 얼굴이 송충이라도 씹은 듯 일그러졌다.

그러나 세 사람은 몸을 가눌 정신도, 입 안의 송충이를 뱉어낼 시간도 없었다.

살아서 스스로 움직이는 것마냥 방향을 틀며 붉은 광채를 뿜어내는 지옥혈심표.

그에 아랑곳없이 백색 광룡을 앞세우고 두 사람을 덮쳐 가는 전무심이다.

지옥혈심표와 유리혈루를 동시에 다루는 전무심은 사신이었다.

지옥의 사신, 천사혈왕 전무심!

전무심에게 혼세칠마존은 물론이고, 서열 육위 은사극과 천외비각 사대고수 중 한 사람인 율이명마저 죽었다는 것은 세 사람도 알고 있었다.

공손세가를 이끌던 홍완동이 죽었을 거라는 말도 오면서 들었던 터다.

그러나 이 정도일 줄은 상상도 하지 못했다. 세 명이 합공하고도 단 오초를 버티기가 힘들다니!

여기서 죽을지 모른다는 공포가 세 사람을 휘어 감았다.

치욕을 무릅쓰고라도 도망가야 한다는 생각이 그들의 의지를 갉아먹었다.

"도, 도망가자!"

백색 광룡을 피해 바닥을 뒹군 야홍준이 먼저 도망가자는 말을 꺼냈다.

기태청도 마음은 굴뚝같았다. 하지만 가공할 신법을 지닌 전무심이 놓아줄 리가 없었다.

"곧 각주가 온다! 조금만 참아!"

기태청이 마지막 희망에 기대어 소리쳤다.

그 말에 전무심의 눈빛에 붉은 빛이 떠올랐다.

천외비각의 각주, 신비에 가려져 있던 그가 온다!

그렇다면 더 시간을 끌어선 안 되었다. 그가 오기 전에 이곳의 상황을 끝내야만 했다.

무령풍을 펼친 전무심이 유리혈루에 구성의 내력을 흘려 넣었다.

후우우웅!

유리혈루가 용명을 발하더니 백색 광룡이 붉은 눈을 떴다.

광룡이 붉은 빛으로 물들었다 싶은 순간,

콰우우우!

천라무정혈룡탄이 펼쳐지고, 유리혈루에서 튀어나간 혈룡이 야홍준을 집어삼켰다.

"아, 안 돼!"

기겁한 야홍준이 시퍼런 도강으로 물든 도로 다섯 자 크기의 도망을 만들어냈다.

찰나,

쾅!

혈룡이 단번에 도망을 찢고 야홍준의 목을 물어뜯었다.

"꺼어억!"

목이 반쯤 통째로 떨어져 나간 야홍준이 삼 장 밖으로 튕겨졌다.

거의 동시!

혈룡이 방향을 틀며 기태청의 창을 휘어 감았다.

고금제일의 무령풍이 펼쳐진 터다. 기태청으로선 피할 틈도 없었다.

쿠르르릉!

창을 갈아내는 듯한 소리와 함께, 창신을 타고 올라간 혈룡이 기태청의 팔뚝을 잡아 뜯었다.

"크억!"

순간 처절한 비명이 울리고, 기태청의 창을 든 손이 팔꿈치 부근에서 떨어져 나갔다.

화악, 뿜어지는 피분수가 전무심의 검력에 휘말려 안개처럼 흩어졌다.

전무심은 기태청의 팔마저 자르고 나서야 왼손을 들어 허공에 그대로 휘돌렸다.

쒜에에엑!

지옥혈심표가 조금 전보다 두 배는 빠른 속도로 임차규에게 쏘아졌다.

"아, 안 돼!"

몸을 트는 임차규의 입에서 공포에 질린 목소리가 비명처럼 터져 나왔다.

동시였다.

"감히!"

짧은 일갈이 천둥처럼 울리더니,

콰앙!

임차규의 허리를 파고들던 지옥혈심표가 허공으로 튕겨졌다.

전무심은 싸늘한 광망을 발하며 몸을 날렸다. 유리혈루에 십성의 공력을 끌어올린 채!

전력을 다한 공격이었다. 그럴 수밖에 없었다.

새롭게 나타난 자들은 모두 열두 명.

다른 자들은 문제될 것이 없었다. 다만 한 사람, 은발을 휘날리며 허공에 우뚝 서 있는 자, 자신의 지옥혈심표를 손짓 한 번에 튕겨낸 자.

자신의 생각이 잘못되지 않았다면, 바로 '그' 였다.

신비의 천외비각주!

전무심이 몸을 날리며 소리쳤다.

"그대가 천외비각의 주인인가?!"

서문유적이 오른손을 들어 올리며 답했다.

"내가 바로 서문유적이니라!"

들어 올린 그의 우수는 어느새 검게 변해 있었다.

손바닥 가운데 떠오르는 핏빛 아수라!

누가 먼저라 할 것도 없었다.

전무심의 유리혈루에서 혈룡이 포효하고, 핏빛 아수라가 서문유적의 손바닥을 떠났다.

오 장의 간격이 찰나에 좁혀지고,

콰아앙! 쿠르르릉!

두 사람의 공격이 허공에서 부딪친 순간, 대기가 터져 나가고 뇌음이 하늘을 뒤흔들었다.

멋모르고 주위에 있던 십여 명이 칠공에서 피를 토하며 무너져 내렸다.

전무심과 서문유적도 튕겨져 십 장의 거리를 둔 채 마주 섰다.

"소문으로 들었던 것보다 더 대단하구나!"

"당신도 내 손에 죽은 다른 사람들과는 많이 다르군!"

서문유적의 새파란 눈빛이 전무심을 직시했다.

그러다 뭘 봤는지 경악이 떠올랐다.

"천사지안? 네놈이 천사지안을 지녔다니. 이제야 상황이 이해가 되는구나!"

의외였다. 그러나 이제는 더 마음 쓸 것도 없었다.

"그걸 알아봤다면, 그대가 죽는다는 사실도 알겠군!"

전무심의 말이 떨어진 순간이었다. 서문유적이 미친 듯이 광소를 터뜨렸다.

"크크크, 크하하하하!"

피아를 불문하고, 주위 이십여 장 안에서 싸우던 자들이 일제히 귀를 막고 비틀거리며 물러섰다.

심지어 척우진과 도병천은 물론이고, 선우진진마저 이를 악물고 견디어내야만 했다. 적들도 예외가 없었다. 두어 명이 인상을 찡그리는 정도로 그 충격을 해소시키긴 했지만, 그들 역시 그 순간만큼은 손을 쓰지 못했다.

그때 서문유적의 광소가 터져 나올 때만큼이나 갑자기 멈췄다.

"네놈의 능력은 인정하마. 그러나 아직 본좌를 어떻게 하기에는 조금 모자란 것 같구나. 이제부터 그걸 증명해 보여주마."

말을 맺은 서문유적이 두 손을 들어 올렸다.

순간 검게 물든 그의 두 손바닥에서 붉은 아수라가 떠올랐다.

전무심은 조금도 방심하지 않고 유리혈루에 십성의 내력을 쏟아 부었다.

구천사마령의 기운을 일부분 흡수한 이후로, 그의 공력은 이제 자신조차 추측하기 힘들 지경으로 늘어난 상태였다.

한데도 서문유적과 마주치자 그마저도 자신할 수가 없었다.

'강하다. 설마 이 정도였다니…….'

만일 지금의 능력으로도 감당할 수 없다면, 최악의 선택을 해야 할지도 몰랐다.

전무심은 이를 지그시 다물고 유리혈루를 중단으로 들어 올렸다.

바로 그 순간이었다.

핏빛 광채가 번쩍이는가 싶더니, 서문유적의 손바닥에서 붉은 아수라가 불쑥 튀어나왔다.

전무심도 들어 올린 유리혈루로 서문유적을 가리켰다.

찰나! 유리혈루의 검첨에서 무형의 검강이 뻗어나가며 커다란 회오리를 일으켰다.

콰르르릉!

두 사람의 기운이 중앙에서 정면으로 부딪친 순간!

하늘이 부서지는 듯한 굉음이 일고, 아지랑이가 일렁이듯 하늘이 춤을 추며 파도처럼 너울졌다.

그 여파에 휩쓸린 것은 무엇이든 부서지고 으깨져, 두 기운이 부딪친 근처 삼 장 넓이가 평지처럼 변해 버렸다. 심지어 그곳에 있던 사람의 시신조차 핏물로 화한 채 사라져 버렸다.

보는 것만으로도 두려움에 질릴 정도로 가공할 대결!

날벼락을 맞고 싶지 않은 사람들은 두 사람과의 거리를 더 벌렸다.

절대지경에 다다랐다는 몇 명의 고수도 예외가 없었다.

그러나 진짜 대결은 이제 시작이었다.

전무심은 울렁거리는 가슴을 진정시키고, 유리혈루를 쥔 손에 힘을 주었다.

서문유적의 표정에서도 여유가 사라졌다. 여유 대신 자리 잡은 경악이 그의 마음을 대변해 주는 듯했다.

"생각보다 더 강한 놈이로구나! 좋아! 어디 한번 제대로 놀아보자!"

"얼마든지!"

전무심은 마주 소리치고 무령풍을 극성으로 펼쳤다.

안개가 흩어지듯 그의 신형이 허공 속으로 사라졌다.

"하아! 어린놈이 별 재주를 다 지녔구나!"

서문유적의 손이 허공을 꾹꾹 누르듯이 십여 차례 짚었다.

텅! 텅! 텅!

북을 치듯, 하늘이 터져 나가는 듯한 소리가 허공에서 울렸다.

무령풍을 펼쳐 서문유적에게 접근하던 전무심의 표정이 무심하게 가라앉았다.

서문유적의 일 장 일 장에 무령풍의 맥이 끊긴다.

한 치의 오차도 없는 정확함. 몸이 떨릴 정도의 위력.

한편으로는 그럴수록 오기가 생겼다.

시간을 끌수록 피해가 커질 터. 한 번쯤 오기를 부려봐도 좋을 듯했다.

'어디 막아봐라!'

전무심은 서문유적과의 거리가 삼 장으로 좁혀지자 유리혈루를 들어 내려쳤다.

천라건곤척(天羅乾坤斥)!

하늘과 땅, 건곤이 일직선으로 쩌억! 갈라졌다.

"광오한 놈! 어디 한번 해보자, 이놈!"

서문유적이 노호성을 내지르며 양손을 치켜 올렸다.

그는 단 일격에 승부를 보겠다는 듯한 전무심의 태도에 분노를 느끼면서도 묘한 승부감에 전율을 느꼈다.

힘 대 힘!

얼마나 남자다운 대결이란 말인가!

더구나 그가 누군가! 구십 년 전, 전전대 천왕과 함께 천하제일을 다투었던 천마 서문유적이 아닌가!

그런 그가 어찌 정면승부를 피하랴!

서문유적이 두 손을 엇갈려 치켜 올리자, 화악! 거대한 아수라 형상이 그의 전신에서 피어올랐다.

두 사람의 전력을 다한 일격이 정면으로 부딪친 순간,

우우우웅!!

묵직한 진동음이 일며 대기가 커다랗게 출렁였다.

쩌저저적!

뒤이어 하늘이 갈라지는 듯, 지진이라도 일어난 듯 만 장 두께의 얼음이 쪼개지는 소리가 아무것도 없는 허공에서 들렸다.

콰과과광!!

그러더니 끝내 고막을 터뜨릴 듯한 굉음이 울리고, 동시에 전무심과 서문유적의 몸이 반대편을 향해 퉁겨졌다.

'크읍!'

전무심은 이를 악물고 눈을 부릅떴다.

내장이 목구멍으로 딸려 나오는 기분. 툭툭 붉어진 핏줄기가 금방이라도 살갗을 뚫고 나올 것만 같았다.

지금껏 겪어보지 못한 엄청난 충격의 파고가 전신 혈맥으로 치달린다.

한데 더 큰 문제는, 반대편 이십 장 밖에 내려선 서문유적이 자신보다 충격이 덜한 것처럼 보인다는 것이다.

'할 수 없나?'

이를 앙다문 전무심의 눈에 은은한 혈선이 그어졌다.

지면 죽는다. 자신뿐이 아니고, 모두가!

당장은 그것만이 진실일 뿐이었다.

전무심은 단전과 심장에서 고개를 들기 시작하는 사마령의 기운들을 서서히 풀어주었다.

살기가 솟구치는 것을 감당하는 것은 나중 문제였다. 일단은 서문유적을 쓰러뜨려야 했다. 그것만이 모두가 살길이었다.

자신도, 친구들도, 나머지 모든 동료들도!

고오오오!

환희에 찬 사마령이 빠르게 혈맥을 휘돌며 자유를 만끽한다. 전무심은 유리혈루를 잡은 손에 힘을 주고 고개를 하늘로 쳐들었다.

그때 서문유적이 천천히 걸음을 옮기며 말했다.

"정말, 정말 믿기지 않는구나. 천하에 천왕의 족속 말고도 너와 같은 놈이 있다니. 혈왕의 제자라 하기에 그러려니 했거늘."

전무심이 여느 때와 다르게 차가운 말투로 입을 열었다.

"뭘 잘못 알았구나, 서문유적. 나의 사부는 패왕이시지, 혈왕이 아니다."

서문유적의 눈에 놀람이 떠올랐다.

"패왕과 혈왕의 무공을 함께 익혔다고? 어쩐지!"

감탄하는 그를 향해 전무심이 물었다.

"서문유적! 대체 그대는 누군가? 사왕의 제자도 아니면서, 천하를 뒤흔들 정도의 강함을 지닌 그대는 누군가?!"

십 장 거리로 가까워진 서문유적의 얼굴에 오만한 표정이 떠올랐다.

"내가 누구냐고? 혹시 백 년 전의 천마를 아는가?"

전무심의 표정이 딱딱하게 굳었다.

천마!

그것은 또 하나의 전설이었다.

전설로 전해지는 천마천(天魔天)의 맥을 이었다는 자.

하잘것없는 사왕 따위는 혼자서도 상대할 수 있다며, 단신으로 천하십대고수를 상대한 자.

그와의 싸움에서 십대고수 중 다섯 사람이 죽고, 나머지 다섯도 회복될 수 없는 부상을 입어야만 했다.

그 후 다시는 나타나지 않아 영원히 그 정체를 알 수 없게 된 자가 바로 천마였다.

"그대가 천마의 제자란 말인가?!"

전무심의 질문에 서문유적이 대소를 터뜨렸다.

"내가 천마의 제자냐고? 나 서문유적이? 푸하하하하!!!"

그의 웃음소리는 전무심을 향해 집중되었다. 하기에 그 충격도 고스란히 전무심에게만 전해졌다.

그 때문인지 사마령이 급격히 요동치며 들끓었다. 심지어 심장이 파열될 것 같은 충격에 또 다른 마령마저 움직이기 시작했다.

무엇 때문인지 전에 비해 훨씬 강렬한 움직임이었다. 살기도 전보다 더 거세게 느껴졌다.

하지만 어차피 마지막 승부수를 던져야 할 때. 전무심은 움직이기 시작한 마령을 그대로 놔두었다.

어느 순간, 웃음을 멈춘 서문유적이 전무심을 뚫어지게 바라보았다.

"우후후후후. 전무심, 내가 바로…… 천마 서문유적이니라."

경악!

전무심조차 경악하지 않을 수 없는 일이었다.

거짓말할 이유가 없으니 진실일 터. 그의 말대로라면, 중년으로 보이는 그의 나이가 백사십은 되었다는 말이었다.

바로 그때였다. 칠 장 거리로 다가온 서문유적이 우수를 뻗으며 허공을 찍었다.

"이제 그만 매듭을 짓자, 꼬마야!"

찰나 그의 손이 죽 늘어지는 것처럼 보이더니, 일수유의 순간에 전무심의 가슴을 짚었다.

공간을 뛰어넘는 듯한 빠름이었다.

처음부터 전무심의 가슴에 손이 닿아 있는 듯 보였다.

당장이라도 전무심의 가슴이 뚫리고 심장이 뽑혀 나올 것만 같았다.

한데 그 순간, 전무심의 신형이 흐릿하니 흩어졌다.

동시에 서문유적이 한 걸음에 칠 장의 간격을 줄이며 나아가고는, 허공을 세 번에 걸쳐 후려쳤다.

쾅! 쾅! 쾅!

허공을 울리는 거대한 북이 터져 나가는 소리.

"쥐새끼 같은 놈이로고!"

회심에 찬 천마수가 헛손질로 끝나자 서문유적이 노성을 내질렀다.

그에 답하듯 전무심의 차가운 목소리가 사방에서 울려 퍼졌다.

"이제 시작이다, 서문유적!"

잔 떨림이 이는 목소리, 듣는 것만으로도 부르르 몸이 떨릴 정도로 살기가 짙은 음성이다.

서문유적은 갑자기 변한 전무심의 목소리에 얼굴을 굳혔다.

"오냐, 이놈! 내 네놈의 심장을 반드시 보고 말리라!"

몇 년 만 지나면 자신을 뛰어넘을 놈이었다. 오늘이 아니면 언제 기회가 닿을지 몰랐다.

다음에 만나면 이긴다는 보장이 없는 것이다.

일순간, 서문유적의 몸에서 묵광이 흘러나왔다.

"덤벼라, 애송아!"

동시에 전무심의 신형이 그를 향해 날아갔다.

그때부터였다.

우르르릉! 콰과광!

천지가 뒤집히는 뇌성벽력과 함께 전설이 될 결투가 벌어졌다.

두 사람의 가공할 대결은 다른 사람들의 싸울 의지조차 앗아가 버렸다.

처음에는 주춤거리고 물러서던 사람들이, 전무심과 서문유적의 대결이 본격적으로 벌어지자 더 이상 망설이지 않았다.

한눈이라도 팔았다가는 두 사람의 싸움에 휘말려 죽을 판이었다. 그렇다고 계곡의 구석으로 우르르 몰려가서, 엉겨 붙은 채 개싸움을 벌일 수도 없었다.

"모두 물러서!"

"일단 물러서라!"

"놈들을 쫓지 마라!"

마치 약속이라도 한 듯했다. 모두가 불분명한 상대를 향해 소리치며 일제히 물러섰다.

누구도 예외가 없었다.

천왕교의 고수들도, 천사단과 마존궁의 고수들도, 그리고 그동안 마지막 힘을 아낀 채 두 사람의 싸움에 뛰어들 기회만 보고 있던 선우진진조차 아연한 눈으로 지켜보기만 했다.

'제기랄! 설마 저 정도였다니!'

그녀는 이를 악물고 눈을 부릅떴다.

조금 밀리긴 해도 큰 차이는 나지 않을 거라 생각했다.

사부가 남겨준 힘을 끌어올리면 동귀어진할 수 있지 않을까? 그런 생각도 했었다.

하지만 아니었다. 두 사람은 이미 자신의 힘으로 어찌할 수 있는 한계를 뛰어넘은 사람들이었다.

'사부님이 계시면…….'

그래도 불가능할 것 같았다. 사부님께는 죄송하지만, 사실이 그랬다.

참담한 마음에 그녀는 이를 악물고 앞만 노려보았다.

번천지복할 싸움은 점입가경으로 치닫고 있었다.

그렇게 이십여 초가 흘러가자, 그녀는 이제 전무심의 안전이 걱정되어 손에 땀이 찼다.

'제발 이겨라, 전무심!'

한편 전무심은 반쯤 정신을 놓은 상태였다.

녹마령과 자마령이 한꺼번에 풀려나자 엄청난 기운이 그의 몸에서 들끓었다. 쏟아내고 쏟아내는데도 두 마령의 기세는 수그러들 줄을 몰랐다.

오히려 새롭게 풀려난 두 마령은, 경쟁하듯이 몸속에 남은 사마령의 잔여 기운을 끌어들여 자신들의 힘을 키웠다.

혈맥이 갈가리 찢겨지는 듯한 충격. 그럴수록 더 강하게 치솟는 살기!

전무심은 그 모든 것을 떨치기 위해서라도 서문유적을 공격하는 것에만 집중했다. 그러지 않으면 당장 마령의 기운에 정신이 지배당할 것만 같았다.

한데 그렇게 조금도 수그러들지 않는 두 마령의 가공할 기세에 질린 사람은 전무심만이 아니었다.

서문유적은 시간이 갈수록 더 강해지는 전무심을 보고 서서
히 질린 표정을 짓기 시작했다.

　'천하에 어찌 이런 놈이 있단 말인가!'

　십여 초가 흐르면서 찡그려진 서문유적의 얼굴이, 이십여 초
가 지나자 독거미라도 씹은 듯 처절하게 일그러졌다.

　하지만 전무심은 그의 표정 변화에 상관없이 자신의 몸속에
서 날뛰는 두 마령의 기운을 쏟아내는 데 전력을 기울였다.

　유리혈루로는 천라혈왕구검과 암천의 검을 번갈아가며 펼치
고, 좌수로는 무천일수(無天一手)를 쉼없이 펼쳐 냈다.

　얼마나 지났을까, 이제는 천라혈왕구검인지, 암천의 검인지
조차 명확하지 않은 검이 그의 유리혈루에서 쏟아져 나왔다.

　그즈음 서문유적의 입에서 피가 보이기 시작했다.

　그러더니 다섯 번을 더 격돌한 이후부터는 그의 몸이 서서히
뒤로 밀려났다.

　그러던 어느 순간이었다.

　절대 물러서지 않을 것 같은 싸움이 한순간에 끝났다.

　콰과광!

　일성 굉음이 계곡을 뒤흔들었다 싶은 순간, 서문유적이 훌쩍
뒤로 몸을 날린 것이다.

　"이놈! 오늘은 여기까지만 하고 다음에 보자!"

　서문유적의 후퇴는 누구도 예상치 못했던 일이었다.

　그가 패하리라고 누가 감히 상상이나 했겠는가.

　바로 그때였다. 전무심이 까마득히 멀어진 서문유적을 향해
몸을 날렸다.

동시에 광기마저 느껴지는 살기 어린 목소리가 뒤늦게 계곡을 울렸다.

"아직 끝나지 않았다, 서문유적!"

그의 목소리가 계곡을 흔들며 메아리친 순간, 계곡에 있던 양편의 사람들은 부르르 몸을 떨며 두 사람이 사라진 허공을 바라보았다.

하지만 두 사람은 이미 그림자도 보이지 않았다.

한데… 그렇게 두 사람이 갑작스럽게 사라지자 묘한 상황이 벌어졌다.

양편의 사람들 사이에는 전무심과 서문유적의 대결로 인해 완전히 초토화된 삼십여 장의 공터가 있었는데, 누구도 서로를 향해 달려드는 사람이 없었다.

다시 싸워야 하나?

그러기에는 조금 전의 가공할 광경이 눈에 아른거려 맥이 풀렸다.

절대지경에 다다랐다는 몇 명의 고수들조차 자신들의 무공이 하찮게 여겨져 손을 쓰기가 망설여질 정도였다.

그때 상유상이 철곤으로 발밑의 바위를 쿵쿵 내려치며 버럭 소리쳤다.

"아까 내 마누라 자빠뜨리겠다고 한 놈 나와!"

"언제 자빠뜨리겠다고 했어? 올라타겠다고 했지! 하여튼 그 놈 잘 찾아봐, 유상! 내가 그 자식 거시기를 잘라 버릴 테니까!"

예종이 빽 소리치고는 커다란 검을 붕붕 휘둘렀다.

상황에 어울리지 않는 농담이었다. 물론 두 사람은 절대 농담으로 한 말이 아니었지만.

어쨌든 두 사람이 소리치며 당장이라도 달려갈 듯한 자세를 취하자 여기저기서 반응이 잇따랐다.

"저놈들에게 내 친구가 죽었어!"

"복수를 하자! 단주님이 오시기 전에 저놈들을 모조리 죽여 버리자!"

"저놈들을 죽여라! 동료들의 원한을 갚자!"

주로 천사단과 마존궁의 무사들 사이에서 고함이 터져 나왔다.

반면에 천왕교의 무사들은 주춤거리며 뒤로 물러섰다.

전체적인 무력은 뒤지지 않지만, 이미 사기가 떨어진 그들이었다. 잘해야 양패구상 정도가 최선인 상황인 것이다.

게다가 언제 전무심이 돌아올지 몰랐다.

다행이라면 삼십여 장의 공간이 지금만큼은 삼십 리보다도 넓게 보인다는 것이었다.

"일단 후퇴한다! 돌아가자!"

수장이랄 수 있는 천왕령주 사도궁휘가 소리쳤다.

그의 명령이 떨어지자, 이제나저제나 명이 떨어지기만을 기다리던 천왕교의 무사들이 즉시 몸을 돌려 계곡 입구를 향해 달려갔다.

천외비각의 고수인 네 명의 노인도 일그러진 표정으로 몸을 돌렸다.

"제기랄, 저따위 놈들에게 등을 보여야 하다니."

하는 수 없었다. 적들 중 자신들조차 쉽게 승리를 장담할 수 없는 고수들이 네 명이나 되었다. 그리고 천사단의 젊은 놈들은 악귀와 같이 끈질겼다.

　빌어먹을 일이지만, 지금은 물러설 때였다. 젊은 놈들에게 맞아죽고 싶지 않은 이상은.

　"가세. 각주도 갔는데 뭐."

　그와 동시에 천사단과 마존궁의 무사들이 일제히 그들을 향해 몸을 날렸다.

　"저놈들이 도망간다! 죽여! 잡아 죽여!"

　"쫓아라! 놈들을 잡아!"

　하지만 삼십여 장의 공터는 의외로 넓었다.

　그들이 공터를 가로지르는 사이, 천왕교의 무사들은 이미 계곡을 넘어 산등성이를 넘어가고 있었다.

　한편 전무심은 사마유적을 끝까지 쫓아가지 못했다.

　아니, 쫓아갈 수가 없었다. 한동안 기운을 쏟아내지 못하자 몸속의 마령들이 미친 듯이 폭주하기 시작한 것이다.

　전무심은 하는 수 없이 삼십 리를 쫓아가다 신형을 멈추고, 이름 모를 계곡의 커다란 바위 사이에 주저앉았다.

　이전의 사마령은 이미 아무런 힘도 쓰지 못했다. 나중의 이마령을 워낙 오랫동안 풀어놓는 바람에 사마령의 기운이 완전히 구석으로 몰려 버린 것이다.

　그 덕분에 전무심은 녹마령과 자마령만 상대하면 되었지만, 두 마령의 힘은 그조차 제어할 수 없을 만큼 강했다.

　예전에 비해 훨씬 강해진 천라혈왕공과 구전암황기로도 두 마령의 기운을 통제하기가 힘들었다.

하지만 전무심은 혼신으로 두 마령의 기운을 짓눌렀다. 여기서 지면 모든 것이 끝장일지도 몰랐다. 광기에 물들면 어떻게 변할지 자신조차 알 수가 없었다.

얼추 반 각 가까이 지난 듯했다.

들끓는 살기에 온몸이 떨렸다.

귀는 먹먹하고 눈앞이 온통 핏빛으로 보였다.

그때 그들이 보였다. 얕은 구릉을 넘어 계곡 안으로 들어서는 삼백여 명의 무사가.

순간 전무심의 핏빛으로 물든 눈에서 붉은 광기가 번들거렸다.

'구천마령이여, 저들의 피를 원하는가?'

녹마령과 자마령이 광란하며 전무심을 몰아쳤다.

─죽여라! 저들을 모두 죽여라! 구천마령의 명이다!

전무심은 이를 악물고 고개를 쳐들었다.

"원한다면……."

순간 그의 몸이 바위틈에서 사라졌다.

그리고 곧이어 처절한 비명과 악다구니가 계곡을 울렸다.

"으악!"

"도망가라!"

"전무심이다! 모두 피해! 놈이 미쳤다!"

5

백리군악이 담담한 표정으로 보고를 올렸다.

"살아서 돌아온 자가 백오십에 불과하다 합니다."

목소리조차 너무도 담담해서 마치 남의 이야기를 하는 듯했다.

그런 백리군악을 사도궁헌은 광망이 일렁이는 눈으로 바라보았다.

"어떻게 된 것이냐?"

"도무지 알 수가 없습니다. 두어 달 전만 해도 전무심은 그렇게 강하지 않았습니다. 천동쌍마 둘조차 감당하지 못할 정도였지요."

"그러니까, 그가 두어 달 만에 두 배 이상 강해졌단 말이냐? 그걸 지금 본좌더러 믿으라는 말이더냐?"

백리군악은 사도궁헌의 눈을 피하지 않고 대답했다.

"분명 저희들의 예상에는 없던 일이었지요. 하나 분명한 것은, 천외비각주가 패하고 물러섰다는 것과 그가 패하긴 했어도 비등한 싸움을 벌였다는 것입니다."

그 말에 사도궁헌의 눈빛이 가라앉았다.

급변하는 그의 심정 변화에 백리군악은 섬뜩함마저 느꼈다.

"비록 많은 사람을 잃기는 했으나 완전히 손해 본 것만은 아니라는 말씀입니다, 교주."

사도궁헌이 완전히 가라앉은 눈빛으로 물었다.

"손해 본 것만은 아니다? 우리가 이득을 얻은 것도 있다는 말이더냐?"

백리군악이 차분히 설명했다.

"첫 번째는 서문유적을 제어할 수 있는 명분입니다."

적지 않은 이득이었다. 하지만 그보다는 흘린 피가 더 많았다.

사도궁헌이 수염을 매만지며 말했다.

"그래도 피해가 너무 컸다."

그제야 백리군악이 고개를 숙였다.

"전무심의 능력을 잘못 생각했던 점만큼은 저의 실수였습니다."

갑작스럽게 자신의 잘못을 인정하는 백리군악을 사도궁헌이 사이한 눈으로 바라보았다.

'여우 같은 놈. 좋아, 오늘은 내 여기서 물러서마.'

"되었다. 어차피 아무도 예상치 못했던 일이었다. 그보다는, 앞으로의 일에 더 신중을 기하도록 해라."

"명심하도록 하겠습니다, 교주. 해서 드리는 말씀입니다만……."

백리군악이 천천히 고개를 들고 말을 이었다.

"이 기회에 배후에서 노리는 검을 제거하고 정천무맹을 흔들 겸, 무당을 치면 어떨까 합니다."

천왕의 두터운 눈썹이 꿈틀거렸다.

"무당을? 전에는 굳이 그들을 칠 필요가 없다 하지 않았더냐?"

"상황이 달라졌기 때문입니다. 보나마나 공손세가의 일로 고무된 정천무맹이 곧 혈곡을 치려 할 것이 분명합니다. 전이라면 무당을 칠 경우, 구파오가가 전력을 기울여 본 교를 상대할 것을 우려했습니다만, 지금은 혈곡으로 인해 저들도 그리할 수가 없는 상황입니다."

"그러다 자칫 천사단과 마존궁에게 뒤통수를 맞을지도 모르지 않느냐?"

'그보다는 전무심이 겁나는 거겠지.'

속으로 조소를 머금은 백리군악은 아무 문제 될 것 없다는 듯 말했다.

"무당을 치는 데 굳이 천외비각의 힘을 빌릴 이유가 없으니, 서문유적과 천외비각으로 하여금 천사단과 마존궁을 상대시키면 될 터. 아마 그는 거절하지 못할 것입니다."

분명 그럴 것이다. 자존심이 상해서라도. 아니면 치욕을 만회하기 위해서라도.

"하긴 그도 패배를 설욕하려 할 테니 그것도 괜찮겠군."

사도궁헌의 눈빛이 강해졌다. 결심을 한 듯했다.

백리군악이 그런 사도궁헌에게 한마디를 더 던졌다.

"그러다 둘이 함께 죽는다면 더 좋겠지요."

순간 사도궁헌의 두 눈에서 살기가 돌았다. 희열이 스민 살기였다.

"함께 죽는다? 그거 하나는 마음에 드는군. 좋아, 계획을 짜 봐라."

"예, 교주!"

第四章
나는 악마가 되어가는가?

死星
天血

1

마령의 기운을 완전히 제압하는 데 꼬박 하루가 걸렸다. 그나마도 살기를 마음껏 발산한 덕에 억누를 수가 있었다.

그런데도 그는 움직일 수가 없었다.

부상 때문이 아니었다. 오히려 몸은 그 어느 때보다도 상태가 좋았다.

그를 괴롭히는 것은 몸이 아니라 마음이었다.

참담한 마음.

단지 수백 명을 죽였다는 것 때문만은 아니었다. 마령에게 지배당해 수백 명을 죽였다는 것이 문제였다.

만일 천왕교의 무사들이 아닌 다른 사람들이었다면 참을 수 있었을까?

마령의 힘을 누르고 살기를 억제할 수 있었을까?

아무것도 장담할 수가 없었다. 아직 남은 마령은 셋. 언제 또 이런 일이 벌어질지 모르는 일이다.

그때 가서 자신의 손으로 동료들을, 친구들을, 형제들을 죽인다면 어찌할 것인가.

그가 두려운 것은 바로 그것이었다.

자신이 미쳐 버리는 것!

전무심은 암울한 눈으로 자신의 몸을 내려다봤다. 마치 핏구덩이에 들어갔다 나온 사람 같았다.

검붉게 물들어 있는 두 손, 핏덩이가 말라붙어 딱딱하게 굳어 있는 옷자락, 풀어 헤쳐진 채 엉겨 붙은 머리카락.

아마 얼굴도 피로 물들었을 게 뻔했다. 천왕교 무사들의 피가 그의 전신을 덮고 있는 것이다.

'네가 마침내 악마가 되어가는구나, 전무심. 크크크크.'

"크크크크크!"

참담한 광소가 그의 잇새로 흘러나왔다.

"아버지, 저에게 너무 무거운 짐을 지워주셨습니다."

구천마령침을 시술한 의부를 원망할 수는 없는 일이었다.

모든 것의 시작은 자신으로 인해서였다.

결국 어깨에 짊어진 짐도 자신이 자청한 셈이고, 해결해야 하는 것도 자신이 하는 수밖에 없었다.

"아버지, 하늘에서 보고 계시면, 아들이 이겨낼 수 있도록 도와주십시오!"

어찌 되었든 이대로 마령의 힘에 순순히 굴복할 수는 없었다. 아직 풀리지 않은 삼마령의 힘이 아무리 강하다 해도!

당장 방법은 하나뿐이었다. 삼마령이 풀리지 않도록 조심하는 것.

하지만 그것이 불가능하다는 것 또한 전무심 역시 잘 알고 있었다.

사마유적이 건재하게 살아 있는 한, 천왕이 있는 한, 그들과 또 싸우다 물러설 수는 없는 일이 아닌가 말이다.

'그들을 죽이고 아무도 없는 곳으로 가면 괜찮지 않을까? 마령이 하나씩만 풀리면 버텨볼 수 있지 않을까? 제길, 어떻게든 되겠지!'

전무심은 턱뼈가 부서지도록 이를 앙다물었다.

바로 그때였다.

멀리서 누군가가 자신을 부르는 소리가 들려왔다.

"대혀어어엉!"

곰이 포효하는 소리, 상유상의 목소리였다.

뒤이어 다른 사람의 목소리도 들렸다.

"전 공자!"

"전 대형!"

아마도 자신이 돌아오지 않자 불안해서 찾아 나선 듯했다.

'그래, 일단 돌아가자. 나는 혼자가 아니잖아?'

겁에 질려 도망간 호랑이의 굴을 차지한 지 이틀, 전무심은 엉덩이를 털고 자리에서 일어났다.

밖에는 비가 내리고 있었다.

비가 머리를 적시고, 옷을 적시고, 온몸을 적신다.

발밑으로 흘러내릴 즈음에는 붉게 변해 있는 빗물이다.

전무심은 무심히 발밑을 바라보고는 빗속을 천천히 걸었다.

걸음걸음마다 도장처럼 찍히는 붉은 발자국이 그의 뒤로 길게 늘어졌다. 그러다 점차 희미하게 사라졌다.

'시원하군.'

고개를 쳐들자 빗물이 세차게 얼굴을 때렸다.

피가 씻겨 내리는 만큼 마음이 편해졌다.

비가 내린 것은 다행이었다. 그나마 피에 전 얼굴을 보여주지는 않아도 될 것 같았다.

그렇게 얼마나 걸었을까, 계곡 아래에 거의 당도했을 즈음이었다. 저만치서 상유상이 자신을 발견하고 소리쳤다.

"대형! 예종아! 진옥아! 대형이 여기 계신다! 우하하하!"

그러고는 덤벙대며 달려오더니 덥석, 전무심을 끌어안았다.

"어떻게 된 겁니까? 많이 다친 줄 알고 걱정했는데."

"괜찮다. 내상 때문에 잠시 치료를 했을 뿐이다."

대답을 하면서도, 전무심은 자신도 모르게 빙그레 웃음이 나왔다.

공연한 걱정을 한 것만 같았다.

아무리 미쳐도 그렇지, 이런 형제들에게 어떻게 손을 쓴단 말인가.

"다른 사람들은? 몇 명이나 나온 거지?"

"예? 예, 이십 명이 나섰는데, 멀리 떨어지지 않았으니 곧 올 겁니다."

한데 두 팔을 풀고 대답하던 상유상이 눈을 휘둥그렇게 떴다.

전무심을 끌어안은 그의 두 손이 벌겋게 물들어 있었던 것이다.

"세상에!"

빗물에 대충 씻기긴 했지만, 옷에 배인 핏물이 아직 빠지지 않은 듯했다.

"잠시만 기다려라."

전무심은 주위를 둘러보고는, 마침 불어난 계곡 물이 고여 있는 곳이 보이자 그곳으로 걸어 들어갔다.

세찬 와류가 그의 몸을 훑고 휘돌았다.

가슴 한구석에 남아 있던 찜찜했던 마음이 모두 빠져나가는 듯했다.

*　　　　*　　　　*

전무심은 장원에 들르기 전, 마존궁이 머무르는 객잔을 먼저 찾아갔다.

궁주인 사문천이 부상을 당하고, 출동했던 삼백 정예무사 중 반 이상이 죽은 상황. 마존궁의 무사들이 머물고 있는 객잔은 초상집 분위기였다.

사진옥 등 형제들만 대동한 그가 객잔에 들어가자 침울한 표정으로 앉아 있던 자들이 고개를 들었다.

개중 전무심을 알아본 자들이 놀란 표정으로 벌떡 자리에서 일어났다.

그때 한쪽에서 커다란 목소리가 들려왔다.

"정말이라니까? 내가 욕을 바락바락 하니까 꼼짝도 못하더라고. 내가 왜 거짓말을 해?"

언젠가 본 적이 있는 자였다. 추영장에 들어가던 자신을 막던
자.

'공 당주라 했던가?

자리에서 일어선 자들이 눈짓을 주는데도 눈치를 채지 못한
그는 그날의 일을 신나게 떠벌렸다.

그를 향해 상유상이 다가갔다.

"이보슈, 그게 정말이우?"

공 당주, 공두수가 고개를 돌리고는 상유상을 바라보았다.

"내가 왜 너한테 거짓말을 하냐? 근데 너 누구야?"

"상유상이라고 하오."

상유상이 얼떨결에 대답하자 공두수가 고개를 갸웃거렸다.

"상유상? 어디서 본 거 같은데……. 좌우간, 그 자식, 덩치는
겁나게 좋네."

울지도 못하고 웃지도 못하는 상황, 앞에 있던 마존궁의 무사
하나가 넌지시 말했다.

"저…… 당주님, 전 대협이 왔는데요?"

"전 대협? 그게 누군데?"

잠시 생각하는 듯하던 공두수의 얼굴이 서서히 하얗게 변했
다.

그때 전무심이 그의 옆을 스쳐가며 말했다.

"오랜만이오. 턱은 괜찮소?"

벌떡 일어선 공두수가 목이 부러진 참새처럼 머리를 툭 떨어
뜨렸다.

"턱이야 끄떡없습죠. 헤헤헤⋯⋯."

사문천은 아직도 회복이 안 된 상태였다. 하긴 그 정도의 내
상을 입고 이틀 만에 걸어 다니는 것만도 다행이었다.

"너무 그렇게 바라보지 말게. 죽을 정도는 아니니까."

곧 죽어도 자존심은 지키겠다는 듯 사문천이 허리를 꼿꼿이
편 채 전무심을 바라보았다.

"이제 어떻게 할 생각인가? 천왕교는 이번 피해로 당분간 움
직이지 않을 것 같은데."

"그들은 천왕교입니다. 섣부른 예측은 오판을 부를 수도 있
습니다."

"움직일지도 모른다는 말인가? 공손세가에 있던 자들이 지리
멸렬하고 우리를 쫓아왔던 자들도 태반이 죽임을 당했는데?"

"아직은 아무것도 장담할 수가 없습니다. 안강에 남은 저들
의 수효가 천이 넘고, 개중 절정고수의 숫자만도 백이 넘지요.
정천무맹이 적어도 삼천의 무사를 동원하지 않는 한 무너뜨릴
수 없는 힘입니다. 게다가 언제 천왕곡에서 무사들이 증원될지
아무도 모르는 일입니다."

사문천의 창백한 얼굴에 몇 줄기 주름이 더해졌다.

"그럼 놈들이 움직일 때까지 보고만 있어야 한단 말인가?"

"마냥 기다릴 생각은 아닙니다. 아마 제가 돌아왔다는 것을
알면 제갈경이 움직이기 시작할 겁니다."

"제갈경이?"

눈을 살짝 치켜뜬 사문천을 향해 전무심이 말했다.

"공손세가의 위험이 사라진데다 천왕교의 본진마저 타격을 입었으니, 혈곡을 치기에 좋은 기회라 생각할 겁니다. 하기에 저에게 어떤 부탁을 해올 거라 생각하고 있습니다."

"흠……."

사문천이 눈을 반쯤 감고 의자에 등을 기댔다.

그를 향해 전무심이 말을 이었다.

"아마 자신들이 혈곡을 칠 동안 천왕교의 시선을 끌어달라는 말일 것입니다."

"자네의 강함을 모르는 바는 아니지만, 현재 우리의 전력으로 가능하겠나?"

"남 좋은 일만 시킬 수는 없지요. 저 역시 이 기회에 정천무맹을 압박할 생각입니다."

"어떻게?"

사문천의 눈매가 가늘어졌다.

정천무맹을 압박하겠다니. 말만 들어도 기분이 좋은 것이다.

한편으로는 그런 말을 아무렇지도 않게 하는 전무심이 한없이 커 보였다.

그때 전무심이 말했다.

"혈곡을 치기 위해 상당한 무력을 모아놨을 겁니다. 그들을 모두 혈곡에 투입하지는 않을 테니, 남은 사람들을 우리 쪽으로 이동시켜 달라고 할 생각입니다."

사문천의 가늘어진 눈 깊은 곳에서 이채가 번뜩였다.

"혹시… 놈들의 본진을 공격해 볼 생각을 가진 것 아닌가?"

확실히 오래된 생강이 맵기는 했다.

전무심이 입꼬리를 비틀고 나직이 말했다.

"기회만 된다면야 그래야지요."

사문천의 얼굴에 혈기가 돌았다.

"그래? 그거 듣던 중 반가운 말이군. 그래, 내가 할 일은 뭔가?"

"정천무맹에게 동쪽을 맡길 생각이니, 마존궁이 서쪽을 맡아 주셔야겠습니다."

"음, 그럼 성고에 머물러 있는 수하들을 모조리 석천으로 이동시켜야겠군."

"놈들이 극단적인 선택을 할 수도 있습니다. 그러니 너무 전면으로 나서지 마시고, 견제하는 정도만 해주시기 바랍니다."

사문천이 움찔했다. 속마음을 들킨 것이다.

하지만 별다른 말은 하지 않고 고개를 끄덕였다.

"그렇게 하지."

아직은 자신의 생각을 말할 필요가 없었다.

마존궁은 결코 자신들의 복수를 남의 손에 맡기는 법이 없으니까.

2

제갈경은 전무심이 돌아왔다는 소식에 즉시 낙남과 정천무맹 총단, 두 곳에 급전을 날렸다.

공손세가는 물론이고, 천왕교의 본진마저 심각한 타격을 받은 상황. 아무리 고수들이 많은 천왕교라 해도 당분간 혈곡을 지원할 수는 없을 터였다.

이제 혈곡을 칠 때가 된 것이다.

제갈경은 급전을 날리자마자 남궁창훈을 비롯한 몇 사람과 함께 청화사를 나섰다.

*　　　*　　　*

전무심이 장원으로 들어가자 사람들이 우르르 쏟아져 나왔다.

"무사했군!"

척우진을 필두로 이 사람 저 사람 전무심의 안전에 대해 한마디씩 늘어놓았다.

"무사하셔서 다행입니다, 단주!"

"괜찮으십니까?"

전무심은 담담히 고개를 끄덕이고 안으로 들어갔다. 그러자 사람들이 서로의 눈치를 보더니, 또다시 우르르 몰려서 전무심을 따라 봉명각 안으로 들어갔다.

그리고 일각 후.

봉명각 내의 커다란 탁자에 둘러앉은 십여 명은 전무심을 마치 괴물 보듯 바라보았다.

날이 샐 때까지 전무심이 돌아오지 않자 결국 사람들이 찾아나섰다. 그러다 하루가 지난 다음날 아침, 까마귀 떼들이 내려앉은 넓은 계곡에서 엄청난 광경을 목도하고 말을 잊었다.

천왕교의 사람들이 정리했는지 대부분의 시신은 보이지 않았다. 하지만 남아 있는 핏물과 살점, 으깨어져 가져가지도 못한 시신들 조각이 당시의 상황이 얼마나 참혹했는지 그대로 말해 주고 있었던 것이다.

그런데 그것이 전무심으로 인해서란다. 그가 그곳에서 후퇴하던 천왕교의 무사들을 만나 싸웠단다.

얼마나 많은 사람이 그곳에서 죽었는지는 확실치 않았다. 그러나 현장을 본 사람들은 상황으로 봐서 적어도 백 명 이상의 사람들이 죽었을 거라 판단했다.

사람들이 빤히 쳐다보기만 하자 전무심이 자신의 얼굴을 만지며 물었다.

"내 얼굴에 뭐 묻었습니까?"

'피가 다 안 씻어졌나?'

하긴 대충 계곡물에 씻고 삼매진화로 말렸으니 남아 있을지도 몰랐다.

빤히 쳐다보던 척우진이 어색한 표정으로 헛기침을 했다.

"허험, 그게 아니고, 하도 이상해서 그러네. 아무리 봐도 사람이 맞은데 말이야……."

"……?"

전무심은 의아한 표정을 지으며 주위를 둘러보았다.

진무악이 척우진의 말에 한마디 덧붙였다.

"그것도 많이 살벌한 사람이지."

"그리고 좀 멍청하기도 하고 말이죠."

눈이 마주치자 선우진진이 한심하다는 표정으로 툭 쏘아붙였다.

그때 척우진이 물었다.

"그런데 단주와 싸웠던 그 은발의 고수가 누군지 혹시 아나?"

전무심은 산을 내려와서야 사람들이 아무도 서문유적이 천마라는 것을 모른다는 걸 알았다. 아마도 자신과 서문유적에게서 흘러나온 기운에 막혀 다른 사람들은 그의 말을 듣지 못한 듯했다.

전무심은 서문유적의 모습을 떠올리며 나직이 말했다.

"그가 바로 천외비각의 주인, 서문유적이라는 자입니다."

척우진이 고개를 모로 꼬았다.

"그가 천외비각주라고? 그리 나이 먹은 것 같지는 않던데?"

그럴 만도 했다. 천외비각의 노괴들 나이가 백 세 전후인데, 그곳의 주인이라는 자가 이제 사십대의 중년이라면 뭔가가 어색했던 것이다.

전무심은 늪처럼 가라앉은 눈으로 척우진을 바라보며 그의 별호를 말해주었다.

"그가 바로 천마입니다."

"천마?"

의아함도 잠시였다.

도병천이 비명에 가까운 경악성을 내질렀다.

"억! 지금 천마라고 하셨나?"

"그렇습니다. 아마 도 노선배님이 생각한 그 사람이 맞을 겁니다."

"백 년 전에 천하십대고수와 싸우고 사라졌다는 그 천마 말인가?"

전무심이 그리 말했는데도 도병천은 다시 한 번 확인했다.

천마!

그만큼 놀랄 수밖에 없는 이름이었던 것이다. 그에 비하면 혼세칠마존은 그저 평범하게 생각될 정도였다.

전무심이 느릿하게 고개를 끄덕였다.

그제야 전무심이 말한 이름의 의미를 깨달았는지, 척우진과 진무악, 삼족개를 비롯해 강호에 나름 경험이 있다는 사람들의 얼굴이 창백하게 굳어졌다.

"맙소사! 그럼 천마를 이긴 단주는 대체……."

또다시 사람들의 눈이 전무심에게 고정되었다.

한데 왠지 사람을 쳐다보는 눈빛들이 아니었다.

'괜히 말했나?'

이미 주워 담기에는 늦은 상황. 전무심은 더 어색해지기 전에 상황을 정리했다.

"좌우간 천마에 대해선 당분간 입을 다물어주시기 바랍니다. 천하 마도가 술렁이면 정천무맹의 힘이 흐트러질 테고, 그러면 우리 천사단의 어깨도 그만큼 더 무거워지지 않겠습니까?"

"저들이 먼저 소문내지 않겠나?"

"소문낼 거였다면 벌써 냈겠지요. 아마 천왕교로서도 천하에 산재한 정파의 고수들이 몰려오는 것은 원치 않을 것입니다."

서로가 부담스러울 수밖에 없는 상황이라는 말.

그제야 전무심의 생각을 이해한 사람들이 고개를 주억거렸다.

어느 정도 정리가 되자 전무심이 화제를 돌렸다.

"그동안 별다른 일은 없었습니까?"

도병천이 헛기침을 하며 말했다.

"험, 그렇게 엄청난 피해를 봤는데 바로 움직일 수나 있겠나?"

전무심의 눈이 삼족개를 향했다. 그때 척우진이 말했다.

"개방의 피해가 적지 않은 듯하네."

개방의 정보망에 구멍이 뚫렸다. 아니라면 그들이 소리 소문 없이 그곳에 나타났을 리가 없다.

아니나 다를까, 삼족개가 침울한 표정으로 말했다.

"안강에서 소천까지 감시하던 삼십여 명의 제자가 사라졌네. 급히 찾아봤는데, 대여섯 명만이 시신으로 발견되었을 뿐이네."

아마 나머지도 모두 죽었을 게 분명했다.

개방의 제자들을 움직인 것은 자신이 아니던가. 전무심은 적의 손에 희생된 삼십여 명의 개방제자에게 미안한 마음이 들었다.

"정말 죄송하게 되었습니다. 개방의 희생에 대해 잊지 않겠습니다."

삼족개의 얼굴이 조금 펴졌다.

천사단과 마존궁의 희생자가 이백여 명에 이른다. 그들에 비하면 사실 개방의 피해는 적은 편이라 할 수 있었다. 냉정히 따지면 그 정도로도 다행이라는 생각이 들 정도였다.

그런데 전무심이 개방의 희생을 잊지 않겠다고 한다. 단순히 그냥 잊지 않겠다는 말은 아닐 터. 불쌍한 개방의 제자들이 죽은 것은 안타깝지만, 전무심의 그 말만으로도 그들의 피해는 어느 정도 보상되었다 볼 수 있었다.

그래도 삼족개는 예의상 그럴 필요 없다는 듯 말했다. 살짝 꼬리를 붙여서.

"너무 마음 쓰지 마시게. 말만으로도 고마우이. 우리가 언제 보상을 바라고 움직였나?"

그러자 척우진이 감탄했다는 듯 무릎을 탁 쳤다.

"그럼! 의협을 행하는 것이 개방의 첫 번째 행동 규약 아니던 가? 아마 개방도 이번의 일에 자부심을 느낄 것이네. 그러니 보상에 대해선 신경 끄고 앞으로의 일이나 상의해 보세."

삼족개가 척우진을 흘겨보았다.

친구 놈이 도와주지는 못할망정 쪽박을 깨다니, 그런 눈빛이 었다.

"그래도 전 공자가 보상을 하겠다면, 내 어찌 마다하겠나?"

척우진이 의아한 듯 물었다.

"단주 덕분에 개방의 위명이 날로 높아져 가는데, 그 이상의 보상이 어디 있단 말인가? 개방이 언제부터 그렇게 욕심을 부렸지?"

"내가 언제 욕심을 부렸단 말인가? 보상을 해준다고 한 것도 아니고, 내가 해달라고 말한 것도 아닌데."

"준다면 받는다며? 받지 않아도 될 것을 받으려 하니 그게 욕심이지."

"흥! 개방의 제자들은 사람이 아닌가? 한데 자네가 언제부터 그렇게 전 공자의 편을 든 건가? 이제 나 같은 거지 친구는 필요 없다 그건가?"

"아니 이 사람이. 내가 언제 편을 들었다는 거야? 내 친구는 욕심없이 깨끗한 사람이라는 것을 강조하려고 한 말일 뿐인데."

"글쎄, 나는 그렇게 깨끗한 사람도 아니고, 잘난 사람도 아니네. 그러니 싫으면 싫다고 하게."

"내가 언제 자네가 싫다고 했나? 좋아, 좋다고!"

별것도 아닌 걸로 두 사람의 목소리가 높아져 간다.

누가 언제 보상을 해준다고 했던가? 아무도 그 말을 한 적이 없는데 왜 그런 문제로 시끄러워지는지 어이가 없을 지경이다.

결국 전무심이 나섰다.

"걱정 마시오. 내가 꺼낸 말, 내가 책임을 질 것이니. 그리고 이번 일에 대해선 내가 할 수 있는 만큼 보상을 해주겠소."

삼족개가 무안한 표정으로 슬그머니 고개를 돌렸다.

"아니 뭐, 꼭 그렇게까지……."

안 되겠는지 사진옥이 나섰다.

"대형께서 쉬셔야 하니 그만 나갑시다. 상세한 이야기는 나중에 하지요."

상유상도 벌떡 일어서서 손을 저었다.

"뭐 꼭 지금 나눠야 할 이야기도 아닌 것 같은데. 자자, 일단 밥이나 먹으러 갑시다."

예종이 그런 상유상을 째려봤다.

"하여간……."

밖으로 나온 삼족개가 성큼성큼 걸어서 건물을 잡아 돌더니, 고개를 홱 돌려 뒤따라온 척우진을 노려보았다.

척우진도 마주 노려보았다. 그러고는 피식 웃었다.

"어때, 확실히 도장 받았지?"

삼족개도 씨익 웃었다.

"가자, 황구 다 삶아졌겠다."

"뒷다리는 내 거다."

"좋아, 두 개 다 너 먹어라."

사람들이 모두 나가자 전무심과 선우진진만이 남았다. 사진옥 등도 눈치껏 선우진진만은 그대로 놔두었다.

한데 그때부터였다. 조용히 있던 선우진진의 입이 열리기 시작하더니, 끊임없는 잔소리가 이어졌다.

천소령이 함께 없는 것이 천만다행이라는 생각이 들 정도였다.

"네가 불사신이냐? 그런 고수와 싸우고 내상까지 입은 놈이 수백 명과 또 싸우다니."

전무심은 굳이 그 이유에 대해 설명하지는 않았다. 보나마나 그걸 설명하면 잔소리가 두 배는 더 늘어날 것이 분명했다.

"그들 중 은천비원이나 귀왕곡의 수하들이 있었을 텐데, 미안하게 됐다."

"미안할 것 없어. 그때 보니까 은천비원이나 귀왕전의 무사들은 거의 없었으니까."

"그래? 그렇다면 다행이군."

무덤덤하게 답하는 전무심을 빤히 노려보던 선우진진이 갑자기 이마를 찌푸렸다. 그때만큼은 조금 여자처럼 보였다.

"근데… 좀 이상하다는 생각이 안 들어?"

"뭐가 이상하다는 것이지?"

"정확히 말하기는 뭐 한데…… . 천왕교가 너무 쉽게 밀리고 있다는 생각이 들거든. 물론 네가 너무 강해서 그런 점도 없잖아 있고, 은천비원에 속한 무사들이 소극적으로 대처해서 그런 점도 있지만, 꼭 누가 그렇게 되게끔 만들어가고 있는 것처럼 보여서 말이야."

전무심의 눈빛이 깊어졌다.

자신도 그런 생각을 전혀 안 해본 것은 아니다. 천외비각의 고수들이 죽어가며 한 말도 있고, 엄청난 힘을 지닌 천왕교가 너무 미적거리는 것 같아 이상하긴 했었으니까.

그러나 전무심은, 그 이유가 천왕교의 힘이 넷으로 갈려 서로를 견제하고 있기 때문이라 생각했다. 더구나 천왕곡에 남은 세력 중에는 자신과 뜻을 같이할 사람들마저 있으니 어찌 생각하면 다섯으로 갈라진 힘이 아니던가.

제아무리 강한 천왕교라 하더라도 힘이 다섯으로 갈린 이상 지금 이상의 힘을 쓸 수는 없을 터였다.

하기에 전무심은 그 의문을 접고, 그동안 궁금해하던 것을 물었다. 살짝 넘겨짚어서.

"그건 그렇고, 진진. 천외비각의 노괴를 죽일 정도의 무공을 가르쳐 준 사람이라면 절대 평범한 사람은 아니겠지?"

선우진진이 눈을 가늘게 뜨고 전무심을 흘겨보았다.

"왜 그렇게 그분에 대해 관심을 가지는 거지?"

"서문유적이 한 말이 마음에 걸려서."

"그가 뭔 말을 했는데?"

"그가 말하길, '천왕가의 그 음흉한 놈 외에 너 같은 고수가 있을 줄은 상상도 못했다' 고 하더군."

선우진진이 굳은 표정으로 물었다.

"그래서, 그 음흉한 사람이 나를 가르쳐 준 분이 아니냐, 그 말이야?"

"맞아."

전무심의 직설적인 대답에 선우진진이 입술을 잘근잘근 깨물었다.

천마 서문유적이 바로 사부가 말한 '그' 였다. 천왕곡을 통째로 집어삼켜 자신의 왕국으로 만들려는 자. 반면에 자신의 사부는 그런 서문유적과 수십 년에 걸쳐 대치해 오신 분이 아니신가.

한데 그런 분이 음흉하다고?

웃기는 소리, 말도 안 되는 소리!

그래서인 듯했다. 선우진진의 입에서 날선 목소리가 흘러나왔다.

"그렇게 음흉한 분은 아니야. 나에게 자신의 모든 것을 물려주신 분이 음흉한 사람일 리는 없잖아?"

"이름이 뭐지?"

"그건 나도 몰라. 알려주지 않으셨으니까. 그냥 사도 늙은이로 부르라고만 했어."

모든 것을 줬다는 사람이 이름도 알려주지 않았다?

전무심의 눈 깊은 곳에서 찰나간 이채가 번뜩였다.

'음흉한 것인지 탈속한 것인지는 몰라도, 서문유적의 말이 완전히 잘못된 것만은 아니군.'

전무심이 다시 물었다.

"지금도 천왕곡에 있나?"

"그건… 자세히 모르겠어."

사도무연에게서 알아보면 될 듯도 했다.

대체 그가 누구이기에 선우진진을 부추겨 은천비원을 만들게
했을까?

변수였다. 그것도 커다란 변수.

훗날 이득이 될지, 아니면 손해가 될지는 모르는 일. 그러나
어쨌든 당장은 천왕과 천마의 힘에 대항할 만한 능력이 있는 자
가 천왕곡 내에 있다는 게 나쁜 일은 아니었다.

전무심은 더 묻지 않고 말을 돌렸다.

"그건 그렇고, 안강에 있는 천왕교의 무사들 중 은천비원에
속한 사람들을 움직일 수 있을까?"

선우진진이 전무심을 빤히 바라보았다. 잔뜩 긴장한 눈빛, 전
무심의 마음을 눈치 챈 듯했다.

"결정지으려는 거야?"

"기회가 오면. 시간을 끌어서 좋을 일은 없으니까."

"네가 아무리 강하다 해도, 아직은 힘에서 차이가 많이 날 텐
데?"

"그러니 우선은 그럴 만한 힘을 갖추는 게 먼저겠지. 하지만
기회가 오면 힘이 좀 딸려도 해볼 생각이다."

"이길 수 있을까?"

"보나마나 저들은 천왕곡의 사람들을 모두 불러내려 할 거
다. 그러면 더 어려워져."

"하기는……. 그런데 본 원의 사람들은 기껏해야 이삼백에 불과해. 그나마도 고수들은 미리 빼돌려서 대부분이 이곳에 있어. 그런데도 그들이 상황을 바꿀 만한 역할을 할 수 있을까?"

"작고 날카로운 정 하나만 있으면, 아무리 거대한 바위라 해도 쪼갤 수가 있지. 때로는 작은 변화가 전체 상황을 변화시키기도 하는 법이다. 그건 걱정할 것 없어."

수궁이 가는지 선우진진의 눈빛이 차갑게 빛났다.

"좋아, 연락해 보지. 그런데 그들이 뭘 해야 하는 거지?"

"일단은 천왕교도들 사이에 소문을 하나 퍼뜨리라고 해라."

선우진진마저 천왕교의 은천비원 무사들에게 연락을 취한다며 밖으로 나가고, 혼자서 깊은 생각에 잠겨 있을 때다. 제갈경이 남궁창훈과 함께 제갈호를 비롯한 십여 명의 호위무사를 대동한 채 장원으로 찾아왔다.

예상하고 있었던 일. 전무심은 두 사람을 방에서 맞이했다.

간단한 인사를 나누고 의자에 앉자 곧 임시로 고용한 시비가 차를 내왔다.

차로 입술을 적신 제갈경이 먼저 입을 열었다.

"많이 걱정했는데, 참으로 다행이구려."

"운이 좋았습니다."

전무심이 툭 내뱉은 말에 제갈경의 콧등이 씰룩거렸다.

천가장에 갔다 온 이후부터 생긴 버릇이었다.

'운, 운, 운! 그놈의 운은…….'

제갈경이 심통난 노인처럼 콧방귀를 뀌며 말했다.

"큼, 아마 전 공자만큼 운이 좋은 사람도 없을 것이오."

"설마 제 운이 얼마나 되는지, 그걸 알아보려고 오신 것은 아니시겠지요?"

"그건 아니지만……."

말을 길게 끄는 제갈경의 표정이 서서히 굳어졌다.

분위기가 갑자기 가라앉자 남궁창훈이 제갈경과 전무심을 번갈아 쳐다보았다.

그때 제갈경이 천천히 입을 떼었다.

"전 공자의 운을 살 생각은 있소."

전무심은 무심한 눈으로 표정이 굳어진 제갈경을 바라보았다.

"바라는 것을 먼저 말씀해 보시지요."

이미 서로에 대해 어느 정도는 알고 있는 두 사람이 아닌가. 구질구질하게 이런저런 말을 늘어놓을 이유가 없었다.

"저들이 북으로 올라오는 것을 막아주시오."

"어느 정도를 원하는 겁니까? 시한도 없이 막으란 말은 아닌 것 같습니다만."

"짧으면 열흘, 길면 보름 정도면 되오."

열흘에서 보름. 혈곡을 치는 데 그 정도면 된다는 말과도 같았다.

"대가는?"

"내가 말한다 해서 받아들일 전 공자도 아니지 않소? 말해보시오, 뭘 원하는지."

이번에는 제갈경이 반격했다. 자신의 공격이 마음에 들었는지 제갈경의 입가에 희미한 미소가 어른거렸다.

그때 전무심이 간단히 답했다.

"나중에 말하지요."

순간 제갈경의 눈이 파르르 떨렸다.

한시가 급한 판에 나중이라니! 한마디로, 자신이 승낙할 경우, 무엇이든 전무심이 원하는 것을 해줘야 한다는 말이 아닌가!

그것은 백지전표를 달라는 뜻이나 마찬가지였다.

"구체적인 것을 말해주었으면 싶소만."

기세에서 밀린 제갈경이 은근한 목소리로 입을 열었다.

"일단 일을 진행시키고 봅시다. 무턱대고 무리한 요구를 할 수는 없는 일이 아니겠습니까?"

언뜻 들으면, 정직을 바탕으로 무리하지 않은 요구를 하겠다는 말로 들을 수도 있었다.

그러나 제갈경의 귀에는, 철저하게 따져 최대한 요구하겠다는 말로 들렸다.

그때 타 들어가는 제갈경의 속도 모르고, 남궁창훈이 도검 없는 전장 한가운데로 끼어들었다.

"그리하세. 설마 전 공자가 무리한 요구를 하겠나?"

딴에는 제갈경을 돕기 위해 나선 그였다. 그는 전무심이 그 말을 듣고도 무리한 요구를 하지는 않을 거라 생각했다.

하지만 그것은 전무심을 잘 모르기에 할 수 있는 생각이었다. 전무심은 절대 그런 말에 좌우되지 않는다는 것을 모르는 사람만이 할 수 있는 생각 말이다.

전무심이 보일 듯 말 듯 입꼬리를 비틀며 말했다.

"너무 걱정 마십시오. 정천무맹의 기둥뿌리를 뽑을 만한 요구는 하지 않을 테니까 말입니다."

숨 한 번 몰아쉬는 사이, 제갈경의 속이 새카맣게 타서 재가 되어버렸다. 다시 불을 붙이기가 힘들 정도로.

'이 양반이 왜 나서서……!'

전무심은 얼굴이 누렇게 뜬 제갈경에게서 눈을 돌려 열린 문 밖에 서 있는 제갈호를 바라보았다.

청화산에서도 얼핏 봤던 자였다. 그때도 뭔가 묘한 위화감이 느껴지는 자였는데, 가까이서 보니 더욱 확연히 느껴졌다.

이곳까지 데려왔다면 아주 가까운 사이이거나 중요한 위치에 있는 사람이라는 말. 전무심이 물었다.

"저 사람은 누굽니까?"

제갈경이 자랑스럽게 말했다.

"내 조카네. 아주 똑똑한 아이라서 내 키워볼 생각이네."

마치 믿음직한 자식을 바라보는 듯한 눈빛이었다.

전무심은 더 이상 아무것도 묻지 않고, 남궁창훈을 향해 고개를 돌리고는 지나가듯이 물었다.

"뛰어난 고수들을 모으신다는 말을 들었는데, 잘 되어가고 있는지 모르겠군요."

남궁창훈이 무심코 고개를 끄덕였다.

제갈경이 말리기도 전이었다.

"다행히 제법 많은 사람이 동참해 주고 있네. 오존 중 한 사람과 칠절 중 두 사람도 본 맹을 돕겠다고 왔지."

뿌듯한 표정으로 말하는 남궁창훈을 보고, 제갈경은 고개를 푹 숙였다.

전무심의 입가에 보일 듯 말 듯 미미한 웃음이 떠올랐다.

"잘됐군요. 조금만 빨리 그런 고수들이 모았으면 굳이 저희의 힘을 빌리지 않아도 됐을 텐데 말입니다."

무슨 소리냐는 듯 남궁창훈이 손을 저었다.

"아무리 그래도 자네의 도움이 없으면 천왕교를 몰아내기 힘들 것이네."

전무심의 눈이 고개 숙인 제갈경을 향했다.

"글쎄요. 저야 뒤통수만 맞지 않으면 상관없지요. 그리고…한 가지 더 말씀드릴 게 있습니다."

제갈경이 움찔했다.

그러나 남궁창훈의 표정은 더없이 편했다.

"뭔가? 말해보게."

"저희와 마존궁만으로 전체를 막을 수 없을 거라는 것은 부맹주께서도 잘 아실 겁니다. 설마하니 손놓고 계신 건 아니시겠지요?"

순간 제갈경의 고개가 벌떡 들렸다. 하지만 이미 남궁창훈의 말은 바닥으로 쏟아진 후였다.

"본 맹에 상당한 고수들이 모여들었네. 너무 걱정 말게. 그들도 보고만 있지는 않을 테니까."

다음날.

흐릿한 구름이 검게 물들어가는 것이 비라도 쏟아질 것 같았다.

전무심은 아침을 먹자마자 사진옥을 시켜 비교적 젊은 사람들 중 고수라 할 만한 자들을 불러들였다.

사진옥과 고후명, 상유상, 예종, 궁사한, 소미하란, 황무곤, 거기에 초중암과 연비감까지.

"오늘 오후부터 그대들에게 특별 수련을 시킬까 하오. 내가 직접."

특별 수련.

왠지 살벌한 느낌이 나는 말이었다. 그런 한편으로는 기대감으로 가슴이 뛰는 말이기도 했다.

천사혈왕 전무심이 직접 수련을 돕는다지 않는가.

"아마 상당한 고통이 따를 것이오. 원하지 않는 사람은 빠져도 되오."

전무심이 그리 말한 이상 분명 고통스러울 것이다. 하지만 전무심에게 직접 배울 수 있는 기회를 누가 놓치려 할까.

한데 예종이 슬그머니 손을 들었다.

"나는 빠질래요, 대형."

사진옥과 고후명이 눈을 휘둥그렇게 떴다. 의외였다. 다른 사람도 아닌 예종이 빠지다니.

하지만 상유상은 잘 생각했다는 듯 안도의 한숨을 내쉬었다.

"하긴 여자가 대형의 손에 맞으면 좀 그렇지. 잘 생각했어."

그런 상유상을 흘겨본 예종이 그녀답지 않게 얼굴을 붉히며 입술을 깨물었다.

"사정은 나중에 말해줄게요."

정말 그녀만의 사정이 있는 듯했다. 아니라면 절대 물러설 예종이 아니었다.

전무심은 소미하란을 바라보았다. 소미하란도 예종과 같은 여인의 몸, 혹시 같은 사정이 있을지도 모르는 일이 아닌가.

그러나 소미하란은 눈빛을 빛내며 수련을 받겠다고 했다.

"나는 하겠어요."

전무심은 다음날부터 그들을 무식할 정도로 몰아붙였다.

그로선 그럴 수밖에 없었다.

살려면 강해져야 했다. 그런데 그들은 아직 약했다. 다른 사람들이 보면 어이없을 말이지만, 전무심이 보기에는 그랬다.

'적은 상대가 어리다고 봐주지 않는다. 젊다는 것은 아무 소용이 없다. 강해지는 길만이 살아남을 수 있는 단 하나의 방법일 뿐. 그러니 너희들은 더 강해져야 한다.'

지금까지 살아남을 수 있었던 것도, 어찌 보면 주위의 사람들 덕분이었을 때가 한두 번이 아니었다.

앞으로도 그럴 거라 누가 보장한단 말인가.

그는 직접 대련을 하며 그들을 단련시켰다. 절대지경의 고수와 붙더라도 쉽게 밀리지 않게 하기 위함이었다.

기세의 차이가 워낙 나는 사람과 싸우면 압박감에 자신의 모든 것을 펼칠 수가 없게 된다. 실력을 떠나 정신에서 밀리는 것이다.

그러나 그 정도의 힘을 계속 상대해 보다 보면, 상대에 대한 압박감을 벗어나고, 자신의 모든 것을 펼칠 수 있을 터였다.

당장 내공을 두어 단계 끌어올릴 수 없는 이상은 다른 방법이 없었다. 적어도 두 사람이 힘을 합하면, 한 사람 정도는 상대할 수가 있어야 했다. 그 정도만 되어도 쉽게 무너지지는 않을 테니까.

첫날 아침, 무심코 후원의 연무장을 찾아왔던 척우진이 질린 표정으로 발걸음을 돌리고는 다시는 찾아오지 않았다.

"험, 젊은 사람들이나 할 법한 수련 방법이더군."

진무악도 슬쩍 고개를 들이밀더니, 행여나 전무심이 자신도 동참시킬까 봐 두 번 다시 근처에 접근을 하지 않았다.

"나는 뼈마디가 약해서……."

그는 누구보다 잘 아는 것이다. 전무심의 주먹이 얼마나 매서운지.

한데 그날 오후에 찾아온 선우진진은 눈을 빛내더니 팔을 걷어붙였다.

"내가 도와주지!"

그렇게 여덟 사람을 담금질한 지 나흘째 되던 날, 두 가지 소식이 한꺼번에 전해졌다.

그중 하나는 화운곡으로부터 온 연락이었다.

비곡상이 직접 서신을 들고 왔는데, 흑화령의 무사들 삼백과 함께 북상하고 있다는 것과 철심장이 움직였다는 소식이었다.

그리고 두 번째 소식은 제갈경에게서 온 것이었다.

남쪽을 부탁하네.

第五章
당랑포선(螳螂捕蟬) 황작재후(黃雀在后)

死星
天血

1

호북의 북쪽 경계인 성모산(聖母山).

야심한 밤, 수백 마리의 까마귀 떼가 성모산에 내려앉았다. 안강에서 출발해 오백 리 길을 단숨에 달려온 까마귀들이었다.

"이곳에서 쉬고 내일 날이 밝기 전에 출발한다."

까마귀 대장의 말이 떨어지자 모두가 그 자리에 앉아 휴식을 취했다.

"각 대의 책임자들은 모두 이곳으로 모이도록."

까마귀 대장의 명령에 여기저기서 이십여 명의 사람이 일어섰다.

비곡상은 멀리서 그 모습을 보며 이를 악물었다.

한시라도 빨리 흑화령의 형제들을 만나기 위해 밤길을 재촉하던 그가 바위 사이에서 쉬고 있는데 그들이 나타난 것이다.

처음에는 그들이 누군지 몰랐다.

하지만 그들을 알아보는 데는 그리 오랜 시간도 필요없었다.

검은 무복, 멀리서 보는데도 가슴이 답답할 정도의 가공할 기세. 당금 천하에 그런 자들이 천왕교의 무사들 말고 또 누가 있을까.

한데 이상했다.

저들이 향하는 곳은 남쪽이다. 북쪽이 아닌 남쪽.

보아하니 천왕곡으로 돌아가는 것도 아닌 것 같은데 왜 남쪽으로 향하는 걸까?

밤길을 재촉해야만 하는 이유가 뭘까?

비곡상은 이를 악물고 바위 사이에서 몸을 빼냈다.

검마제(劍魔帝) 호등천이 주위로 모여든 스물두 명을 향해 말했다.

"이중에는 천왕을 따르는 사람도 있고, 제군을 따르는 사람도 있을 것이다. 하나 이것 하나만은 명심해라. 명을 어기는 자는, 내가 직접 벨 것이다. 본 교에 해가 되는 자는 그게 누구든 용서치 않을 것이다."

장내가 숙연해졌다.

밤바람만이 산기슭은 쓸고 지나갔다.

그때 호등천이 말을 이었다.

"내일 저녁이면 목적지에 도착할 것이다. 각자가 맡은 방위를 치는 데 한 치의 어긋남도 없어야 할 것이니라."

"예, 호 장로!"

"명심하리다."

호등천은 대답을 하는 사람들을 둘러보고는 눈을 한 번 감았다 떴다.

이러니저러니 해도 이들은 천왕교의 무사들이었다. 또한 무사이기 이전에 천왕교의 교도들이었다. 서로 간에 주도권 다툼을 하기는 해도 천왕교에 해가 되는 일은 누구도 하고 싶지 않을 터였다.

호등천은 깊게 숨을 들이쉬었다.

"숙평과 오장산만 남고 나머지는 가서 쉬도록 해라."

비곡상은 삼십여 장의 거리가 되자 납작 엎드려 모든 기운을 죽였다.

그때 바람에 실려 들려온 목소리.

"무당의 도사들 중 조심해야 할 사람은 다섯이다. 우리는……."

비곡상은 눈을 부릅뜨고 모든 신경을 그곳에 집중했다.

'무당?!'

그런데 바람의 방향이 바뀌면서 목소리가 가늘어지더니, 막상 중요한 대목에서는 거의 들리지 않았다.

비곡상은 손가락을 세우고, 발가락을 세워 최대한 지면과 닿는 부분을 줄이고는, 마치 굼벵이가 기어가듯이 조금씩, 조금씩 앞으로 나아갔다.

일 장을 접근하는 데 일각도 더 걸린 것 같은 기분이었다. 그래도 하는 수 없었다. 상대는 절정의 경지를 초월한 고수. 걸리면 끝장이었다.

그렇게 삼 장을 접근해 석 자 길이의 풀더미로 가려진 곳에 도착하자 그제야 상대의 목소리가 조금 크게 들렸다.

비곡상은 안도의 숨을 쉬며 풀섶을 살짝 제쳤다.

그때 푸드득, 귀뚜라미 한 마리가 갑자기 눈앞으로 날아들었다.

비곡상은 자신도 모르게 손을 저어 귀뚜라미를 쳐냈다.

탁! 그 소리는 미미했다. 그러나 분명한 것은 자연의 소리가 아니라는 것이었다.

호등천이 고개를 돌리며 말했다.

"쥐새끼가 한 마리 있군."

순간 비곡상의 몸이 석상처럼 굳어버렸다.

"제가 잡아오지요."

숙평이 가볍게 땅을 박찼다.

동시에 비곡상의 신형이 풀더미에서 뒤쪽으로 빠르게 날아갔다.

다른 것은 몰라도, 잠입과 신법만큼은 자신있는 그였다. 잘하면 살 수도 있다는 생각에 그는 혼신을 다해 몸을 날렸다.

'제발, 다리야! 나 좀 살려줘라!'

덕분에 순식간에 삼십여 장을 벗어났다. 아마 생애에 가장 빠른 신법을 펼친 날로 기록될 터였다.

"저 쥐새끼 같은 놈이!"

숙평이 생각보다 빠른 비곡상의 신법에 노성을 내질렀다.

바로 그때였다.

쉬이익!

날아가는 비곡상의 등 뒤로 뭔가가 번쩍 날아갔다.

비곡상은 등 뒤로 뭔가가 날아오는 기분에 몸을 옆으로 틀었다.

찰나 날카로운 뭔가가 그의 팔을 스치고 지나갔다.

"크윽!"

비곡상의 입에서 억눌린 신음이 터져 나왔다.

하지만 그는 걸음을 멈추지 않았다.

험지에 잠입하며 한두 번 위험을 겪어봤던가?

똥물에 잠겨 하루를 보낸 적도 있었다.

몸에 세 자루의 검을 박고 반나절을 달린 적도 있었다.

자신은 목적이 있는 한, 어떤 상황이 되어도 살아야만 하는 일급 자객이 아니던가.

'이 까짓것!'

그는 이를 악물고 달렸다. 고통이 심해질수록 더욱 다리에 힘을 주었다.

'개새끼들! 네놈들은 나를 죽일 수 없어!'

그래도 덜렁거리는 팔이 거치적거리자 확 잡아 뜯어버렸다.

'끄으윽!'

그러고는 뒤쪽을 향해 보지도 않고 던졌다.

숙평은 뭔가가 날아오자 흠칫 손을 뻗었다. 한데 갈고리처럼 구부러진 그의 손에 잡힌 것은 사람의 팔이 아닌가.

"헛!"

놀랄 틈도 없었다. 뒤이어 핏물이 그의 얼굴을 덮쳤다.

급히 장력을 쳐내 핏물을 튕겨낸 숙평은 자신도 모르게 걸음을 늦췄다.

그사이 비곡상과의 거리가 다시 이십여 장으로 멀어졌다.

"참으로 지독한 놈이로다!"

어이가 없는지 숙평이 걸음을 멈췄다.

더 쫓으면 잡을 수 있을지도 몰랐다. 하지만 별거 아닐지도 모르는 놈을 잡기 위해 야밤에 성모산을 뛰어다니고 싶지는 않았다.

게다가 자신의 팔을 잡아뜯을 정도의 지독한 놈이라면 잡기도 쉽지 않을 듯했고, 무엇보다도 숙평은 그런 비곡상의 독심을 높이 사주었다.

살아날 자격이 있다 생각한 것이다.

"그놈 참. 옛날에는 본 곡의 무사들도 저 정도 독기가 있었는데……."

비곡상은 뒤쫓아오는 기색이 없자 황급히 구석진 곳에 몸을 숨기고 잘린 팔에서 뿜어지는 피부터 지혈을 했다. 그러고는 피가 어느 정도 멈추자 자리에서 일어났다.

순간 머리가 떵하니 어지럼증이 일었다.

'제기랄, 너무 많이 흘렸나? 씨발 놈, 언제고 네놈 목은 내가 따주마!'

우산을 던져 자신의 팔을 자른 놈이 하늘처럼 까마득한 고수인 것은 분명했다. 그래도 똥통에서 사흘간 기다리면 기회가 있을지도 몰랐다.

'하루면 될지도 모르지.'

어쨌든 지금은 원한에 사무쳐 있을 때가 아니었다. 자신이 들은 말을 다른 사람에게 전해주어야만 했다.

비곡상은 비칠거리는 걸음으로 최대한 적들로부터 멀어졌다.

어스름이 물러가고 새벽이 들이닥칠 즈음, 순양(旬陽)의 거지굴에 회칠을 한 듯 창백한 표정의 비곡상이 들이닥쳤다.

"뭐야? 어떤 미친 새끼가 들어올 데가 없어서 거지집에 들어온 거야?"

개방의 거지들은 잠을 깨운 비곡상을 쫓아내려 타구봉을 집어 들었다. 하지만 비곡상의 상태를 보고는 몸이 굳어버렸다.

귀신처럼 창백한 얼굴, 잘린 팔을 대충 묶은 채 피에 절어 있는 그의 모습은 대낮이라 해도 보고 싶지 않을 만큼 처절해 보였다.

"무, 무슨 일로 온 거요?"

타구봉을 치켜든 중년 거지 하나가 정신을 차리고 물었다.

비곡상은 초점이 잡히지 않는 눈을 부릅뜨고 중년 거지의 손에 들린 타구봉을 바라보았다.

제대로 찾아온 듯했다. 타구봉을 들고 있다면 개방의 제자일 터.

"천왕교의 무사들이 무당으로 가고 있소. 속히 작수에 소식을……."

그는 만족한 표정을 지으며 몇 마디를 하다 말고 그 자리에서 무너졌다.

'흐흐흐. 개새끼들, 조금만 기다려라!'

하지만 그 말만으로도 개방의 순양 분타주 소골개의 정신을 번쩍 들게 하기에는 충분했다.

중년 거지, 소골개는 들어 올린 타구봉으로 새끼거지 하나를 가리켰다.

"너! 빨리 가서 바가지에다 물 좀 떠와!"

2

순양의 개방 제자가 땀을 뻘뻘 흘리며 삼족개를 찾아온 것은 그날 미시 무렵이었다.

헐떡이면서도 빠르게 말을 쏟아내는 거지의 말에, 삼족개는 아까운 표정으로 이빨 사이에 낀 고기조각을 빼 먹다 말고 벌떡 일어섰다.

"놈들이 무, 무당을?"

그는 후다닥 왼손에 들린 고기 조각을 입속에 집어넣고 전무심에게로 달려갔다.

잠시 후.

삼족개의 말이 다 끝나자 전무심의 표정이 차갑게 굳어졌다.

"속히 가봐야 하지 않겠나?"

척우진이 다급하게 재촉했다.

전무심은 척우진의 말에는 대답하지 않고 삼족개를 바라보왔다.

"즉시 제갈경을 만나주시오. 그에게 정천무맹 총단과 연락 가능한 천리전응이 있을 것이오."

"뭐라고 해야 하지?"

전무심의 입가로 냉소가 번졌다.

사문천과 나눈 이야기가 엉뚱한 식으로 풀리고 있었다.

"정천무맹의 정예무사들을 움직여 달라 하시오."

옆에서 지켜보던 도병천이 이마를 찌푸렸다.

"정천무맹이 무당을 구할 수 있다고 보나? 너무 멀지 않나 싶은데."

"멀지요. 그들이 도착했을 때는 이미 상황이 끝나 있을 겁니다."

"그런 왜?"

"그들을 구하기 위해서 움직이라는 것이 아닙니다."

그때 곡초운이 눈을 부릅떴다.

"혹시… 안강의 천왕교 주력을 치려는 것이 아닙니까?"

모두가 눈을 휘둥그렇게 떴다.

그들을 둘러보며 전무심이 말했다.

"무당을 치기 위해 적어도 삼사백은 빠져나갔을 겁니다. 그렇다면 그들을 친다는 것이 그리 불가능한 것만은 아닙니다. 아마 제갈 군사에게 내 말을 전하면 그가 알아서 움직일 겁니다. 우리는 일단 천왕교를 움직이지 못하게 하면서 정천무맹이 어떤 결정을 내리는지를 보고 움직이면 됩니다."

그리고 정천무맹이 움직여 주면, 그는 또 다른 비장의 수를 쓸 작정이었다.

어쨌든 그 말만으로도 삼족개의 표정이 딱딱하게 굳어졌다. 태풍이 몰아치기 직전임을 직감적으로 알아챈 것이다.

그때 척우진이 물었다.

"그럼 무당은 그대로 놔둘 건가?"

"우리가 가면 구할 수 있다고 보시오?"

무당까지 가려면 아무리 빨라도 이틀은 가야 한다. 그때쯤이면 모든 것이 끝나 있을 터였다.

척우진도 그걸 모르지는 않았다.

더구나 천왕교를 직접 칠지도 모르는 상황. 한 사람마저 아쉬운 판이 아닌가.

"괜찮을지 모르겠군."

"철심장의 무사들이 지금쯤 무당산 근처로 올라와 있을 테니, 그들이 돕는다면 쉽게 무너지지는 않을 거요. 그래도 무당이 아니오?"

게다가 흑화령의 삼백 무사도 그리 멀지 않은 곳에 있을 것이었다. 비곡상이 화운곡에게 소식을 전하면 그들도 움직일 것이 분명했다.

피해는 있을 테지만, 아쉬운 대로 그 정도면 일단 봉합이 될 듯했다.

그래도 안 된다면 그것은 어쩔 수 없었다.

천왕교를 칠 기회를 놓칠 수도 없지 않은가.

전무심의 마음을 읽었는지 곡초운이 한마디 덧붙였다.

"우리가 안강 근처로 이동하면 저들은 무당으로 간 세력을 급히 불러들일 것입니다. 그러니 조금만 버티면 무당이 무너지는 일은 없을 것 같습니다."

"음, 그리만 된다면 다행입니다만……."

곡초운의 말이 일리있다 생각했는지, 척우진은 한 발 물러서서 삼족개를 재촉했다.

"일단 자네는 제갈 군사에게 달려가서 단주의 말을 전하게."

"알겠네. 즉시 전하지."

한데 삼족개가 밖으로 뛰어나가려 하자 전무심이 전음으로 삼족개에게 뭔가를 당부했다. 순간 삼족개의 눈이 커졌다.

하지만 그도 잠시, 결연한 표정의 삼족개가 고개를 끄덕이고는 밖으로 달려나갔다.

그때 한쪽에서 듣고만 있던 학연신이 조용히 말문을 열었다.

"무당은 예로부터 황궁과 깊은 연관이 있는 곳이네. 만일 그곳이 불에 탄다면, 결코 황궁이 좌시하지 않을 것이네. 해서 말이네만, 그 이유를 들어 근처의 관병들을 움직여 보는 것이 어떨까 싶은데."

척우진이 눈을 휘둥그렇게 뜨고 물었다.

"그럴 만한 곳이 있습니까?"

"단강구와 노하구 쪽에 천호소가 있을 거네."

"그들이 우리 말만 듣고 움직이겠습니까?"

"글쎄, 잘하면 움직일 수도 있을 것 같네."

"아! 그러고 보니 형님이 학가장 출신이란 것을 깜박했군요."

그때 도병천이 기이한 눈으로 학연신을 바라보았다.

"혹시 관의 사람이 아니신가?"

학연신의 눈빛이 찰나간 흔들렸다. 그러나 곧 담담한 표정으로 말했다.

"왜 그렇게 생각하셨습니까?"

부정도, 긍정도 아닌 말.

뭔가를 눈치 챘는지 척우진이 놀란 눈으로 학연신을 쳐다보았다.

도병천이 말했다.

"일반적인 강호의 무공과 다른데다 격을 중요시하는 무공을 펼치던데, 자네가 펼치는 무공을 보니, 전에 들었던 어떤 무공이 떠오르더군. 금황일기공이라고……."

학연신이 쓴웃음을 지었다.

"강호에 거의 나오지 않은 무공인데, 요행히 알아보셨군요."

"맞나 보군. 그럼 금의위인가?"

도병천이 거기까지 말하자 학연신이 하는 수 없다는 듯 자신의 정체를 밝혔다.

"본인이 바로 북진무사(北鎭撫使)입니다."

북진무사라면 금의위의 이인자다. 그것도 최강의 실세.

도병천이 놀란 표정을 지었다. 어느덧 묻는 말투도 조심스러워졌다.

"북진무사가 여기까지 무슨 일로 오셨소?"

"본래 섬서의 제형안찰사가 맡을 일이오만, 천왕교의 힘이 나라의 안녕까지 해칠지 모른다는 장안태수의 상소에 상황을 알고자 파견된 것입니다."

무인들 간의 싸움에 장안태수가 그러한 상소를 올렸다는 것이 조금은 의외였다. 하지만 당장 중요한 것은 그것이 아니었다.

전무심이 학연신에게 물었다.

"당장 연락하면 언제쯤 움직일 수 있겠습니까?"

"노하구에 직접 연락할 수는 없지만, 작수현령에게 등주로 보낼 수 있는 전서구가 있을 거네. 일단 그곳에 연락하면, 그곳에서 노하구까지 역마(驛馬)를 바꿔 타고 달릴 거고. 늦어도 내일 날이 지기 전에는 관병들이 무당산에 들어설 수 있지 않을까 싶군."

아슬아슬한 시간이었다. 그러나 하지 않는 것보다는 나았다. 관병이 무당근처로 이동하면 천왕교도 함부로 할 수 없을 터.

"좋습니다. 그럼 당장 지금으로 처리해 주십시오."

"그리하지."

학연신은 대답하자마자 곧바로 작수현청으로 갔다. 그리고 그날 이후, 다시는 천사단에 모습을 보이지 않았다.

*   *   *

제갈경은 삼족개가 무당에 대한 말을 꺼내자마자 대경했다.

무당이 공격받는다면 상황은 급류에 휘말린 꼴이 될 터였다.

문제는 시간이 없다는 것이었다. 은밀하게 혈곡으로 출발한 천호단을 되돌릴 수도 없고, 그들이 되돌아온다 해도 무당까지 가려면 이틀 이상이 걸릴 것이었다.

"전 공자는 뭐라 하오?"

"전 공자는 군사가 정천무맹에 초지급으로 천리전응을 띄워 주길 바라고 있습니다."

"천리전응을?"

삼족개는 전무심의 말을 그대로 전달했다.

철심장과 무화단에 대한 것. 그리고 안강을 치려 한다는 것까지.

제갈경의 눈이 커졌다.

"안강의 천왕교를 친다고?"

"기회라 했습니다."

눈빛을 반짝이던 제갈경이 무릎을 쳤다.

"그렇지! 놈들의 전력이 최대한 약해져 있는 상황이니……."

그는 전무심의 의도를 꿰뚫어보고 즉시 서탁에 종이를 올려놓았다.

'일단 절천(浙川)에 있는 오백을 먼저 무당으로 움직이고, 총단에 남아 있는 고수들을 불러들여야겠군.'

절천에 있는 무사들은 혈곡과의 싸움을 위해 전진배치시켰던 사람들이었다. 그들이 움직이면, 조금 늦기야 하겠지만 그래도 반나절 이상은 차이가 나지 않을 터였다.

그전에 천리전응을 총단에 보내고, 총단에서 무당에 전서구를 띄워 경고를 해주어야 했다.

설마 무당이 반나절 만에 무너지기야 하겠는가. 더구나 철심장의 무사들까지 합류할 텐데.

제갈경은 생각이 끝나자 붓을 들었다.

그때 제갈호의 목소리가 들려왔다.

"숙부님, 제가 도울 일은 없겠습니까?"

제갈경이 방문 쪽은 보지도 않고 급히 말했다.

"들어오너라, 내 시킬 일이 있느니라."

덜컹, 방문이 열리고 제갈호가 들어왔다. 그는 삼족개를 힐끔 쳐다보고는 조심스런 태도로 제갈경에게 다가갔다.

한데 그가 삼족개의 곁을 스쳐 갈 때였다.

휘익! 삼족개가 갑자기 몸을 날리더니, 피할 틈도 없이 제갈호의 마혈을 짚어버렸다.

갑작스런 상황에 제갈경이 눈을 크게 떴다.

"무슨 짓이오!"

삼족개가 간단하고 명확하게 설명했다.

"전 공자가 시킨 일입니다."

"전 공자가?"

제갈경의 커진 눈에 의혹이 깃들었다.

"잠시만 지켜봐 주십시오."

삼족개는 제갈경의 의문에 아랑곳하지 않고 제갈호의 몸을 뒤졌다.

"대체 무슨 일이오?"

답답한지 제갈경이 몸을 일으켰다.

그때였다. 삼족개가 제갈호의 품속 깊은 곳에서 작은 꾸러미를 하나 꺼내 들었다.

"다행히 있군요. 없으면 이자의 거처까지 뒤질 생각이었는데."

삼족개의 손을 바라보는 제갈호의 이마에 땀이 솟았다.

눈동자가 좌우로 정신없이 움직이는 것이, 마치 장난감을 빼앗긴 아이와도 같았다.

그런 제갈호의 모습에 제갈경의 눈매가 가늘게 떨렸다.

"그게 무엇이오?"

삼족개가 꾸러미를 풀어 제갈경에게 내밀었다.

"환락단입니다."

제갈경의 얼굴빛이 창백하게 탈색되었다.

"환… 락단? 금단의 미약이라는 그것 말이오?"

"그렇습니다."

"그, 그럼……?"

"전 공자는, 천왕교가 간자를 만드는 데 환락단을 이용하고 있다고 했습니다."

제갈경의 눈이 부릅떠졌다.

"저 아이가 천왕교의 간자라고?"

믿었던 조카다. 다른 누구보다도 친아들처럼 애정을 기울였던 제갈호다. 한데 그런 제갈호가 첩자라니.

"어떻게 이런 일이……."

그는 허탈한 마음에 제갈호를 바라보았다. 아니라고 항변이라도 해주었으면 싶은 마음이었다.

그러나 제갈호는 악독한 눈빛으로 삼족개의 손에 놓인 환락단만 바라보고 있을 뿐이었다.

"일단 정천무맹에 보낼 서신부터 쓰심이 어떻겠습니까?"

제갈경은 이를 악물고 자리로 돌아갔다.

물론 그래야 했다. 그리고 또 하나의 서신을 보내야 할 터였다. 혈곡으로 출발한 천호단의 행로를 바꿔야 할 테니까.

서신을 쓰는 제갈경을 향해 삼족개가 말했다.

"전 공자는 환락단에 중독된 자가 정천무맹에 몇 명이 더 있을지 모른다 했습니다. 아마 시급히 조사를 해보셔야 할 겁니다."

서신을 쓰며 제갈경이 물었다.

"한데 왜 전 공자는 지금까지 그에 대해 말을 해주지 않은 것이오?"

"이건 제 생각입니다만, 만일 전 공자가 미리 말했으면, 군사께선 무조건적으로 믿으셨겠습니까?"

아마 그랬다면, 제압하기 전에 제갈호에게 먼저 물어봤을 것이다. 전무심의 말보다는 조카를 더 믿었을 것이기에.

전무심을 믿는다는 자신조차 그러했을 것이거늘, 하물며 다른 사람이야 더 말할 것이 없었다. 콧방귀나 뀌지 않으면 다행일 것이었다.

제갈경은 이가 부서질 정도로 턱에 힘을 주었다. 그리고 세 번째 서신을 써서 완전히 밀봉했다. 맹주인 허경 진인에게 직접 보내는 밀서였다.

3

백리군악은 서신을 묘한 방식으로 접었다.

억지로 풀면 서신이 조각나며 찢어지고, 그 사이에 있는 먹물 주머니가 터져 글자를 알아볼 수 없을 것이었다.

어지간한 일이 아니면 쓰지 않는 방법으로, 서신 사이에 먹물이 들었다는 것을 아는 사람은 천하에 오직 한 사람, 공오뿐이었다.

백리군악은 서신을 다 접자, 작은 통 속에 조심스럽게 집어넣고 뚜껑을 완벽하게 밀봉시켰다. 그러고는 뒤로 돌아가 천리전응의 다리에 통을 매달았다.

푸드득!

천리전응이 창공으로 날아올랐다.

그는 매의 힘찬 날갯짓을 한참 동안 바라보았다.

'공오, 너만 믿는다.'

"어디로 보내는 것이냐?"

그때 뒤에서 나직한 목소리가 들려왔다.

백리군악은 조용히 돌아서서 고개를 숙였다.

아무런 소리도 들리지 않았는데, 서문조휘가 방 안에 들어와 있었다.

"오셨습니까, 외숙부?"

"어디로 보내는 거냐고 묻지 않느냐?"

"천왕곡으로 보내는 것입니다. 소소와 아이가 잘 지내고 있는지 궁금해서요."

너무도 태연한 백리군악의 얼굴에는 아내와 자식을 집 안에 놔두고 오랜 세월 밖에 나와 있는 아비의 염려가 그대로 묻어 있었다.

서문조휘는 물끄러미 백리군악을 바라보더니 무안한 듯 헛기침을 하며 걱정하는 표정을 지었다.

"험, 그래? 조심하거라. 요즘 천왕의 너를 보는 시선이 곱지 않다. 자칫 오해를 살지 모르니 행동에 조심해야 할 것이다."

"명심하겠습니다, 외숙부."

공손한 백리군악의 대답에, 서문조휘는 방 중앙의 탁자로 다가가 의자에 앉았다.

백리군악이 맞은편에 앉자 그가 말했다.

"어찌할 생각이냐? 이제 더 미루기에는 본 교의 힘이 너무 약해질 것 같아 우려스럽구나."

"각주 어르신께선 뭐라 하십니까?"

"그분은 전무심이라는 놈을 무슨 일이 있어도 당신의 손으로 죽이겠다고 하신다. 그러면서 너에겐 천왕만 책임지면 된다 하셨다."

그럴 것이다. 평생 자신을 천하제일이라 생각하며 백 년 전의 천왕만을 평생의 적수로 생각했던 사람이 아니던가.

'정말 대단하구나, 유옥. 천하제일마 천마를 패배의식에 젖게 만들다니.'

백리군악은 새삼 전무심의 강함에 놀라면서도, 겉으로는 결연한 표정을 지었다.

"이제 슬슬 마무리를 할 때가 된 것 같습니다."

백리군악의 말에 서문조휘의 눈에서 기이한 광채가 번뜩였다.

"그래? 방법은 생각해 봤느냐?"

"예, 외숙부. 하온데 외숙부께서 생각하실 때, 각주 어르신께서 전무심을 일 대 일로 이기실 수 있다 생각하십니까?"

서문조휘의 눈매가 칼날처럼 날카로워졌다. 그러나 백리군악이 꿈쩍도 않고 마주 보자 한숨을 내쉬며 기세를 누그러뜨렸다.

　"후우, 솔직히 반반 정도의 승률일 뿐이다. 너무 위험한 놈이야, 그놈은."

　그제야 백리군악이 넌지시 말했다.

　"제 생각대로만 된다면, 천왕과 전무심을 한꺼번에 없앨 수가 있을 것입니다. 각주 어르신께선 죽어가는 두 놈을 닭 모가지 비틀 듯 간단히 죽일 수 있지요."

　서문조휘가 눈을 조금 크게 떴다.

　"어떻게 말이냐?"

　"이화접목(移花接木)에 이어 차도살인(借刀殺人)의 계를 쓸 생각입니다."

　"어디 자세히 말해보거라."

　"예, 외숙부."

　그 시각, 천왕 사도궁헌은 천왕령주 사도궁휘와 마주 앉아 있었다.

　"놈은?"

　"서문조휘와 함께 있사옵니다, 교주."

　"그래?"

　"그냥 놔두실 것이옵니까?"

　사도궁헌이 주먹을 움켜쥐고 이를 갈았다.

　"늙은 마귀를 죽일 자신이 없는 한은 어쩔 수 없지."

"하오나 놈의 계획이 하나도 성공한 것이 없지 않사옵니까? 그걸 이유로 놈을 친다면……."

"그것이 묘해. 분명 성공할 것 같은데도, 꼭 간발의 차이로 실패를 한단 말이야. 더구나 본좌의 사람들이 뒷심이 딸려 그리된 것이니 놈을 뭐라 할 수만도 없는 상황이야."

움찔한 사도궁휘는 모든 원흉이 백리군악이라는 듯 말했다.

"놈이 뒤에서 손을 쓴 것이 아니겠사옵니까?"

"그러면 벌써 들통이 났을 것이다. 수형당이야 알게 모르게 놈을 따르고 있다지만, 아직 비혼당은 본좌의 사람들이니까."

"아우에게 명을 내리시면, 놈을 쥐도 새도 모르게 죽이겠사옵니다."

"네가? 아서라, 아서. 아직도 내가 놈을 죽이지 않은 이유를 모르겠느냐? 놈을 죽이면 늙은 마귀를 내가 직접 견제해야 하는데, 본좌더러 직접 그 일을 하라는 말이냐? 더구나 놈을 죽이는 것도 생각처럼 만만치가 않다. 놈의 주위에는 항상 십여 명의 절정고수가 놈을 지키고 있다. 아마 늙은 마귀조차 단번에 놈을 죽이지 못하면 쉽게 죽일 수 없을 것이야. 문제는 그놈이 음흉하게도 제법 강한 무공을 지니고 있다는 것이지. 그것도 절정에 이른 무공을 말이다."

"그렇다고 놈이 설치는 것을 그냥 보고만 있을 수도 없지 않사옵니까?"

"걱정 말아라. 곧 기회가 올 것이다. 때가 되면 놈도, 늙어도 죽지 않는 마귀도, 모조리 쓸어버릴 것이니라."

"하오면 남은 천왕가의 사람들이라도 일단 불러내는 것이 어떻겠사옵니까? 너무 많은 피해를 입어 현 상태로는 기회가 와도 정천무맹이나 천사단을 칠 수도 없는 상황이옵니다."

"사도무연이 만만치가 않아. 남아 있는 천왕가의 사람들 중 반이 그 늙은이를 따르는 사람들이 아니더냐? 먼저 건드리지 않는 한 절대 나서지 않겠다고 했으니, 우선은 놔두는 수밖에 없다. 만일 내가 강제로 억압하면 분명 물려고 달려들 것이야. 그래서는 남는 게 없어."

"설마 형제들의 죽음을 나 몰라라 하겠습니까?"

"그놈들은 형제들보다 천왕율을 더 따르는 놈들이다. 아마 본좌를 따르는 사람들을 모두 끌어내면, 천왕곡을 자신들의 세상으로 바꾸려 할 것이다. 본좌가 나머지 사람들을 남겨놓은 것도 그 때문이야."

답답한 것은 사도궁헌이 더 했다.

나오면 당장 천하를 휘어잡을 것 같았다.

공손세가와 혈곡을 앞세워 주위를 장악해 나갈 때만 해도 모든 것이 뜻대로 되는 듯했다.

한데 언제부턴가 하나둘 어긋나기 시작했다.

아마 전무심이라는 놈이 나타나면서부터 그랬던 것 같았다.

"진짜 죽여야 할 놈은 그놈이지."

난데없는 사도궁헌의 중얼거림에 사도궁휘가 움찔했다.

"전무심을 말씀하시는 것인 지요?"

"그 괴물 같은 놈만 없었어도……."

전무심만 없었다면, 지금쯤 안강이 아닌, 장안에 기반을 두고 섬서의 반은 차지했을 터였다. 그리고 마존궁을 쳐서 병탄하고 종남과 화산마저 서서히 짓밟았을 것이었다.

분명 그렇게 되었을 것이다, 분명히! 전무심이라는 그놈만 없었다면!

백리군악이나 늙은 마귀 서문유적을 없애는 것은 그때 가서 해도 충분했다. 자신에게도 그 정도의 일을 꾸밀 머리는 있었으니까.

사도궁헌은 생각할수록 괘씸하기만 했다.

살심을 주체할 수 없어 눈에서 불길이 솟았다.

"궁휘."

"예, 교주!"

"놈의 움직임을 철저히 살펴라. 그놈만큼은 내 무슨 수를 써서라도 손수 오체분시를 해서 죽일 것이니라."

"알겠사옵니다!"

백리군악은 서문조휘가 돌아가자 천천히 정원을 거닐었다.

이제 주사위는 던져진 상태다. 누가 이길지는 아무도 모른다. 심지어 자신조차 최선을 다하고 하늘의 결정을 기다릴 뿐이다.

"제군, 나요."

정원의 구석으로 다가가 오석으로 된 정원석을 쓰다듬는데 가느다란 전음이 귀청을 울렸다.

백리군악은 아무런 말도 하지 않고 말이 이어지길 기다렸다.

"제군의 생각대로요. 그는 제군보다 전무심에게 더 큰 살심을 지니고 있소. 아마 전무심이 눈앞에 나타나면, 만사를 제쳐 놓고 그를 죽이려 달려들 것이오."

당연했다. 모든 일이 틀어진 것은 전무심 때문이니까. 최소한 겉으로 보기에는.

"시간이 갈수록 측근 사람들을 철저히 챙기고 있소. 아마 비혼당의 무사들이 측근들조차 감시하고 있는 듯하오. 어쩌면 나 역시 감시당하고 있는지 모르겠소."

백리군악은 정원석을 쓰다듬으며 손가락을 놀렸다.

거사가 시작되면, 그에게서 측근들을 떼어놓는 데 주력하시오.

"알겠소이다."

백리군악은 더 이상 전음이 들리지 않자 몸을 돌렸다.

어느새 검은 구름으로 뒤덮인 하늘에선 금방이라도 비가 쏟아질 것만 같았다.

아니나 다를까, 방에 들어가기도 전에 바닥이 듬성듬성 파이며 빗방울이 떨어지기 시작했다.

후두둑.

빗방울은 기왓장을 때리는 소리가 제법 크게 들릴 정도로 굵었다.

그러나 백리군악은 비를 맞으면서도 걸음을 빨리하지 않았다. 얼굴을 때리는 빗방울에 가슴에 쌓여 있던 찌꺼기가 하나둘 떨어져 나가는 듯했다.

오랜만에 머릿속이 맑아지는 기분, 상쾌함마저 느껴졌다.

얼마 만이지?

기억도 잘 나지 않았다. 운범이가 태어났을 때, 구석방에 처박혀 실컷 울고 난 이후에도 이런 기분이었던 것 같았다.

문득 백리군악의 가슴에서 작은 소망이 하나 싹텄다.

'그날도 비가 왔으면 좋겠군.'

그가 처마 안으로 들어섰을 때는 어깨가 흠뻑 젖어 있었다.

"닦으시지요, 주군."

이십대 중반의 아름다운 여인이 다가와 하얀 면포(面布)를 내밀었다.

시비로 위장한 무종단의 여인, 그를 지키는 열두 사람 중 하나. 은여민이었다.

백리군악은 손을 내밀어 면포를 받아 들었다.

손가락이 살짝 스치자 여인의 어깨에 가는 진동이 인다.

'여민, 그런 눈으로 보지 마라.'

백리군악은 무표정한 얼굴로 그녀를 스쳐 안으로 들어갔다.

은여민은 그의 등을 한참 동안 바라보다 천천히 방문을 닫았다.

'불쌍한 분…….'

백리군악은 방문이 닫히자 걸음을 멈추었다.

면포를 한쪽에 내려놓은 그는 바로 움직이지 않고 잠시 눈을 감은 채 숨을 골랐다.

얼마나 지났을까, 그는 천천히 눈을 뜨고 서가 쪽으로 다가가 빽빽이 꽂혀 있는 십여 권의 책을 꺼냈다.

순간이었다. 책이 빠져나오자 안쪽으로 오색 구슬이 모습을 보였다.

백리군악은 검지를 뻗어 벽면에서 약간 들어가 있는 오색 구슬을 순서대로 눌렀다.

철컥, 기관이 작동되는 소리가 미미하게 나더니 한 뼘 넓이의 서랍이 스르르 벽에서 빠져나왔다.

서랍 안에 든 것은 손바닥만 한, 빛조차 스며들 것 같은 먹빛 함이었다.

백리군악은 잠시 서랍 안을 바라보고는, 손을 집어넣어 먹빛 함을 꺼내 들었다.

먹빛 함 안에 무엇이 들었는지는 오직 그만이 알았다.

호두알보다 조금 작은 단약 네 개. 붉은색이 두 개, 검은색이 두 개가 안에 들어 있다.

처음에는 각각 다섯 개 씩 열 개의 단약이 들어 있었는데, 그가 지금까지 세 번에 걸쳐 환단을 복용하고 이제 네 개만이 남은 것이다.

오늘이 네 번째. 앞으로 단 한 번 남았을 뿐이다.

과연 다섯 번째 단약을 복용하고도 자신이 견딜 수 있을까?

그 결과는 아무도 모른다. 설사 하늘이라 할지라도.

백리군악은 함을 열어 붉고 검은 단약을 한 개씩 꺼내고, 함을 다시 비밀 서랍 안에 집어넣었다.

그리고 침상 위에 가부좌를 틀고 앉아 먼저 검은 단약을 꺼내 입 안에 밀어 넣었다.

이제 곧 내장이 찢어지고 심장이 터져 나가는 고통이 몰려올 것이다.

붉은 단약은 그때 복용해야 했다.

4

혈곡을 치기 위해 일천의 무사들이 총단을 떠난 지 나흘째 되던 날.

"천왕교가 혈곡으로 가는 길을 막아라!"

맹주의 명이 떨어지자 정천무맹이 또 한 차례 크게 술렁였다.

일단 무사들은 최고의 정예들만을 엄선했다. 그러나 이후에 진행된 정천무맹의 움직임은 어느 때보다도 조용했다.

나흘 전 혈곡을 치기 위한 무사들을 파견할 때처럼 정의네, 협이네 따위의 외침도 없었고, 출진의 나팔을 불지도 않았다. 그저 사오십 명씩 각자가 맡은 임무를 위해 길을 떠났을 뿐이었다.

허경 진인은 모두 십대로 나누어진 각 대의 책임자에게 목적지가 적힌 세 개의 봉서를 나누어 주었는데, 일차 목적지에 도착하면 부대주와 함께 다음 서신을 열어보도록 했다.

조금은 기이한 진행에 많은 사람이 의아해했지만, 허경 진인은 맹주령으로 모든 불만을 잠재워 버렸다.

"맹주령에 반하는 자는 천왕교의 첩자로 간주할 것이오."

엄포 아닌 엄포였다. 하지만 누구도 거역할 수 없는 명이었다.

그렇게 십대가 모두 길을 떠난 그날 오후, 마침내 허경 진인이 자리를 털고 일어났다.

허경 진인은 정천전에 모인 삼십여 명의 장로를 향해 느닷없는 명을 내렸다.

"장로원의 장로들은 모두 길을 떠날 준비를 해주시오!"

갑작스런 명령에 여기저기서 경악성이 터져 나왔다.

소림의 여공 대사가 주름진 눈을 떴다.

"어딜 간단 말입니까?"

허경 진인이 단호한 어조로 말했다.

"말하지 않았소? 천왕교의 움직임을 견제하러 간다고 말이오!"

"맹주께서 총단을 비우고 말입니까?"

소정 사태도 여공 대사의 말을 지지했다.

"말도 안 됩니다. 총단을 지킬 사람은 있어야 하지 않겠습니까? 이미 삼십여 명의 장로가 혈곡을 치기 위해 자리를 비웠는데, 여기서 또 장로들을 이끌고 가시는 것은 맹을 비우겠다는 말이나 같지 않습니까, 맹주?"

"다시 한 번 생각해 주십시오, 맹주!"

장로들이 수군거리며 허경 진인에게 다시 한 번 생각해 줄 것을 요청했다.

바로 그때였다.

"맹주, 이 늙은이도 함께 데려가 주시구려."

정천전의 문이 열리고 세 사람이 들어섰다.

들어선 자는 두 명의 중년인과 한 명의 노인, 입을 연 자는 가운데 있는 노인이었다.

노인은 등에 한 자루 검을 매고 있었는데, 백발 백염에 백의를 입은 노인의 모습에선 보는 자로 하여금 절로 고개가 숙여질 위엄이 풍겨 나왔다.

사람들이 의아한 표정을 지었다. 장로원에 적지 않은 사람이 있긴 하지만, 백의노인은 처음 보는 사람이었던 것이다.

한데 그때, 장로원의 사람들 중 오십대의 중년인이 날 듯이 튀어나왔다.

그는 노인을 향해 포권을 취하며 허리를 반으로 접고는 큰 소리로 외쳤다.

"신양 신검보의 사공수양이 삼가 검성(劍聖)을 뵈오이다!"

정천전이 갑자기 쥐 죽은 듯이 조용해졌다.

검성 동방진학! 바로 그 이름 때문이었다.

황산의 전설, 백 년래 최강의 검객.

황산에 묻혀 밖으로 나오지 않은 지 어느덧 오십 년이 된 그 이름이 정천전에 울려 퍼진 것이다.

"오셨습니까, 동방 도우."

"허허허, 맹주의 모습을 보니 내 괜한 우려를 했던 것 같구면."

"별말씀을. 이렇게 제 청을 받아주셔서 감사할 따름입니다."

"한데 왜 이러고 계시는가?"

"약간의 의견 차이가 있었을 뿐입니다."

"어허! 무당산이 피로 뒤덮이고 있을지 모르는 것도 외면한 채 천왕교를 막으려는 맹주가 아니신가? 한데 대체 그게 무슨 소리신가?"

뜬금없는 말에 장로들이 서로를 쳐다보았다.

무당산이 피로 뒤덮이다니.

"어르신, 그게 무슨 말씀이신지요?"

상남에서 죽은 팽추린의 사촌형뻘인 팽추환이 의아한 표정으로 물었다.

"이런이런, 아직 말을 하지 않으셨는가?"

동방진학이 허경 진인을 바라보며 안타까운 표정을 지었다. 그러자 허경 진인이 파르르 떨리는 눈을 감고 고개를 저었다.

"이미 천왕교의 공격이 시작되었을지도 모르거늘, 헛되이 맹의 무사들을 움직일 수는 없는 일이 아니겠습니까? 그보다는 차라리 천하의 안녕을 위해서 천왕교의 움직임을 막는 것이 더 우선이지요."

"아직 그곳의 상황에 대해선 소식이 없고?"

"다행히 제갈 군사의 전언을 제때에 받아서 무당에 적들의 공격을 알렸습니다. 게다가 천사단의 전무심 도우가 미리 철심장을 설득해 무당으로 움직이도록 했다 하더이다. 철심장의 무사들만 제때에 도착한다면 그리 염려할 것은 없을 것입니다."

"호오, 그렇소? 그 전무심이라는 사람, 정말 꼭 만나보고 싶구려."

도저히 못 참겠는지 팽추환이 물었다.

"어르신, 정말 무당파가 천왕교의 공격을 받기라도 했다는 말이신지요?"

동방진학이 노기 띤 표정으로 장로들을 돌아다보았다.

"맹주는 속으로 피눈물을 삼키면서도 천하의 안녕을 위해 한 사람의 무사도 헛되이 쓰지 않으려 하고 있거늘, 그대들은 대체 뭐 하고 있는 건가? 맹주가 그대들에게 쓸데없는 명이라도 내렸다 생각한 건가?!"

낮은 음성이었다.

하지만 한마디 한마디가 장로들의 가슴에 대못처럼 틀어박

헀다.

"맹주! 제가 그만 맹주의 마음을 모르고 실언을 한 듯합니다."

"죄를 지었소이다, 맹주!"

허경 진인은 천천히 고개를 저었다.

"아니외다. 자세한 설명을 하지 않은 내 잘못이 더 크오."

"아닙니다, 맹주. 저희들이 맹규를 어겼나이다!"

"용서해 주십시오, 맹주!"

"어허! 지금 이럴 때가 어디 있나? 맹주, 속히 맹주의 계획대로 추진하시게. 시간이 아깝지 않은가?"

"예, 동방 도우."

허경 진인은 두 손을 맞잡고 인사를 하는 척하며 전음을 보냈다.

"도와주셔서 감사합니다, 동방 도우."

"허어, 그거야 의협을 위해 한 것 아니겠나. 설령 이들 중에 간자가 있다 해도 더 이상은 반대하지 않을 거네. 한데 각파의 본산에 있는 늙은이들은 출발했다고 하던가?"

"동방 도우도 오셨다 했으니, 움직이지 않을 수 없을 것입니다. 얼추 비슷하게 도착하지 않을까 합니다."

"원 사람들도, 산속에만 처박혀 있으면 저절로 도가 닦아지나? 에잉, 가세."

第六章

죽을 각오를 하고 싸워라

死星天血

1

천사단과 마존궁을 합해 이동할 무사들은 모두 사백. 전무심은 개방의 정보를 토대로 일차 집결지를 양하(兩河)로 정했다.

양하는 안강과 전보산의 혈곡을 잇는 길목으로, 천왕교의 움직임을 살피기에 그보다 좋은 곳을 찾기 힘들 만큼 적당한 위치였다.

전무심의 뜻대로 천왕교를 치려 한다 해도, 안강까지는 삼백오십 리 정도여서 거리도 적당했다.

더구나 마침 거승이 그 근처에 있는 산적들의 산채 하나를 잘 알고 있어서 사백이나 되는 사람이 머물 곳도 걱정할 것이 없었다.

"그놈들에게 은자 천 냥의 현상금이 걸려 있다는 말을 들었는데, 아마 지금도 유효할 겁니다."

산적들을 소탕하고, 머물 곳도 마련하고, 거기다 경비까지!

더 생각할 것도 없이 전무심과 사문천은 그곳을 임시 거처로 삼기로 했다.

그리고 그날 오후, 양하의 산중대왕을 자처하는 사룡채의 산적들에게 날벼락이 떨어졌다.

하지만 이 장 높이의 목책을 날아서 넘어온 사백 명의 무사 중 그들의 사정을 생각해 주는 사람은 한 명도 없었다.

천사단과 마존궁의 무사들이 사룡채를 접수하는 데 걸린 시간은 일각.

그나마도 겁없이 덤벼들던 사룡 맹구삼이 마존궁의 표식을 알아보고 납작 엎드리는 바람에 손을 쓸 것도 없이 사룡채의 주인이 바뀌어 버렸다.

한데 그로 인해 천사단도 계획을 변경해야만 했다. 전무심이 두 가지 조건을 걸어 맹구삼을 관에 넘기지 않기로 한 것이다.

하나는, 자신들이 머무를 동안 모든 편의를 봐줄 것.

또 다른 하나는, 이후로 절대 산적질을 하지 않는다는 것.

맹구삼은 생불이라도 본 것처럼 당장 전무심의 조건을 수락했다.

"저희들이 산적이 되고 싶어서 되었겠습니까, 나으리! 걱정 마십시오. 오늘부터는 모든 것을 털고 깨끗이 살겠습니다요!"

비록 삼족개의 철 바가지에 한 대 얻어맞기는 했지만.

깡!

"에라이, 이놈아! 그렇게 배가 고팠으면, 차라리 나처럼 빌어먹기라도 했으면 되었잖아!"

그렇게 사룡채를 접수한 다음날.

폭우가 쏟아지려는지 하늘에서 시커먼 구름이 울어대는 소리가 점점 더 크게 들려왔다.

전무심은 먹물이 쏟아질 것만 같은 하늘을 바라보았다. 구름이 남쪽에서 더욱 짙게 몰려와 양하의 하늘을 덮고 있었다.

척우진도 걱정이 되는지 인상을 쓰며 투덜댔다.

"하늘도 피 냄새를 맡았나 보군."

그러나 그 말만 하고 입을 닫았다.

심심해서 그냥 한 말이 아니었다. 지금쯤 무당이 공격받고 있을지도 모르는 일을 빗댄 말이었다.

사실 입을 열지는 않고 있으나, 그 일에 대해선 둘러앉은 이십여 명 누구도 궁금하지 않은 사람이 없었다. 심지어 무당과 별로 좋은 관계가 아닌 마존궁의 사람들도 촉각을 곤두세웠다.

그럴 수밖에 없었다. 현 상황에서 그들이 무너지면 천왕교를 상대하기가 그만큼 어려워질 테니까. 더구나 천왕교가 웅크리고 있는 안강과 삼백 리 거리까지 근접한 상황에서는 더욱더 그러했다.

"정천무맹의 연락이 아직 없는데, 어떻게 할 건가?"

소리없이 남하해서 양하에 머물며 소식이 오기만을 기다린 지 하루하고도 네 시진째다. 답답한 듯 사문천이 전무심에게 물었다.

자신들만으로는 잘해야 양패구상, 여차하면 공멸할지도 몰랐다. 그나마도 삼백여 명의 무사가 빠져나간 상황이기에 그런 생각이라도 할 수 있는 것이다.

그런데 전무심은 의외로 담담했다.

"끝내 정천무맹이 움직이지 않으면 우리도 돌아가지요."

"여기까지 와서?"

사문천이 못마땅한 듯 눈살을 찌푸렸다.

태주열에게 성고의 수하들을 모조리 석천 인근으로 이동시키라는 명령까지 내려놓은 터였다. 그런데 정천무맹이 물러서면 자신들도 돌아서야 할지 몰랐다.

전무심도 사문천의 마음을 모르지 않았다. 그러나 무턱대고 일을 진행시킬 수는 없었다.

"기회란 것이 갑자기 올 때도 있고, 갑자기 사라질 때도 있는 법 아닙니까? 기회를 놓친 것은 아깝지만, 그렇다고 무리하게 저들을 칠 생각은 없습니다. 지금은 전과 달리 전체적인 상황이 불리한 것만은 아니니까요."

혈곡만 무너진다면, 천왕교도 당분간 움직이기가 힘들 터였다.

거기다 첫 번째 목적이 천왕교의 혈곡행을 막는 것이 아니었던가?

자신들 역시 정천무맹과의 약속은 철저히 이행한 셈. 손해 본 것도, 볼 것도 없었다.

"그것참. 정천무맹이 왜 물러서는 것인지 모르겠군."

"아직 기회가 완전히 사라진 것은 아닙니다. 안 한다는 연락도 없었으니까 말입니다."

"아니라고? 지금쯤 연락 한 번 정도는 주었어야 정상 아닌가?"

"그만큼 철저히 움직이고 있을지도 모르는 일 아니겠습니까?"

"아무리 그래도 그렇지……."

사문천이 이마를 씰룩거리며 불만의 표정을 짓자 전무심이 조용히 말했다.

"어쩌면 간자들을 조심하다 보니 연락이 늦는지도 모릅니다."

사문천의 눈매가 가늘어졌다.

"무슨 소린가? 간자라니?"

"제갈 군사에게 적의 간자에 대한 것을 알렸습니다. 직접 한 사람을 잡기도 했고 말입니다."

"직접 잡았다고? 정천무맹의 간자를, 자네가?"

"제가 아니라 삼족개 장로가 잡았습니다."

그 말에 사문천과 척우진을 비롯한 거의 모든 사람이 눈을 동 그랗게 뜨고, 삼족개는 어깨에 힘을 잔뜩 주었다.

하지만 그것도 잠시뿐이었다.

"삼족개가? 흥, 자네가 알려줬겠지."

삼족개를 흘겨본 사문천이 그럴 리 없다는 듯 콧방귀를 뀌었다.

척우진도 고개를 끄덕이며 어림없다는 표정을 지었다.

"황구 잡는 거라면 또 몰라."

삼족개의 얼굴이 금방 잡은 황구 속살처럼 벌게졌다.

그는 차마 사문천에게는 인상을 쓰지 못하고 척우진만 잡아 먹을 듯이 노려보았다.

—황구 잡아놓으면 제일 먼저 달려드는 놈이!

꼭 그렇게 말하는 듯한 눈빛이었다.

두 사람의 쓸데없는 눈싸움이 어디 한두 번이던가?

그들을 아랑곳하지 않고 전무심이 말했다.

"어찌 되었든 그들이 간자의 눈을 피하려다 보면 번거로운 방법을 썼을지도 모릅니다. 어떤 방법을 썼는지는 알 수 없습니다만."

"으음. 그럼 언제까지 기다려 볼 생각인가?"

전무심이 남쪽을 향해 시선을 돌렸다.

"무당을 친 자들은, 성공 여부와 상관없이 이틀 정도 지나야 안강으로 돌아올 겁니다. 우리에겐 하루 반 정도의 시간이 있는 셈이지요."

그때 곡초운이 말했다.

"차라리 돌아오는 놈들을 먼저 치는 게 어떻겠습니까?"

나쁘지 않은 생각이었다. 그러나 천왕교의 움직임을 막는다는 목적이 없을 때의 이야기였다.

당분간 움직일 수 없기는 천사단과 마존궁도 천왕교와 마찬가지였다.

"천왕교를 치든, 치지 않든 당분간은 이곳에서 움직일 수 없습니다. 일단은 내일 아침까지 기다려 보도록 합시다."

사진옥 등이야 전무심이 그렇다면 그런 것이다. 의구심을 가질 필요가 없었다.

그렇게 간단한 회의가 끝나갈 즈음이었다.

우르르릉!

천둥소리가 들리더니, 후드득, 굵은 빗방울이 떨어지기 시작했다.

2

사천당가의 장로이며 정천무맹 정천오대 대주인 당호진은 밀봉된 서신을 뜯어보고 눈살을 찌푸렸다.

"대체 맹주께서 무슨 생각을 하시는 거지?"

"그만큼 중요한 일이라는 것이 아니겠소?"

낙양 용가보의 주인이며, 제오대의 부대주인 용소산이 의아한 표정으로 되물었다.

하지만 당호진의 찌푸려진 인상은 쉽게 펴지지 않았다.

"혈곡으로 가는 줄 알았는데, 명령대로라면 오히려 혈곡과 멀어지고 있지 않나?"

"맹주에게 어떤 뜻이 있겠지요. 무턱대고 반대쪽으로 가라 하지는 않았으리라 생각되오만."

물론 그럴 것이다. 그래도 자세한 것을 모르는 당호진으로선 답답하기만 했다.

답답한 것은 당호진과 용소산만이 아니었다. 나머지 사대의 대주와 부대주들도 마찬가지 마음이었다.

그렇다고 맹주의 명령을 어길 수도 없는 일. 그들은 각 대별로 밀봉된 서신이 가리키는 목적지를 향해 빠르게 이동했다.

그렇게 만 하루, 부슬부슬 내리는 빗속을 뚫고 자신들의 목적지에 도착한 정천오대의 무사들은 뜻밖의 사실에 놀라움을 금치 못했다.

각기 다른 곳을 향해 떠났던 정천오대의 목적지가 같은 곳, 백하의 중소문파인 송연산장이었던 것이다.

게다가 남양의 총단에 있을 거라 생각했던, 맹주를 비롯한 모든 장로들은 물론이고, 이름만 들었을 뿐 한 번도 보지 못한 전대의 원로 고수들이 그곳에 한 걸음 먼저 와 있지를 않은가.

한데 모두가 한곳에 모이고, 뭐가 어떻게 된 일인지 알기도 전에 허경 진인의 일갈이 떨어졌다.

"우리는 안강의 천왕교를 치기 위해서 이곳에 온 것이네!"

모두가 경악한 눈으로 허경 진인을 바라보았다.

천왕교를 치다니. 이 인원으로? 안강의 천왕교 본진을?

말도 안 되는 소리! 어림 반 푼어치도 없는 생각이다. 아무리 최고의 정예들만 뽑았다고 해도 그렇지, 어떻게 오백의 인원으로 그들을 친단 말인가!

경악한 눈들이 서서히 어이없는 눈빛을 띠기 시작했다.

맹주가 지금 제정신인가? 그런 눈빛들이 대부분이었다.

동방진학이 앞으로 나온 것은 바로 그때였다.

"이 늙은이는 동방진학이라고 하네. 힘을 보탤까 해서 황산에서 왔다네."

그의 이름은 곧 폭풍 같은 위력으로 정천오대의 마음을 휩쓸었다.

황산의 검성 동방진학. 그가 눈앞에 있는 것이다.

"물론 우리 힘만으로는 불가능에 가까운 일이라는 것을 나도, 맹주도 잘 알고 있다네. 하나 곧 각파의 본산에 칩거해 있던 원로 고수들이 도착할 것이야. 게다가 천사단과 마존궁이 일각을 맡아준다면 충분히 해볼 만하다는 게 우리 생각이네."

사람들의 눈빛이 다시 흔들렸다.

마존궁과 천사단. 이곳에 있는 사람들 중에는 그들과 이런저런 관계로 엮인 사람들이 몇 있었다.

장로가 전무심에게 죽은 점창의 사람들은 원한으로, 절체절명의 처지에서 구함을 받은 몇몇 사람들은 은혜를 입지 않았던가.

동방진학은 눈빛이 흔들리는 사람들을 향해 나직이, 그러면서도 힘이 있는 음성으로 말을 이었다.

"불원천리 수천 리 길을 달려온 늙은이라네. 어쩌면 다시 돌아갈 수 없을지도 모르지. 하지만……."

말을 길게 끈 동방진학의 눈이 좌중을 훑었다.

사람들은 점차 강렬하게 피어나는 그의 눈빛을 맞받지 못하고 슬그머니 눈길을 돌렸다.

그제야 동방진학이 말을 이었다.

"싸우다 죽는다면 어쩔 수 없는 것이 아니겠나? 그 정도 각오도 없이 어찌 마의 본산이라는 천왕교를 상대할 수 있겠는가? 설마 그대들은 목숨을 걸지 않고서 그대들의 문파를, 형제를, 의협의 길을 지킬 생각이었단 말인가?"

질타가 이어지자 장내가 조용해졌다. 숨소리조차 나지 않아 물방울 떨어지는 소리가 천둥처럼 들릴 정도였다.

"나는 맹주의 계획이 결코 무모하다 생각하지 않고 있네. 천왕교를 물리칠 수만 있다면! 나라 해도 천사단이나 마존궁과 손을 잡았을 것이네. 나는 작은 원한에 얽매이기 위해 먼 길을 달려온 것이 아니라네."

그가 노구를 이끌고 삼천 리 길을 달려 황산에서 이곳까지 온 거에 비하면, 자신들의 여정은 아무것도 아니었다.

게다가 천하의 검성이 죽을 각오로 왔다지 않는가.

생각만으로도 절로 고개가 숙여지고 자책감이 드는 아닐 수 없었다.

정천오대 중 일대의 대주인 황보충이 고개를 숙인 채 스스로를 채찍질했다.

"검성께서 마를 물리치기 위해 이 먼 곳까지 오셨거늘, 작은 일에도 불만이 가득했던 후배들은 차마 낯을 들 수가 없습니다."

"허허허. 이렇듯 자신의 마음을 솔직히 털어놓은 것만 봐도 내 그대의 마음을 알 듯하이. 우리 지금까지의 생각을 모두 털어내고 앞으로는 마에 대적해 싸울 걱정이나 해보세나."

"알겠습니다, 노선배!"

검성 동방진학의 등장만으로도 단숨에 모든 상황이 정리되어 버렸다.

어찌 아니 그럴 것인가.

검성과 함께 빗속을 뚫고 왔다는 것. 앞으로 검성과 함께 검을 들고 싸울 거라는 것.

그 사실만으로도 그들은 심장이 벌떡거리고 얼굴이 붉어졌다.

한데 그때였다. 동방진학이 지나가는 듯한 말투로 입을 열었다.

"자네들은 나를 대단하게 보지만, 사실 자네들의 맹주가 더 대단한 사람이라네."

"예?"

황보충과 당호진을 비롯해, 허경 진인과 함께 온 사람들을 제외한 모든 이들이 의아해하는 표정으로 동방진학을 바라보았다.

검성의 칭찬에는 이유가 있을 터였다. 그런데 아무리 생각해도 그럴 만한 특별한 이유가 없는 것이다.

이번 작전 계획을 말하는 것인가?

그거야 아직 진행 중인 일. 성공한 이후에 칭찬을 해도 늦지 않을 것이었다.

그때 동방진학이 엄숙한 얼굴로 입을 떼었다.

"무당이 적의 습격을 받았다는 말을 들었는지 모르겠군. 맹주는 무당으로 달려가는 것을 포기하고, 천하의 안녕을 위해 천왕교를 치기로 했다네."

순간 조금 전보다 열 배는 더 큰 경악이 모든 사람들의 얼굴에 떠올랐다.

특히 무당의 제자들은 눈을 부릅뜨고 허경 진인을 바라보았다.

그제야 허경 진인이 입을 열었다.

"우리 무당은 그리 약하지 않네. 미리 연락을 취했으니 이번 일로 칩거해 있던 원로들이 모두 나왔을 터. 놈들은 살아서 돌아가지 못할 것이네."

무당의 제자들과 정천오대 무사들의 얼굴에 강한 믿음이 떠올랐다. 당연히 그렇게 될 거라는 그런 표정이었다.

그러나 허경 진인은 그렇게 되지 않을 수도 있다는 것을 잘 알고 있었다.

그는 착잡한 마음을 감추려 목소리에 힘을 실었다.

"그 대가로, 우리는 천왕교의 본진을 공격할 것이네! 마존궁과 천사단의 힘을 빌려서라도. 천하의 안녕을 위해서 말이야! 마도와 손을 잡는 것이 마음에 들지 않더라도 모두 따라주기 바라네!"

3

다음날, 날이 밝기도 전이었다.

외곽 순찰을 돌던 마존궁의 무사가, 다 죽어가는 모습을 한 채 다가오는 거지 하나를 발견했다.

"정지! 다가오는 자는 누군가?"

"헥헥, 씨발……. 헥헥헥……. 더럽게 높네."

"누구냐고 묻지 않느냐?!"

쨍!

마존궁의 무사가 검을 빼 들자, 그제야 거지가 화들짝 놀라 헥헥거리면서도 다급히 말했다.

"헥헥, 삼족개 장로님을……."

삼족개는 마존궁 무사가 찾아와 잠을 깨우자 입맛을 다시며

눈을 떴다. 척우진 몰래 개다리를 뜯어먹으려다 잠을 깬 것이
다.

　'썩을 놈, 조금만 늦게 깨우지……. 다 먹고 나서 깨우면 누가
잡아가나?'

　아마 그래서였을 것이다. 마당에 주저앉아 거품을 물고 있는
개방의 제자에게 신경질적으로 물은 것은.

　"무슨 일로 이 밤중에 달려온 것이냐?"

　혀를 반쯤 빼어 문 개방의 거지는 대답 대신 한 장의 서신을
삼족개에게 전해주고 그 자리에서 드러누워 버렸다.

　"이게 뭐냐?"

　"헥헥, 백하에서……. 헥헥헥, 전하는 서신… 입니다요. 헥
헥."

　삼족개가 갑자기 손을 죽 뻗어 거지의 멱살을 잡아 들어 올렸
다.

　"켁켁!"

　숨이 막히는지 거지의 얼굴이 벌게졌다.

　"야, 이놈아! 백하에 사람이 한둘이냐? 누가 보낸 건지는 알
아야 하지 않겠느냐!"

　"켁켁, 정천… 켁, 무맹……."

　삼족개는 거지의 말을 다 듣지도 않고, 들어 올렸던 멱살을
그대로 놔버렸다.

　픽!

　"컥!"

　그러고는 뒤통수를 주먹만 한 자갈에 부딪친 거지가 부릅뜬

눈으로 잡아먹을 듯이 노려보든 말든, 휙 몸을 돌려 안으로 달려갔다.

"전 공자! 왔네, 왔어!"

삼족개는 산채의 중앙에 도착할 때까지 안쪽에서 별반 반응이 없자, 손나발을 만들어 입에 대고 사방을 향해 소리쳤다.

"왔다니까! 뭐해! 전 공자!"

삼족개의 외침은 닭 울음소리보다도 더 확실하게 새벽을 알렸다. 산채에서 잠을 자던 천사단과 마존궁의 무사들이 일제히 일어난 것이다.

"이 꼭두새벽에 뭐가 왔다는 거야?! 저 양반이 꿈속에서 못 볼 걸 봤나."

"보나마나 뻔해, 꿈속에서 황구를 잡았나 보지 뭐."

예종의 가슴을 쓰다듬던 상유상이 몽롱한 표정으로 말했다.

하지만 곧 이어진 사진옥의 목소리에 아쉬움을 털고 일어나야만 했다.

"그만 하고 일어나라, 유상, 예종. 정천무맹에서 연락이 온 것 같다."

그제야 마지못한 듯 상유상이 몸을 일으켰다.

한데 조금 이상하다. 마치 방 안의 상황을 다 안다는 듯 말하지 않는가.

일어나 가슴을 여미던 예종이 상유상과 눈이 마주치자 물었다.

"진옥이 방이 이 근처였어?"

"아니? 저 끝쪽인데?"

"그런데 어떻게 알고⋯⋯."

뭔가를 눈치 챈 듯 상유상이 쌍심지를 치켜 올렸다.

"저 새끼가 혹시?"

새벽 어스름과 함께 천사단과 마존궁의 주요 간부들이 회의실로 쓰는 커다란 통나무집에 모여들었다.

서신을 다 읽은 전무심이 고개를 들자 사람들은 긴장한 표정으로 전무심을 주시했다.

"정천무맹이 백하에 도착했다 합니다."

그 말에 숨소리조차 잦아들었다.

전무심은 사람들을 둘러보다 사문천에게서 멎었다.

"궁주께선 석천 인근에 모인 무사들을 움직여 주셔야겠습니다."

"알겠네. 즉시 연락하지."

이번에는 삼족개를 바라보았다.

"저들의 움직임을 하나도 놓쳐서는 안 되오. 힘들더라도, 이 삼 일간만 고생해 주시오."

삼족개가 힘차게 고개를 끄덕였다.

"걱정 말게. 알지 모르겠네만, 저번 일로 인해 본 방의 장로 다섯과 이십팔걸이 투입되었네. 전과는 다를 것이야."

당연히 모른다. 말해주지 않았으니까.

"왜 그 이야기를 이제야 하나?"

척우진이 한심하다는 듯 윽박지르자 삼족개가 고개를 갸웃거렸다.

"어? 내가 안 했나? 나는 또 한 줄 알았지."

이미 지나간 일. 중요한 것은 이제라도 알았다는 것이었다.

전무심은 눈을 빛내며 곡초운에게 말했다.

"곡 도장이 삼족개 장로와 함께 즉시 순양으로 가서 연락을 담당해 주시오. 개방에서 능력이 뛰어난 자들이 왔다면, 보다 신속한 연락을 취할 수 있지 않겠소?"

한 걸음의 차이, 지금은 그것이 그 어느 때보다 중요했다.

곡초운이라면 훌륭하게 그 상황을 이용할 수 있을 터였다.

"알겠습니다, 단주."

곡초운이 전무심의 뜻을 안 듯 각오를 단단히 한 표정으로 고개를 숙였다.

전무심은 잠시 말을 멈추고, 무표정한 얼굴로 나머지 이십여 명의 사람을 하나하나 둘러보았다. 마치 오늘이 아니면 다시는 볼 수 없는 사람들이라도 되는 것처럼.

사진옥, 고후명, 상유상, 예종, 궁사한, 소미하란, 척우진, 초중암, 연비감, 진무악, 도병천, 설야광, 노숭환, 우벽도, 학연신……. 그러다 마지막으로 선우진진에서 멎었다.

모두가 긴장한 가운데 비장한 표정을 짓고 있다.

말없는 격정 속에 가슴을 떨고 있다.

자신이 천하를 위해 천왕교를 상대하는 것이 아님을 아는 자도 있고, 모르는 자도 있다. 그러나 분명한 것은, 자신의 말에 목숨을 내던지고 있다는 것이다.

참으로 고마웠다. 그리고 미안했다.

한두 명이 죽을지, 절반이 죽을지, 아니면 모두가 죽을지, 그것은 전쟁이 끝나봐야 알 것이다. 하지만 전무심은 진정으로 원했다.

모두가 살아남기를!

전무심의 입이 열린 것은 한참 만이었다.

"준비되는 대로, 바로 출발하지요."

모두가 말없이 일어섰다.

무슨 말을 하랴, 갑자기 몰아닥친 격정에 입이 열리지 않거늘.

자신의 거처로 돌아온 전무심은 뒤에서 방문이 닫히는 소리를 듣고 천천히 돌아섰다.

여전히 남장을 한 선우진진이 방문 앞에 서 있었다.

그녀가 피식거리며 물었다.

"왜 오라고 했지? 죽기 전에 한번 안아주겠다는 말이라도 하려고 부른 거야?"

뜬금없는 그녀의 말에 전무심의 입가에 가느다란 웃음이 번졌다.

하지만 그도 잠시, 전무심이 굳은 표정으로 입을 열었다.

"최대한 빨리, 사람을 하나 천왕곡에 보내야겠다."

그 말에 선우진진의 입가에 맺혔던 웃음도 지워졌다.

"천왕곡에서 무사들이 더 나올까 봐 그러는 거야?"

"그게 아니다."

"그럼… 하은설 때문에?"

하은설이라는 이름을 말하는 선우진진의 눈빛이 잘게 흔들렸다.

그래도 차마 '죽으면 못 볼까 봐?' 그 말은 하지 못했지만, 조금 심통이 나는 것은 사실이었다.

그런 선우진진의 눈을 전무심은 무심한 표정으로 똑바로 쳐다보았다.

"더 이상 은설의 이름을 말하지 않았으면 좋겠다."

"나도 말하기 싫어."

"그럼 하지 마."

"…알았어."

귀신들의 여왕, 남자보다 더 기가 세다는 선우진진이 고개를 푹 숙였다.

잠시 어색한 침묵이 흘렀다.

그러나 시간이 없었다.

전무심은 속으로 한숨을 쉬며 선우진진에게 말했다.

"천왕정주 사도무연을 만나라고 해라. 그에게 때가 되었으니 문을 닫으라고 하면 그가 알아서 움직일 것이다."

선우진진의 고개가 발딱 들렸다.

"천왕정주 사도무연이라고?!"

경악해 소리 지르는 그녀를 향해 전무심이 말을 이었다.

"그리고 지옥전주 영호승악에게 '약속을 지킬 때가 되었다'는 말을 전하고, 그의 답을 가지고 오면 돼."

선우진진의 눈빛이 파르르 떨렸다.

"너… 이제 보니 뒷수작을 단단히 부려놨구나?"

예전으로 돌아간 목소리다. 이제야 눈앞의 미공자가 선우진 진이라는 것이 실감난다.

"놀랄 것 없어. 그래 봐야 승산이 겨우 반을 조금 넘으니까."

사실이 그랬다. 누구보다도 선우진진이 잘 알고 있는 일이었다.

"좋아, 그럼 내가 승산을 조금 높여주지."

"네가?"

"너는 모르겠지만, 아니, 귀왕곡의 핵심 간부를 빼고는 누구도 모르고 있는 사실이지만, 우리 귀왕곡의 힘은 보이는 것만이 다가 아니거든. 사실 밖으로 나온 무사들 말고도……."

나직이 입을 여는 선우진진의 표정이 진한 자신감으로 물들었다. 선우무혁과 담판을 지어서라도 그 힘을 끌어낼 생각인 듯했다.

그러나 그녀와 반대로 전무심의 표정은 점차 어두워졌다.

'귀왕곡이 힘을 숨기고 있었다면, 백리군악이나 천외비각에도 아무도 모르는 힘이 숨겨져 있을 가능성이 있다는 말.'

문득 석운령에서 보았던 자들이 떠오르자 불안감이 더 깊어졌다.

하지만 이제 와서 물러설 수는 없는 일. 미리부터 걱정할 것은 없었다.

정 안 되면, 자신도 숨겨진 힘을 드러내면 될 것이 아닌가!

'좋아! 얼마든지 내놓아봐라. 그게 어떤 힘이든 나 전무심이, 천유옥이 상대해 주마!'

"개방의 움직임이 심상치 않습니다, 주군."

방운휴의 보고에도 백리군악은 붓을 멈추지 않았다.

"전부터 그러지 않았는가?"

"이번에는 조금 다르다 합니다."

"다르다?"

자신이 그린 대나무가 마음에 들지 않는지 백리군악의 고개가 옆으로 기울어졌다.

"개방의 거지들 중 제법 고수라 할 만한 자들이 보이는 것 같습니다."

"흠, 고수들이라. 그들이 본 교에 위협이 될 거라 생각한 것은 아니겠지?"

붓이 다시 종이 위를 누볐다.

"물론입니다. 다만 속하는, 그들이 뭔가 일을 꾸미고 있는 것이 아닌가 해서⋯⋯."

"하긴 그럴 때가 되기도 했지."

"예?"

"본 교가 피해를 입은 것이 얼만가? 지금쯤은 해볼 만하다 생각하고 있을 거네."

"하오면 어찌하실 것인지요?"

백리군악은 천천히 붓을 내려놓았다.

"그냥 놔두게."

방운휴의 눈이 커졌다.

"안으로 끌어들여서 몰살시킬 수만 있다면, 그것도 괜찮을 것 같군."

펼쳐진 백리군악의 손이 죽화(竹畵)가 그려진 종이 위를 덮었다.

와작!

구겨진 종이가 서서히 손 안으로 말려들어 갔다. 대나무도 그의 손 안으로 자취를 감췄다.

"적을 치는 데 꼭 공격만이 능사가 아니지. 안 그런가?"

백리군악의 아무런 감정도 없는 음성에 방운휴의 어깨가 저절로 떨렸다.

"주군의 말씀이 맞습니다."

"가서 무종령주와 천기령주를 들라 하게."

"예, 주군."

방운휴가 나가자 백리군악의 표정이 차갑게 굳어졌다.

그렇게 얼마나 지났을까, 백리군악이 조용히 입을 열었다.

"정천무맹은 어디까지 왔소?"

창문 밖에서 나직한 목소리가 들려왔다.

"백하에 모였다 하오."

"백하? 제법이군. 그런 방법을 쓰다니."

"그래 봐야 제군의 눈을 벗어나지는 못했잖소?"

"만일 그곳에서 멈추지 않았다면 순양에 이를 때까지 몰랐을 거요. 그것만 해도 대단한 거외다. 하마터면 계획이 틀어질 뻔했으니까."

"어찌하시겠소, 제군?"

백리군악은 다시 입을 다물었다. 입을 열면 마지막 결정을 내려야 했다. 그러기 전에 한번 더 생각을 해보고 싶은 것이다.

얼마가 지나고, 백리군악의 입이 다시 열렸다.

"싸움이 벌어지면, 적당히 싸우다 물러나라고 전하시오. 어차피 모든 마무리는 그곳에서 해야 할 테니까 말이오."

창문 밖의 목소리가 처음으로 떨려 나왔다.

"알… 겠소."

"제군이 측근들을 소집했다고?"

"그렇습니다, 교주."

엎드린 비혼당주 사도승의 대답에 사도궁헌의 눈썹이 치켜올라갔다.

여우가 자신들의 측근들을 소집한 것은 밖에 나와 처음 있는 일이었다.

대체 무엇 때문에 자신이 알 거라는 걸 알면서 그들을 소집한 것일까?

"무엇 때문이라더냐?"

"최근 개방의 동향이 심상치 않아 대책을 세우기 위해서라고 합니다."

"흠, 다른 목적은 없는 것 같던가?"

"천기원의 사람들만 부른 걸 보니 별다른 목적은 없는 듯합니다."

"천외비각의 움직임은?"

"없었습니다, 교주."

공연한 의심일까?

사도궁헌은 머리가 지끈거렸다.

뭔가 불안한 느낌이 드는데, 무엇 때문인지 확실하지가 않았다.

그런 사도궁헌을 향해 사도승이 조심스럽게 말했다.

"하옵고… 요즘 이상한 소문이 돌고 있습니다."

"이상한 소문?"

"그게……."

사도승이 망설이자 사도궁헌의 눈에서 칼날 같은 눈빛이 쏘아졌다.

"말해보거라. 너는 그래도 내 조카가 아니더냐? 숙부에게 말한다 생각하고 편히 말해봐."

그제야 사도승이 입을 열었다.

"교주께서… 진짜 교주가 아니시라고……."

그래도 차마, 형제를 몰래 죽이고 교주 자리를 빼앗은 악마라는 말은 하지 못했다.

하지만 그 말만으로도 사도궁헌의 눈빛이 더욱 강해졌다.

"내가 교주가 아니다? 홋, 미친놈들."

"저 역시 미친놈들의 헛소문이라 생각하고, 그 소문을 퍼뜨린 놈을 추적하고 있습니다, 교주."

"헛소문에 연연하지 말고, 백리군악과 서문 늙은이 주위의 일을 감시하는 데 주력해라."

"예, 교주."

"그만 나가보거라."

사도승이 뒷걸음으로 방을 나가자 사도궁헌의 눈에서 핏빛 광망이 쏟아졌다.

'대체 어떤 놈이?! 혹시 그 늙은이가? 아냐, 그 늙은이는 천왕 곡에 처박혀 있지 않은가? 그럼 다른 놈을 시켜서? 그래서 얻을 게 뭐가 있다고?'

어쨌든 그냥 놔둘 수는 없었다.

"궁무, 안으로 들어와 보게."

사도궁헌의 부름에 방문이 열리고 한 사람이 들어섰다.

그는 옆집 아저씨처럼 평범하게 보였는데, 사도궁헌만큼은 그의 내면이 결코 평범하지 않다는 것을 알고 있었다.

그의 이름은 사도궁무. 천왕가의 사람들 중 다섯 손가락 안에 들어간다는 절대지경의 고수였다.

천왕령주 사도궁휘조차 그의 손에 십 초를 견디지 못한다는 소문이 돌았지만 아무도 확인한 사람은 없었다.

"부르셨습니까, 형님."

또한 그는 사도궁헌을 아무 때나 형님이라 부르는 유일한 사람이었다.

"음, 네가 해줘야 할 일이 있다."

"말씀하시지요. 누굴 죽여야 하는 일입니까?"

담담하게 묻는 그다. 사람을 죽이는 일을 말하면서도 눈빛 한 점 흔들림이 없다.

그를 향해 사도궁헌이 말했다.

"천왕대전에 다녀와야겠다."

"누굴 원하십니까?"

"아무래도 사도무연을 제거해야 할 것 같다."

숙부를 죽이라는 말. 그런데도 그는 엉뚱한 것만 걱정했다.

"그를 따르는 사람들이 난리를 칠 겁니다."

"그래도 하는 수 없다. 시끄러워지는 한이 있어도 더는 안 되 겠다."

사도궁무는 조용히 사도궁헌을 바라보고는 고개를 숙였다.

"형님의 뜻이 그러하시다면, 그리하겠습니다."

"그래, 그리고… 천왕궁의 오층도 정리를 하고 와라."

천왕궁의 오층에 있는 세 명의 여인, 그녀들을 죽이라고 하는 것이다.

처음으로 사도궁무의 눈빛이 반응을 보였다.

"그 정도로 상황이 좋지 않습니까?"

"혹시 모를 일을 미연에 방지하기 위함일 뿐이다."

하지만 단호한 사도궁헌의 말에 하는 수 없음을 느꼈는지 고 개를 끄덕였다.

"알겠습니다, 형님. 비록 둘째형님께는 미안하지만, 하는 수 없지요."

사도궁무가 대답하며 돌아섰다.

그러자 사도궁헌이 그의 등을 향해 말했다.

"고맙네, 아우. 나를 이해해 줘서."

멈칫한 사도궁무가 담담히 말했다.

"누가 뭐래도, 이 아우의 형님이십니다. 세상에 남은 오직 한 분의 친형님 말이지요."

그 말에 사도궁헌의 입이 꽉 다물렸다.

'그렇지, 너와 나만이 진짜 친형제지. 어쩌면 그러하기에 너를 죽여야 할지도 모르지만······.'

5

무당의 소식을 들은 것은, 적미산(糴米山)을 넘어, 순양에서 삼십 리 떨어진 십리평(十里平)에 이르렀을 때였다.

순양에서 온 소골개가 그들의 안내를 맡았는데, 떠나오기 직전 무당의 소식을 들었다는 것이었다.

"놈들이 쳐들어갔을 때는 무당에 막 비상이 걸렸을 때였는데, 미처 제자들이 다 모이지 못한 상태여서 처음에는 수십 명이 한꺼번에 떼죽음을 당했다고 합니다요."

그는 침을 튀기며 마치 자신이 직접 본 것처럼 실감나게 말했다.

한데 다행히도 오랜 세월 모습을 보이지 않던 원로 도장 십여 명이 모습을 드러낸 덕에 무너지는 속도가 늦춰졌다고 한다.

"그렇게 죽어라 싸우고 있는데, 갑자기 수백 명의 무사들이 또 나타났다고 합니다."

그의 말대로라면 아마 철심장의 무사들과 흑화령이 싸움에 끼어든 것이 그때쯤인 듯했다.

그 후부터 싸움이 백중세를 이루며 한 치 앞도 내다볼 수 없는 접전이 벌어졌다고 한다. 갑자기 관병들이 북을 울리고 뿔나팔을 불면서 무당산으로 몰려오지 않았다면, 얼마나 많은 사람이 더 죽었을지 아무도 몰랐을 거라며, 소골개는 관병이 왜 무당산으로 올라왔는지 의아해했다.

하긴 싸우던 당사자들도 황당했을 게 분명했다. 싸움이 한창일 때 느닷없이 일천 명에 달하는 관병들이 끼어들었으니 그들은 제대로 싸울 수도 없었을 터였다.

소골개의 말을 들어봐도 그런 듯했다.

"좌우간 관병들이 몰려오는 걸 보더니, 그제야 천왕교의 무사들이 물러갔다고 합니다요, 장로."

삼족개는 소골개를 빤히 바라보다가, 그의 말이 끝나자마자 숨 쉴 기회도 제대로 안 주고 물었다.

"피해는?"

소골개는 숨을 몰아쉬다 말고 또 입을 열었다.

"무당의 제자들이 대충 이백여 명, 철심장과 무화단의 무사들이 대충 백여 명 정도 죽었다고 하는데, 놈들이 철저히 살수를 쓰는 바람에 생각보다 사망자가 많았다고 합니다. 뭐, 다친 사람은 셀 수도 없고 말이죠."

삼족개가 어깨를 으쓱 추켜올리며 전무심을 바라보았다.

"그렇다고 하는군."

딱 두 번의 질문으로 대충 무당의 상황을 알게 된 전무심이었다.

그러나 궁금한 것은 무당에서 벌어진 일만이 아니었다.

"그들이 돌아오고 있소?"

소골개가 고개를 끄덕였다.

"연락 받은 대로라면, 지금쯤 성모산 인근을 지나고 있을 겁니다요."

서신대로 절천에 있던 정천무맹의 무사들이 그들을 막기 위해 갔다면 돌아오지 못하던가, 아니면 돌아온다 해도 하루 정도는 더 있어야 안강에 도착한다는 말이었다.

그렇다면 이제 그들이 오는 것은 걱정할 것이 없었다.

소골개에게 묻는 전무심의 목소리가 조금 밝아졌다.

"정천무맹은 어디에 있소?"

"조금 전에 각양산의 계곡에 도착했다는 말을 들었습니다요."

"안내해 주겠소?"

"따라오십쇼."

각양산(角羊山)까지는 그리 멀지 않았다.

이십여 리를 가자, 각이 진 바위가 산꼭대기에 뿔처럼 솟아 있는 산이 보였다. 소골개는 전무심 일행을 각양산의 남쪽 계곡으로 안내했다.

한데 남쪽 계곡이 저 멀리 보일 때였다.

"굳이 전부 몰려갈 필요가 있을까?"

척우진이 우려의 표정을 지으며 물었다.

계곡의 입구는 그리 넓지 않았다. 안쪽이 아무리 넓다 해도 양쪽 합쳐 일천에 달하는 사람이 들어가기에는 무리일 듯했다.

그러나 척우진이 그렇게 물은 데는 다른 이유가 있었다. 양편의 무사들이 뒤섞이다 보면 마찰이 있을지도 모른다는 것.

전무심도 그 생각에는 동의했다.

마침 한쪽에 제법 넓은 공터가 보였는데, 수백 명이 쉬기에 적당한 곳이었다.

"사 궁주님과 척 형, 진옥과 진진, 그리고 도 노선배와 곡 도장만 저와 함께 가도록 하지요. 다른 분들은 저곳에서 쉬고 계십시오."

"나는?"

삼족개가 눈을 크게 뜨고 손가락으로 자신의 코를 가리켰다.

척우진이 툭 쏘듯이 말했다.

"자네는 정천무맹의 사람인데 무슨 상관인가?"

그제야 삼족개가 멋쩍은 표정으로 고개를 갸웃거렸다.

"그런가? 그렇군. 하도 오랫동안 함께 다니다 보니까 나도 천사단의 일원인 줄 알았잖아? 킁!"

척우진이 그런 삼족개를 흘겨보고는 전무심을 바라보았다.

"실없는 소리는. 가지?"

남쪽 계곡의 입구에는 그들이 오는 것을 알았는지 몇 사람이 마중 나와 있었다.

그들 중 맨 앞에 서 있는 사람은 전무심도, 사진옥도, 척우진도 잘 아는 사람이었다.

"오랜만이네, 전 도우!"

환하게 웃으며 다가오는 도인, 그는 진성자였다.

진성자는 마치 십 년간 헤어져 있던 형제들을 만나기라도 한 것처럼 당장 끌어안을 것 같은 자세로 다가왔다.

"그동안 잘 있었는가?"

전무심은 자신도 모르게 입가에 가느다란 웃음이 매달렸다.

"이곳에서 뵐 줄은 몰랐군요."

"우흐흐, 우리의 인연이 어디 보통인가?"

진성자는 남들이 들으면 오해하기 딱 좋은 말을 서슴없이 하는 한편, 속으로는 안도의 한숨을 내쉬었다.

'휴우, 다행이군. 그 호랑이가 둔갑한 여우를 데려오지 않았다니.'

어쩌면 그래서 더 기분이 좋은지도 몰랐다.

그가 밝은 표정으로 돌아섰다.

"가세, 맹주께서 기다리고 계시네."

그때 사진옥이 돌아서는 진성자를 향해 말했다.

"예종과 함께 올 걸 그랬습니다. 도장님을 많이 보고 싶어하는 것 같던데."

순간 돌아서던 진성자의 발이 꼬였다.

다행히 유운신법이 자연스럽게 펼쳐져 꼴사납게 비틀거리지는 않았지만, 마음에는 심각한 타격을 받은 진성자였다.

'그 무서운 여자가 나를 보고 싶어한다고? 말도 안 되는 소리!'

그런 진성자를 바라보며 걸음을 떼는 전무심의 얼굴에 잔잔한 미소가 번졌다.

"가시죠."

"어? 어. 그래, 가자구."

정천무맹의 사람들이 머무는 곳까지는 생각보다 멀었다.

그곳에 도착할 때까지, 진성자는 전무심의 곁에 바짝 붙어 걸어가며 조잘조잘 지난 일들을 이야기했다. 그동안 못한 말을 다해야 직성이 풀리려는지 한시도 입을 쉬지 않았다.

상주에서 헤어진 후 어떻게 지냈다는 둥, 등운평이 전무심을 꼭 만나고 싶어한다는 둥, 전무심이 대답하지 않아도 혼자서 잘도 말했다.

"안에는 동방진학 도우도 와 있다네."

그러다 검성의 이야기가 나오자 전무심은 물론이고 뒤따라오던 모두의 얼굴이 경악으로 물들었다.

"정말인가?"

사문천이 굳은 표정으로 묻자 진성자가 사문천의 위아래를 훑어보았다.

그러고는 전무심을 향해 눈짓을 했다.

저 사람 누구야? 그런 눈빛으로.

"마존궁의 사문천 궁주십니다."

전무심의 말에도 진성자는 다시 한 번 사문천을 바라봤을 뿐, 그 이상의 반응은 보이지 않았다.

오히려 사문천이 눈을 가늘게 뜨고는 또다시 자신의 몸을 훑어 내리는 진성자를 노려보았다.

여차하면 눈싸움이라도 벌일 것 같은 상황. 전무심은 웃음을 참는 듯 입꼬리를 말아 올리고 진성자를 재촉했다.

"가시죠, 얼마 남지 않은 것 같은데."

"그럴까?"

한데 그러면서도 또 사문천을 흘겨보는 진성자다.

"언제 한번 붙어봐야겠군."

진성자를 아는 사람들은 말릴 수 없는 그의 성격에 웃음을 지었고, 모르는 사람들은 어이없어 입을 반쯤 벌렸다.

사문천은 당연히 후자였다. 그는 어이가 없어 헛웃음만 나왔다.

'허, 허, 허. 종남에서 괴물이 하나 나왔군.'

그렇게 오 리가량을 들어갔을 때다.

오래전부터 있었던 것으로 보이는 이십여 채의 제법 큰 통나무집과 십여 채의 작은 모옥이 있는, 상당히 넓은 분지가 나타났다.

"사냥꾼들의 마을인데, 잠시 빌렸다네. 단 하루를 빌리는 대가로 백 냥의 금자를 주기로 했으니, 사냥꾼들이야 완전히 복터졌지."

보아하니 사냥꾼들은 마을을 통째로 빌려준 것 외에도 잔심부름까지 하는 것 같았다.

하긴 아무도 밖으로 나가지 못하게 했을 터, 그런 일이라도 해야 마음이 편할 것이었다.

안으로 더 들어가자 정천무맹의 무사들이 곳곳에서 모습을 보였다.

승, 도, 속이 섞인 그들은 하나같이 일류 이상의 고수들이었는데, 어림짐작으로도 사오백은 되어 보였다.

'단단히 마음먹었군.'

그때 진성자가 손을 들어 마을의 중앙에 있는 제일 큰 통나무집을 가리켰다.

"저기가 맹주께서 머무르시는 곳이지."

통나무집의 내부는 상당히 넓어서 백여 평 정도 되어 보였는데, 중앙의 기다란 탁자 오른쪽으로 통나무를 잘라 만든 의자에 열두 사람이 앉아 있었다.

이번 일이 아니면 절대 나오지 않았을 각 전대의 원로들. 그들은 대부분이 장문인보다 항렬이 높은 각 문파의 최고 고수들이었다.

그들은 문이 열리고, 전무심 일행이 안으로 들어오자 일제히 눈빛을 빛냈다.

신광이 번뜩이는 눈빛, 은은하게 퍼지는 무형의 기운. 심장이 약한 사람은 한 걸음도 떼지 못할 정도로 그들의 눈빛은 매섭고도 강했다.

하지만 그들을 향해 걸어가는 전무심의 일행 중 기죽은 사람은 한 사람도 없었다.

일행이 진성자의 안내로 자리에 앉자 한 사람이 자리에서 일어섰다.

"오시느라 수고들 하셨소. 빈도가 허경이외다."

정천무맹의 맹주, 허경 진인이 바로 그였다.

전무심도, 사문천도 고요히 가라앉은 눈으로 허경 진인을 바라보았다.

"마존궁의 사문천이오."

사문천이 먼저 포권을 취하고 자신을 밝혔다.

순간 열두 명의 눈이 싸늘하게 빛났다.

비록 마존궁이 다른 마도문파와 달리 사마의 무리로 불리지는 않는다지만, 그래 봐야 오십보백보라는 것이 그들의 생각이었다.

"우리가 마도문파의 주인과 마주 앉아 이야기를 나누다니, 오래 살고 볼 일이구려."

열두 명 중 코가 붉은 노도장이 냉랭한 목소리로 자신의 감정을 드러냈다.

사문천이 그의 말을 짧게 받아쳤다.

"뉘신지는 모르겠으나, 나 역시 마찬가지 마음이외다."

이야기를 시작하기도 전에 분위기가 서리 내린 듯 냉각되었다.

그때 전무심이 무심한 표정으로 입을 열었다.

"천사단의 전무심이라 합니다. 시간이 없으니 앞으로 해야 할 일을 먼저 상의했으면 합니다."

열두 쌍의 눈이 일제히 전무심을 향했다.

"호오, 도우가 바로 전무심 도우였구려. 말은 많이 들었소이다."

허경 진인이 진정 반갑다는 듯 말을 건넸다.

그러면서도 호기심 어린 눈으로 전무심을 요모조모 살펴보았다.

한데 또다시 냉랭한 목소리가 뒤를 이었다.

"그전에, 자네에게 한 가지만 묻지. 천왕교의 사람이었다 들었네만, 사실인가?"

전무심은 무심한 눈으로 그를 바라보았다.

붉은 코의 노도장, 들은 대로라면 그가 바로 공동의 대장로인 적비자일 터였다.

"그렇습니다."

"솔직히 우리는 자네를 반 정도밖에 믿을 수가 없네."

"저는 정천무맹을 삼 할도 채 믿지 않습니다."

"뭐라? 그럼 무엇 때문에 우리와 손을 잡자 했는가?"

"그나마 삼 할의 믿음이라도 있으니 손을 잡자 한 것이지요."

그러니 반만 믿는 것으로도 충분하다, 그 말이었다.

적비자가 말에서 밀리자 전무심을 쏘아보았다.

그러나 전무심은 그에게서 시선을 돌려 가장 안쪽에 앉아 있는 백의노인을 바라보았다.

"검성이십니까?"

전무심이 단번에 자신을 알아보자 동방진학이 조용히 웃으며 말했다.

"그렇다네. 내가 동방진학이네."

그때 전무심이 작정한 듯 한 사람의 이름을 꺼냈다.

굳이 천왕교에 대해 일일이 설명할 필요가 없었다. 이들의 오만을 꺾기 위해선 한 사람의 이름만으로도 충분했다.

"천마 서문유적에 대해 아시는 게 있으십니까?"

"천…… 마?"

처음에는 의아한 표정이었다. 그러나 숨을 한 번 쉬는 사이, 온화하던 동방진학의 얼굴이 경악으로 물들었다.

"지금 천마라 했는가?!"

동방진학만이 아니었다. 허경 진인은 물론이고, 각파의 원로들이 자리에서 벌떡벌떡 일어섰다.

허경 진인이 파르르 떨리는 눈으로 전무심을 직시했다.

"천마라고? 백 년 전의 천마를 말함인가?!"

"그대가 천마의 제자인가?!"

개중에는 그렇게 묻는 자도 있었다.

그리고 대부분이 그 말에 일리가 있다 생각했는지, 눈에 힘을 주고 전무심을 노려보았다.

패왕의 힘을 얻었다 하지만, 그 정도로는 전무심의 강함이 설명되지 않았다. 하지만 천마라면 달랐다.

그들에게는 전설의 사왕보다, 자신들이 어릴 적 귀에 못이 박히게 들었던 천마의 이름이 훨씬 더 강렬했다.

천마의 제자가 아니라면 어찌 그리 강하단 말인가.

자신들조차 모르는 천마의 이름을 이제 이십대의 전무심이 어떻게 안단 말인가.

"정말 천마의 제자인가?"

동방진학이 딱딱하게 굳은 표정으로 물었다.

원로들의 눈빛에서 살기가 돌기 시작했다.

하지만 상유상의 한마디가 그들의 눈빛을 단번에 꺾어버렸다.

"지미, 정천무맹에선 사부와 제자가 죽자사자 싸우는 경우가 자주 있는가 보군."

전무심과 천마가 생사투를 벌였다는 말.

그런데 그 말이 또 충격을 줬다.

동방진학이 눈을 부릅뜨고 전무심에게 물었다.

"그와 싸웠나?"

"얼마 전에 한번 싸워봤지요."

"그가 천왕교의 천왕인가?"

"그는 천왕교에 속한 천외비각의 각주일 뿐, 천왕과는 다른 존잽니다."

동방진학이 입을 닫았다. 그에게는 천외비각이 천왕교의 하부 조직쯤으로 들린 것이다.

사실이라면 그야말로 살이 떨릴 이야기였다. 강호십대고수를 동시에 상대할 정도의 고수가 일개 각의 주인에 불과하다니.

적비자가 말도 안 된다는 듯 쏘아붙였다.

"나는 너의 말을 믿을 수 없다. 설마 그게 말이 된다고 생각하는 것은 아니겠지?"

누구나 같은 마음이었다. 그러나 전무심이 말하기도 전에 척우진이 나섰다.

"나는 대천도 척우진이라 하오. 내 이름을 걸고 그가 단주와 싸웠다는 것을 보증하겠소."

"나 도병천도 보증하겠소. 나 역시 경천동지의 싸움이 벌어졌던 그 자리에 있었으니까. 나는 그날의 싸움을 본 것을 내 평생 잊을 수 없을 것이오."

두 사람의 이름은 정천무맹의 원로들이라 해도 무시할 수 없는 이름이었다.

하지만 적비자는 쉽게 자신의 고집을 꺾지 않았다.

"흥! 한통속인 사람들의 말을 어찌 믿는단 말인가? 내가 그딴 거짓말에 속을 거라 생각하는가? 말로만 하지 말고 사실을 증명해 봐라!"

그때였다.

"증명하라 했소?"

무심한 목소리와 함께 전무심의 우수가 적비자를 향해 들렸다.

　순간이었다. 적비자의 안색이 하얗게 굳어졌다.

　무천일수(無天一手).

　보이지도 않고, 느껴지지도 않는 거대한 기운이 그의 몸을 감싸 버린 것이다.

　전무심이 상대의 기세를 꺾기 위해 작정하고 펼친 만큼, 그가 펼친 무천일수에는 칠성의 내력이 실린 상태. 적비자 정도로는 일수도 막을 수 없는 거대한 힘이었다.

　"무슨 짓인가?!"

　허경 진인이 어렴풋이 상황을 깨닫고 대경해 소리쳤다.

　그러나 전무심은 오히려 내력을 더 끌어올렸다.

　"그대의 목숨으로 증명하면 되겠소?!"

　팔성의 내력이 실린 무천일수.

　손가락 하나 꼼짝하지 못한 채 적비자의 얼굴이 파랗게 죽어 갔다.

　허경 진인은 물론이고 동방진학조차 굳은 얼굴이 경악으로 물들었다.

　그들은 아는 것이다. 이대로 조금만 지나면 적비자가 죽는다는걸. 믿을 수 없지만 눈앞에서 벌어지고 있는 일이었다.

　문제는 자신들이 끼어들 수도 없다는 것에 있었다.

　잘못 끼어들면 자칫 적비자가 자신들로 인해 죽을지도 몰랐다.

　"이보게, 전 단주! 그만 하시게!"

동방진학이 급히 소리쳤다.

그제야 전무심이 우수를 가볍게 떨쳤다.

쾅!

대기가 터져 나가는 굉음이 울리고, 적비자의 신형이 뒤로 튕겨졌다.

"크흡!"

동시에 점창의 원로인 팔영신검 백원호와 적비자의 친구인 황화조옹 조산경이 전무심을 향해 신형을 날렸다.

사질의 복수를 하기에, 친구가 당한 빚을 갚기에 좋은 기회라 생각한 듯했다.

"물러서게나!"

허경 진인이 급히 소리쳤지만, 이미 때늦은 외침이었다. 그때는 이미 시퍼런 검강과 강맹한 장력이 전무심을 향해 떨어져 내리고 있었다.

찰나였다.

전무심이 앉은 채로 허공을 향해 손을 휘젓고, 또다시 무천일수가 펼쳐졌다.

쩌정! 콰광!

연이은 굉음에 통나무집이 흔들리고, 두 사람이 날아들 때만큼 빠르게 튕겨졌다.

탁자 너머로 내려서서 비틀거리며 물러서는 백원호와 조산경. 두 사람의 입에서 떨리는 목소리가 새어 나왔다.

"어, 어떻게 이런……."

"믿을 수가 없어……."

그때 사문천이 아쉽다는 표정으로 말했다.

"그래도 오늘은 많이 참는군. 그 정도로 끝내고 말다니."

"한 번 더 공격하면, 참지 않을 생각입니다. 그게 누구라 해도, 지금부터는 목숨을 내놓고 손을 써야 할 겁니다."

전무심의 나직한 말에 정천무맹 원로들의 눈빛이 파르르 떨렸다. 그러나 누구도 입을 열지는 않았다. 덤벼들 생각은 더더욱 하지 못했다.

전무심이 천하제일의 무공을 지녔을 거라는 소문이 돌고 있었다. 하지만 그 말을 믿는 사람은 이곳에 아무도 없었다.

그런데… 맙소사!

소문은 사실이었다. 천사혈왕 전무심이 천하제일인이라는 말. 그 말은 단순한 헛소문이 아니었던 것이다.

전무심은 자신을 쳐다보는 눈길에 아랑곳하지 않고 허경 진인을 바라보았다.

"언제까지 이렇게 쓸데없이 시간을 보내실 것입니까? 결정하시지요. 저들을 치실 건지, 아니면 그냥 돌아가실 건지."

이미 내려져 있는 결정이다. 그런데도 입을 여는 허경 진인의 마음은 무겁기만 했다.

천마!

그 이름이 주는 무게가 현실로 느껴지고 있는 것이다.

그런 허경 진인의 마음을 알았는지 동방진학이 입을 열었다.

"천마는 어떻게 되었는가?"

"승부를 내지 못했습니다."

비겼다는 말. 그 말인즉 전무심의 무위가 천마와 어깨를 겨룰 정도라는 뜻이 아닌가.

동방진학은 경악을 감추기 위해 잇새로 물었다.

"천왕교에 그와 같은 고수가 몇이나 있는가?"

"천왕 정도가 그와 비슷할 거라 생각하고 있습니다."

천마 정도의 고수가 둘.

그렇다면 한 사람은 전무심이 맡고, 자신이 한 사람을 맡아야 할 터였다.

한데 과연 자신이 천마를 상대할 수 있을까?

동방진학의 이가 앙다물어졌다. 구십 평생을 살아오며 지금과 같은 긴장이 느껴진 것이 있었던가 싶었다.

'천마라……. 천마와 싸운다? 하긴 무인으로서 그런 자와 싸울 수 있다는 것만으로도 영광이겠지.'

한편으로는 가슴 깊숙한 곳에서 승부에 대한 절실한 욕망이 스멀거렸다.

동방진학은 신광을 번뜩이며 허경 진인을 바라보았다.

"망설일 이유가 없을 것 같네만."

허경 진인이 무겁게 고개를 끄덕였다.

"지금까지 생각했던 계획을 무시하고, 좀 더 자세한 공격 계획을 짜야 할 것 같습니다."

그는 조금 전, 원로들과 나누었던 계획을 티끌도 남기지 않은 채 깡그리 버리기로 작정했다.

하지만 조금 전까지 핏대를 올렸던 원로들 누구도 허경 진인의 의견에 반대하지 않았다.

사실 그들의 계획은 간단했다.

"정파인 우리가 급습을 하자는 말인가? 마도 놈들이 무서워서? 말도 안 되네! 우리가 그들을 치는 방법은 오직 하나! 정면대결뿐이네!"

그런데…… 그랬다가는 모두가 죽을 게 뻔했던 것이다.

회담은 두 시진 동안 이어졌다.

서로가 맡을 방향, 공격할 시간, 변하는 상황에 따라 대처할 방법, 적이 도주할 경우 어떻게 할 것인가, 하는 것까지.

그리고는 마지막으로, 전무심이 정천무맹의 원로들 귀에 못을 박듯이 말했다.

"죽을 각오를 하고 싸워야 할 겁니다."

第七章
천왕장(天王莊)의 혈전(血戰)

死星天血

1

　휘이이, 휘이이익!

　나이를 짐작하기조차 힘든 늙은 거지가 입술을 오무려 허공을 향해 휘파람을 불어댔다.

　휘리리리……

　하늘을 향해 낮고 길게 울려 퍼지는 휘파람 소리.

　한데 늙은 거지의 휘파람 소리가 천공으로 가늘게 울려 퍼질 때마다 괴이한 일이 벌어졌다.

　푸드드득!

　서쪽을 향해 날아가던 비둘기가 그에게로 날아드는 것이 아닌가.

　"귀여운 것들."

　날아든 비둘기는 마치 노개가 제 주인이라도 되는 듯 노개의 손에 내려앉아 손바닥 위의 먹이를 쪼아 먹었다.

그사이 노개는 비둘기의 다리에 있는 전서통에서 서신을 빼내고는 다시 비둘기를 허공으로 날려 보냈다.

"끌끌끌. 이놈들아, 이 무거운 것을 왜 달고 다니누?"

지난 반나절 동안 노개의 손바닥에 내려앉은 비둘기는 모두 열여덟 마리. 그의 손에 쥐어진 서신도 열여덟 장이었다.

"다행히 한 마리도 놓치지는 않은 것 같은데……."

그런데 한순간, 중얼거리던 노개의 눈에 아쉬운 빛이 떠올랐다.

"제길, 저놈은 어쩔 수가 없나?"

그의 눈이 남쪽을 향해 날아가는 한 마리 매에 고정되었다.

비둘기는 쉽게 날아드는데, 매는 그의 휘파람 소리에 현혹되지 않았다.

다행이라면 장원으로 날아드는 것이 아니라, 남쪽 어디론가 가고 있다는 것이었다.

개방의 태상장로인 천수신개(千獸神丐)는 찡그린 이마를 펴고 손에 들린 서신을 바라보았다.

"낄낄낄. 좌우간 귀를 막았으니, 적어도 눈에 보일 때까지는 움직이지 않겠지."

*   *   *

오월 초사흘, 신월만이 하늘을 차갑게 밝히고 있는 해시 초, 천사단과 마존궁과 정천무맹의 무사 일천 명이 서쪽으로 이동했다.

그리고 세 시진 후, 그들은 각기 세 방향으로 나뉘어져 화왕
곡으로 접근했다.

전무심이 천사단과 함께 화왕곡에서 십 리 정도 떨어진 능선
에 올랐을 때는 새벽의 어스름에 하늘이 회색빛으로 물들어 있
을 때였다.

능선에 오르자 저 멀리 거대한 장원이 모습을 드러냈다.

드넓은 분지에 지어진 천왕장은 족히 십만 평은 되어 보였다.
어떻게 저토록 큰 장원이 계곡 안에 존재할 수 있는지 불가사의
할 정도였다.

'백리군악, 이제 결판을 내야 할 때가 왔다.'

전무심은 천왕장에서 눈을 떼고 묵묵히 하늘을 올려다봤다.
회색빛으로 물든 하늘이 서서히 밝아지고 있었다.

바로 그때였다.

삐이이익!

동쪽에서 가느다란 소성이 길게 울려 퍼졌다.

"갑시다!"

그의 말이 떨어진 순간이었다. 천사단의 삼백 무사가 좌우로
넓게 퍼진 채 천왕장을 향해 빠르게 나아갔다.

그들이 맡은 방향은 북쪽. 정천무맹은 동쪽을, 마존궁은 서쪽
을 치기로 했다.

남쪽은 비워두었다. 그것은 전무심의 뜻이기도 했다.

사람들은 궁지에 몰린 쥐에게도 도망갈 길은 남겨놓는 법이
라며 찬성했지만, 전무심이 그렇게 하자고 한 것에는 또 다른

뜻이 숨겨져 있었다.

아무도 모르는, 오직 전무심과 선우진진만이 알고 있는 뜻이.

사도궁헌에게 천사단과 정천무맹의 공격이 알려진 것은 천사단이 천왕장의 오 리 이내로 들어왔을 즈음이었다.

호법인 각거정이 빠른 걸음으로 교주의 거처에 다가가자 무영천혼위 둘이 그의 앞에 떨어져 내렸다.

"비켜라! 급히 아뢸 것이 있다!"

"지금은 교주님께서 주무시고 계시는 시간입니다. 잠시 후에 다시 오시지요, 각 호법."

"잠시 후? 정천무맹이 쳐들어오는데 잠시 후라고? 허튼소리 말고 교주께 알려라! 어서!!"

느긋이 여인의 부드러운 살결을 즐기고 있던 사도궁헌은 그 말에 여인을 밀치고 몸을 일으켰다.

"각 호법, 들어오게!"

방문이 다급히 열리고 각거정이 들어섰다.

이마를 찡그린 사도궁헌이 짜증나는 투로 물었다.

"무슨 소린가? 정천무맹이 이곳을 공격한다니!"

"그들뿐이 아니옵니다, 교주! 천사단도 오고 있습니다."

정천무맹의 이름에도 흔들리지 않던 사도궁헌의 얼굴이 와락 일그러졌다.

"그럼 전무심이라는 놈이 온다는 말이냐?!"

"그렇습니다, 교주! 속히 나가보셔야 할 것 같습니다!"

사도궁헌이 침상에서 내려서자, 여인은 속살이 드러나는 것도 아랑곳하지 않고 재빨리 사도궁헌의 옷을 챙겼다.

옷을 걸쳐 입으며 사도궁헌이 물었다.

"다른 사람들은?"

"비상을 걸었으니 곧 모든 교도들이 나서서 적들을 막을 것이옵니다."

"제군은? 천외비각주는? 그들에게도 알렸느냐?"

"천외비각주께도 사람을 보냈으니 곧 천왕전으로 오실 것입니다. 하온데……."

각거정이 미적거리자 사도궁헌의 눈이 그를 향했다.

각거정이 말을 이었다.

"아무리 찾아도 제군의 모습이 보이지 않습니다, 교주."

옷을 다 입고 밖으로 나가려던 사도궁헌이 멈칫했다.

"백리군악이 보이지 않는다고? 이 중요한 때에 대체 어디로 갔단 말이냐?"

"지금 급히 찾고 있사옵니다. 곧 찾을 것이니, 걱정 마시고 속히 나가시지요."

"그래? 좋아, 가자! 차라리 잘됐군. 놈들에게 내 직접 뜨거운 맛을 보여줘야겠어!"

외곽 순찰조를 무너뜨리는 데는 촌각도 걸리지 않았다.

밀물처럼 밀려드는 천사단을 막기에 이십여 명의 힘은 너무나도 약했다.

비명을 지를 틈도 없이 순찰무사들을 제거한 천사단은 담장이 눈앞에 보이자 일제히 몸을 날렸다.

어스름이 밀려드는 새벽. 유령이 떼를 지어 담장을 넘어가는 듯했다.

담장을 넘자 안쪽에서 달려 나오는 자들이 보였다.

"침입자다!"

"놈들을 막아라!"

천왕장을 울리는 고함 소리가 하늘 높이 솟구쳤다.

그러나 천사단의 누구도 걸음을 멈추지 않았다.

그야말로 폭풍과 같은 기세!

쏴아아아!

파도가 밀려가듯 천사단의 삼백 고수가 그들을 향해 밀려갔다.

비명은 나오지 않았다.

무기 부딪치는 소리. 억눌린 신음. 그리고 가끔씩 터져 나오는 굉음. 그것이 전부였다.

순식간에 백여 명이 땅바닥에 나뒹굴었다.

대부분이 천왕교의 무사들이었지만, 간간이 천사단의 단원들도 쓰러졌다.

하지만 전무심은 일말의 망설임도 없이 일직선으로 중앙을 향해 나아갔다.

그가 상대할 자들은 일반 무사들이 아니었다.

일반 무사들은 천사단의 단원들이 충분히 상대할 수 있었다. 문제는 절정 이상의 경지에 이른 고수들이었다. 그들을 처리하지 못하면 피해가 더 커질 것이었다.

"감히 천왕교를 치다니! 간덩이가 부은 놈이로구나!"

한 사람이 전무심의 앞을 막았다.

순간 전무심의 신형이 죽 늘어지는가 싶더니, 쫙 펴진 손바닥이 그의 가슴을 후려쳤다.

대경한 상대는 급히 검으로 전무심의 손을 내려쳤다.

전무심의 손이 두세 개로 늘어난다 싶은 순간이었다.

쾅!

일장을 가슴에 얻어맞은 상대는 비명도 지르지 못하고 훌훌 날아가 이 장 밖에 처박혔다.

그 광경에 또 다른 자들 두어 명이 일제히 전무심을 향해 달려들었다.

'패천단의 무사들인가?'

커다란 덩치, 석 자 길이에 한 뼘이 넘는 거도. 패천단의 무사들이 분명했다.

전무심은 그들 사이를 지나치며 옆구리로 손을 가져갔다.

번쩍!

단 일검에 거도와 사람이 동시에 잘려진 채 나뒹굴었다.

그때 누군가가 공포에 질린 목소리로 소리쳤다.

"처, 처, 천사혈왕 전무심이다!"

그 외침의 여파는 하늘에서 벼락이 떨어진 것보다 더 컸다.

전무심에게 달려들려던 자들이 일제히 뒤로 몸을 날렸다.

하지만 상대는 전무심만이 아니었다. 그들을 향해 천사단의 단원들이 달려들었다.

그사이 전무심은 안쪽을 향해 발을 떼었다. 그러자 재빨리 사진옥 등이 그의 뒤를 받쳤다.

그렇게 내원으로 다가갈 때였다.

"모두 저놈들을 죽여라!"

분노에 찬 노성이 터져 나오더니, 마침내 천왕교의 정예무사들이 본격적으로 쏟아져 나왔다.

그들은 일사불란하게 움직이며 천사단에 마주쳐 왔다. 다행이라면 삼분된 그들의 숫자가 천사단과 비슷하다는 것이었다.

정천무맹과 마존궁에는 불행일지 몰라도, 천사단에게는 다행이었다. 같은 숫자라면 결코 지지 않을 자신이 있었으니까.

하지만 전무심은 결코 안심하고 있지만은 않았다.

천왕교가 생각이 있다면, 백리군악이라면 다른 곳보다 훨씬 많은 고수들을 천사단 쪽에 투입했을 게 분명했다.

그리고 사실이 그랬다. 다른 곳보다 배는 더 많은 고수들이 천사단을 상대하는 무리에 속해 있었다.

"크하하하! 죽일 놈들! 오늘 이곳에서 한 놈도 살아서 돌아가지 못할 것이다!"

"모두 쓸어버려라! 천왕교의 위대함을 보여주어라!"

그걸 증명이라도 해주려는 듯 여기저기서 외침이 터져 나왔다.

그들 중에는 전무심이 아는 사람도 있었고, 모르는 사람도 있었다.

천왕가의 사람들도 있었고, 천왕대전의 호법, 장로들도 있었다.

또한 천외비각의 노괴들도 보였다.

전무심은 그들을 보는 순간 즉시 경고를 했다.

"놈들 중에 고수들이 다수 포함되어 있다! 모두 조심하도록!"

그러고는 좌수를 늘어뜨린 채 가볍게 땅을 박찼다.

최대한 빨리 한 사람이라도 더 쓰러뜨리는 것만이 최선이었다.

적이 한 사람 더 쓰러지면, 그만큼 이곳에서 덧없이 죽어갈 일행을 살릴 수 있을 터였다.

철컥! 싸늘한 느낌이 손 안에 느껴진 순간,

쒜에에엑!

지옥혈심표가 허공을 날고, 유리혈루가 백색 광채를 뿜어내며 허공을 갈랐다.

"커억!"

"켁!"

순식간에 지옥혈심표에 십여 명이 쓰러졌다.

"유리혈루?! 놈이다! 천사혈왕 전무심이다! 모두 합공해!"

누군가가 유리혈루를 알아보고 경악성을 발했다.

동시에 사방에서 십여 명이 전무심을 향해 날아들었다.

그러자 사진옥 등이 앞으로 뛰쳐나갔다.

"대형! 저들은 우리가 맡겠습니다!"

선우진진이 즉시 그들과 합류했다.

"이들은 걱정 말고, 너는 안으로 들어가서 천왕을 쳐!"

특별 수련을 거친 그들은 전과 달랐다.

단순히 무공만으로 평가할 수 없는, 그렇다고 죽음을 도외시한 단호한 의지만이 아닌 또 다른 능력, 감각이 극도로 발전된 상태였다.

승부에 대한 감각이!

아마 자신들보다 한 단계 위의 고수들이라도 해도 사진옥 등을 쉽게 꺾을 수는 없을 터였다.

더구나 선우진진이 도와준다면, 그녀의 말대로 걱정할 것이 없었다.

전무심은 선우진진과 사진옥을 비롯한 여덟 명이 전면으로 나서자 지옥혈심표의 방향을 틀었다.

쉐에에엑!

또다시 귀곡성을 발하며 지옥혈심표가 천왕교의 무사들 사이를 휘돌았다.

"으악!"

"피, 피해! 크어억!"

죽으면서도 내지르지 않던 비명이 여기저기서 터져 나왔다.

공포에 질린 비명이다. 단순한 싸움에서 죽었다면 나오지 않을 비명이 전무심이라는 이름에 저절로 튀어나오는 것이다.

전무심은 한 바퀴 선회하고 돌아온 지옥혈심표를 회수하고는, 천왕교의 무사들이 있는 곳의 중앙을 향해 몸을 날렸다.

동시에 그의 입에서 일갈이 터져 나왔다.

"천왕율을 거역한 자들은 모두 나에게 죽을 것이다!"

천사혈왕 전무심!

이제 그가 암천혈왕이라는 것을 모르는 사람들은 없었다. 한데도 그의 입에서 천왕율이라는 말이 나오자 천왕교의 무사들 중 많은 수가 멈칫거렸다.

그러나 모두가 그런 것은 아니었다.

"암천혈왕이 무슨 소용이란 말이냐! 천왕교의 교주는 천왕이시니라! 모두 저놈을 죽여라!"

각거정이 대갈을 터뜨리며 수하들을 독려하고는 십여 명의 고수와 함께 전무심을 향해 달려들었다.

전무심이 그들 사이로 뛰어들며 유리혈루를 휘둘렀다.

순간, 찬란한 백광이 새벽의 어스름을 가르며 유성우처럼 떨어져 내렸다.

암천유성우!

전과는 확연히 다른, 가공할 힘이 실린 검세가 삼 장 반경을 뒤덮었다.

콰과광!

굉음과 함께 사방으로 튕겨지는 대여섯 명의 호법과 장로들이다.

겨우 버티고선 자들은 다시 전무심을 향해 무기를 치켜들었다.

혈무자 각거정을 포함한 그들은 아연한 표정을 지으면서도 이를 악물고 버텼다.

그때 하늘에서 또다시 전무심의 공세가 쏟아졌다.

붉게 물든 하늘이 온통 전무심의 검으로 가득 찬 듯 보였다.

"모두 함께 덤벼!"

각거정이 대경하며 소리쳤다.

여섯 명의 초절정고수가 일제히 전무심을 향해 몸을 날렸다.

곧이어 대기가 터져 나가고, 서너 명의 고수가 피분수를 뿜어내며 사방으로 날아갔다.

단 이 검. 호법과 장로들을 비롯해 십여 명의 고수가 참담한 패배를 당한 채 물러선다.

전무심의 손에서 백룡이 꿈틀거릴 때마다 호법들의, 장로들의 목이 허공으로 치솟는다.

두려움에 물러서는 호법과 장로들.

천왕교의 무사들은 마치 자신들이 패한 듯한 마음에 손발이 어지러워졌다.

반면에 천사단의 단원들은 사기 백배해서 그들을 몰아쳤다.

"놈들은 우리의 상대가 아니다! 모두 쓸어버려!"

신이 난 척우진은 한 소리 내지르고는, 자신의 상대인 패천단주 육평을 공격했다.

그러잖아도 척우진의 상대가 아니었던 육평은 삼초가 지나기도 전에 척우진의 도에 한 팔이 잘려 버렸다.

"그래도 오래 버티는군! 하지만 이제 끝이다!"

육평이 척우진에게 무너질 즈음, 사진옥 등은 이미 자신들의 상대를 죽이고 돌아서고 있었다.

자잘한 상처가 보이기는 했지만, 그들의 눈빛은 여느 때보다도 밝았다.

누구라도 상대할 수 있다는 자신감이 넘치는 표정이었다.

"가자! 아직 적은 많다! 저들을 물리쳐야 동료들이 살 수 있다!"

한데 바로 그때였다.

"전무심!!"

내원에서 천왕장을 뒤흔드는 일갈이 터져 나왔다.

고막이 터질 듯한 충격!

일제히 고통스런 표정으로 물러서는 천사단과 천왕교의 수백 무사들이다.

전무심은 유리혈루를 늘어뜨린 채 허공을 바라보았다.

십 장 허공에 한 사람이 머물러 있었다.

자색 용포를 입은 장대한 체구의 중년인.

그였다! 천왕 사도궁헌!

그는 전무심을 똑바로 바라보며 노성을 터뜨렸다.

"천왕의 위엄에 대들다니! 내 네놈을 죽이리라!"

전무심은 천천히 유리혈루를 들어 올려 그를 가리켰다.

"그대는 천왕의 자격이 없다! 그것은 땅도 알고 하늘도 아는 일이다! 그렇지 않은가, 사도궁조!"

사도궁헌의 눈매가 꿈틀거렸다.

"누가 사도궁조란 말이냐!"

"동생을 죽이고 그의 껍질을 차지한 네가 사도궁조가 아니면 누가 사도궁조란 말이냐!"

사도궁헌의 얼굴이 붉어졌다. 천하의 누구도 절대 알지 못할 거라 생각했던 치부가 드러나자 그의 눈에서 살광이 뿜어졌다.

"그따위 헛소리는 집어치우고 내 손에 죽어라!"

순간 그의 신형이 전무심을 향해 날아들더니, 가슴으로 들린 그의 손에서 밝은 빛이 뿜어졌다.

선우진진이 놀라 소리쳤다.

"조심해! 천왕무영수야!"

전무심은 그녀의 충고가 아니어도 사도궁헌, 아니, 사도궁조가 펼치는 무공을 알고 있었다.

'그것의 이름이 천왕무영수였던가?'

보이는 것만으로도, 사도궁조의 천왕무영수는 폐옥의 벽에 흔적을 남긴 자보다 떨어지는 수준이 아니었다.

전무심도 십성의 공력을 끌어올려 무천일수를 펼쳤다.

쩡!

하늘에 금이 가는 듯한 소리가 들렸다.

동시에 전무심과 사도궁조 사이에 있던 다섯 자 두께의 담장이 터져 나가고, 그 여파에 주위에 서 있던 나무들이 가루로 변해 무너져 내렸다.

가공할 기운이 사방으로 퍼지자 선우진진이 다급히 소리쳤다.

"여파에 휩쓸리지 말고 물러서!"

어차피 천왕은 자신들이 상대할 사람이 아니었다.

사진옥 등은 즉시 몸을 돌려 자신의 상대를 찾아 몸을 날렸다.

"대형께서 천왕을 죽일 동안 다른 사람들을 도와줘라!"

일시지간, 십 장의 공간에 두 사람만이 남겨졌다.

주르륵 물러선 전무심은 무심한 눈으로 사도궁조를 노려보았다.

그 역시 자신과 비슷한 거리를 물러나 있었다.

'천마에 크게 뒤지지 않는 무위. 역시 천왕이라 이건가?!'

경악한 것은 그만이 아니었다.

사도궁조도 이를 악물고 전무심을 노려보았다.

서문유적이 물러섰다는 말을 들었을 때만 해도 화가 났었다. 그러면 충분히 전무심을 죽일 수 있었을 텐데, 그러지 않은 것은 부상을 당하면서까지 전무심을 죽이려 하지 않았기 때문이라 생각한 것이다.

하기에 은근히 자신의 무공이 서문유적에게 뒤지지 않는다 생각했던 그로선, 약간의 부상만 감수하면 전무심을 이길 수 있을 거라 생각했었다.

한데 현실은 그것이 아니었다.

천마 서문유적은, 정말로 져서 물러났던 것이다.

그런 마음 때문인지도 몰랐다. 갑자기 사도궁조의 하늘을 찌를 듯하던 자부심에 금이 가기 시작했다.

양패구상을 한다 해서 무슨 득이 있단 말인가?

잘못하면 전무심에게 죽을지도 모른다.

천왕곡에 그냥 있을 걸 그랬나?

찰나간에 수많은 생각이 머릿속에서 뒤엉켰다.

"천왕! 뭐 하시는가! 놈을 죽이시게! 다른 자들은 우리가 맡겠네!"

그때 뒤에서 서문조휘의 목소리가 들려왔다.

그 목소리가 마치 빠져나올 수 없는 구렁텅이로 자신의 등을 떠미는 듯 느껴졌다.

그렇다고 물러날 수도 없는 일. 사도궁조는 이를 악물고 옆구리에 걸린 검을 뽑아 들었다.

"이놈! 다시 한 번 해보자!"

전무심은 사도궁조가 검을 뽑아 들고 달려들자 유리혈루에 십성의 공력을 주입했다.

힘을 아끼고 싶어도, 상대는 힘을 아껴 상대할 수 있는 자가 아니었다.

더구나 새로이 나타난 자가 대동한 네 명의 노인. 천외비각의 노괴들이 분명했다.

저들이 나타난 이상 시간이 없었다.

찰나, 유리혈루에서 백룡이 꿈틀거리며 죽 뻗어 나왔다.

'선우진진과 척우진, 도병천만이 대등한 싸움을 할 수 있다.'

나머지 두 사람은 둘, 셋이 힘을 합쳐야 겨우 평수를 이룰 수 있을 뿐이었다.

여차하면 전세가 뒤집어질 수도 있다는 말. 전무심은 백룡이 꿈틀거리는 유리혈루를 천천히 중단으로 들어 올렸다.

그때 멀리서 굉음이 울렸다.

우르르릉!

예사 굉음이 아니었다. 거대한 진기의 파동으로 인한 굉음이었다. 누군가 절대지경의 고수들이 싸우고 있다는 뜻.

그럴 만한 사람은 그리 많지 않았다.

방향으로 봐서는 정천무맹 쪽. 그렇다면 동방진학과 허경 진인이라는 말이었다. 그리고 상대는 이곳에 나타나지 않은 서문유적일 가능성이 컸다.

그 두 사람은 절대지경의 고수지만, 결코 서문유적의 상대는 되지 못했다. 최소한 전무심이 아는 바로는 그랬다.

'그래도 두 사람이 합공한다면, 최소한 쉽게 패하지는 않을 것이다.'

전무심의 눈빛이 깊게 가라앉았다.

그는 꿈틀거리며 빠져나갈 때만 기다리고 있는 백룡을 사도 궁조를 향해 떨쳤다.

"이제 시작해 보자, 사도궁조!"

콰아아아!

붉은 눈의 백룡이 용음을 터뜨리며 사도궁도를 향해 노도처 럼 밀려갔다.

천라무정혈룡탄!

가공할 광경에 천왕 사도궁조의 살광이 더욱 짙어졌다.

"오냐! 오너라, 어린놈!"

노성을 내지른 그도 천왕검을 들어 마주쳐 갔다.

석 자 길이의 장검이 찰나간 일 장 이상 늘어나더니, 백룡을 휘감아갔다.

콰과과광!

두 사람의 싸움이 벌어지는 십 장 반경은 누구도 접근할 수 없는 그들만의 공간이었다.

그들의 격돌로 숨 몇 번 쉴 시간도 되지 않아 일대가 초토화 되어 버렸다.

그사이 서문조휘와 천외비각의 노괴들이 천사단을 향해 짓쳐 들었다.

선우진진과 척우진, 도병천, 진무악이 그들에게 마주쳐 가고, 설야광을 비롯한 은천비원의 고수들과 사진옥 등이 천왕대전의 장로들과 호법들을 상대했다.

단지 다섯 사람이 가세했을 뿐이었다.

그런데도 급격히 무너지던 천왕교의 무사들은 서서히 안정을 되찾고 더 이상 밀리지 않았다.

선우진진이 이를 악물고 소리쳤다.

"합공을 해서라도 고수들부터 쓰러뜨려!"

단순한 비무가 아니었다. 죽이지 못하면 죽는다.

살아난 자가 승자인 생사투인 것이다.

한 치 앞도 내다볼 수 없는 백중지세의 격전.

고수 몇 명만 무너뜨리면 싸움의 향방이 또 달라질 터였다.

선우진진의 목소리가 울려 퍼짐과 동시, 사진옥과 고후명이 한 사람을 향해 달려들었다.

천외비각의 노괴를 상대하기 위해 특별 수련을 받지 않았던가. 이 대 일, 삼 대 일의 합공이라면 절대지경의 고수도 상대할 수 있는 그들인 것이다.

하물며 아직 절대지경에 도달하지 못한 장로나 호법은 그들의 합공을 받아낼 수가 없었다.

사진옥의 표향귀도가 상대의 눈을 어지럽히는 사이, 고후명의 비홍이 상대의 목과 가슴을 노리고 번개처럼 날아들었다.

사진옥 혼자라면 수십 초를 상대해도 승부를 장담할 수 없는 귀명검 염홍이 십초도 되지 않아 손발이 어지러워진다.

그러더니 이십초가 지나기도 전, 고후명의 비홍이 염홍의 가슴을 헤집었다. 동시에 사진옥의 도가 염홍의 목을 쓸고 지나갔다.

그렇게 상유상과 황무곤과 예종이 장로 중 한 사람을 몰아붙이고, 궁사한의 만접사십팔로가 적의 눈을 현혹한 사이 소미하란의 빙혼비도가 상대의 목을 꿰뚫었다.

"컥!"

하지만 그들은 쓰러지는 적을 볼 시간도 없었다. 죽여야 할 적은 하나둘이 아니었다. 그들을 죽이지 못하면 동료가 죽을지 모르는 것이다.

"사매! 너무 멀리 떨어지지 마!"

궁사한은 소미하란을 향해 걱정스런 일갈을 내지르고는, 그녀를 향해 달려드는 또 다른 적을 향해 도를 휘둘렀다.

삼십여 초가 지나면서 장로와 호법 네 명이 무너지자, 어느 정도 안정을 찾아가던 천왕교의 무리들이 다시 흔들리기 시작했다.

"크윽!"

한데 그때 진무악이 신음을 뱉어내며 나뒹굴었다.

"조심해!"

척우진이 대경해 소리치지만, 그 역시도 눈앞의 적에게서 한시도 눈을 뗄 수 없는 상황이다. 더구나 절대지경의 고수들은 상당한 거리를 둔 채 싸우고 있지를 않는가.

당장은 아무런 도움도 줄 수가 없다는 마음에 척우진의 얼굴이 붉게 물들었다.

"무악! 물러서!"

그때 사진옥과 고후명이 황급히 진무악의 앞으로 달려갔다.

"늙은이! 우리와 싸우자!"

그러나 간발의 차이로 노괴, 야율귀의 손이 진무악의 가슴을 파고들었다.

"커억!"

가슴이 꿰뚫린 진무악의 입에서 피분수가 뿜어진다.

"진 형님!"

"죽어!"

사진옥과 고후명의 도검이 야율귀를 향해 빛을 뿜어냈다.

야율귀는 자신을 향해 달려드는 두 사람을 빤히 쳐다보며 칼칼한 웃음을 터뜨렸다.

"켈켈켈! 건방진 놈들! 내 모조리 죽여주마!"

한데 바로 그때였다.

"같이 가자, 이 개 같은 늙은이……."

진무악이 자신의 가슴을 뚫은 야율귀의 손을 와락 움켜쥐고는, 두 다리를 날려 야율귀의 하체를 감싸 버렸다.

옆에서는 사진옥과 고후명이 달려들고 있는 상황.

갑자기 한 손과 하체가 속박당하자 야율귀 얼굴이 와락 일그러졌다.

"이, 이런 찢어 죽일 놈이!"

그 틈에 사진옥과 고후명의 도검이 시퍼런 강기를 동반한 채 야율귀를 향해 떨어져 내렸다.

"죽어라! 늙은이!"

제아무리 절대지경의 고수라 해도 한 손만으로 그들을 상대할 수는 없었다. 더구나 다리마저 만년한철로 만들어진 족쇄에 채워진 것처럼 움직일 수 없어 중심이 흐트러진 상황이 아닌가.

우두둑!

야율귀가 다리에 힘을 주고 벌리자 진무악의 다리가 부러지며 약간의 틈이 벌어졌다.

중심을 잡은 그는 황급히 좌수를 들어 올려 사진옥의 도를 쳐 냈다.

그러나 상대는 사진옥만이 아니었다. 고후명의 비홍이 그의 좌수 아래쪽 옆구리를 파고들었다.

"크흡!"

그의 몸이 우측으로 기울어진다.

바로 그 순간이었다. 마지막 남은 힘을 모조리 끌어올린 진무악이 노괴의 가슴에 우수를 틀어박았다.

퍽!

"크억!"

"크, 크, 크……. 같이 가자니까."

동시에 사진옥의 도가 야율귀의 뒷목을 스쳐 지나가고, 고후명의 비홍이 심장에 깊숙이 꽂혔다.

쿵!

뒤엉켜 쓰러지는 진무악과 야율귀다.

사진옥과 고후명은 재빨리 야율귀의 몸을 진무악에게서 떼어 냈다.

"진 형님!"

"돌아가시면 안 됩니다! 힘내세요!"

울컥!

진무악의 입과 가슴에서 시뻘건 선혈이 끊임없이 흘러나왔다.

"뭐… 해. 어서… 저놈들을……."

심장이 터지다시피 한 진무악이었다.

살아날 가망이 없다는 것을 모르는 두 사람이 아니었다.

그래도 아쉬움에 그의 가슴을 다급히 손으로 막았다.

진무악이 피식 웃으며 눈에 힘을 주었다.

"어서… 놈들을……."

그것이 마지막이었다. 진무악의 눈동자가 허공을 향한 채 영원히 굳어버렸다.

"무악!"

척우진이 악을 쓰듯 소리쳤다.

그는 자신의 발을 붙잡고 있는 노괴를 향해 이를 갈았다.

진무악이 죽은 게 순전히 눈앞의 노괴로 인한 것처럼 생각되었다.

"열두 조각으로 잘라 죽이겠다, 늙은이!"

쩌저저적!

척우진의 손에서 전보다 더 거센 공격이 폭풍처럼 쏟아져 나왔다.

시퍼런 도강에 대기가 갈가리 찢어지며 비명을 질러댔다.

생사를 도외시한 듯한 공격. 마치 동귀어진이라도 하겠다는 듯 광기에 젖은 그의 모습에 천외비각의 고수인 연작청은 주춤주춤 뒤로 물러섰다.

한편, 전무심은 진무악이 죽었다는 것을 알고 참을 수 없는 분노가 끓어올랐다.

"사도궁조! 네놈만큼은 반드시 내 손으로 죽일 것이다!"

유리혈루에서 꿈틀거리는 백룡의 기세가 더욱 거세졌다.

밀려가는 백색 검강의 회오리는 세상 모든 것을 부숴 버릴 듯했다.

전무심의 공격이 더욱 거세지자 사도궁조는 이를 악물었다.

'어떻게 이런 놈이 있단 말인가!'

상황이 점점 악화되고 있었다.

천외비각의 노괴들도 천사단의 고수들에 의해 조금씩 밀리는 듯했다.

조금만 더 시간이 지나면 정말로 이곳에 뼈를 묻어야 할지도 몰랐다.

그가 주춤거리며 조금씩 뒤로 물러설 때다.

전무심은 사도궁조를 몰아치는 와중에도 기이한 생각이 들었다.

그가 보이지 않는 것이다. 백리군악, 그가.

'혹시 몰래 도망을?'

다른 곳에 있을지도 몰랐다. 하지만 자신이 온 것을 모를 리는 없을 터. 자신과 마주치는 게 겁이 나 나타나지 않는다는 것은 말이 되지 않았다.

가능성은 하나뿐. 상황을 인식하고 나중을 위해 빠져나갔다는 것.

콰과광!

전력을 다한 암천벽뢰에 사도궁조가 뒤로 주르륵 물러서자 전무심이 외치듯이 물었다.

"사도궁조! 백리군악은 어디 있느냐!"

창백한 얼굴의 사도궁조가 눈을 부릅뜬 채 천왕검을 들어 올렸다.

"내가 그놈이 어디 있는지 어떻게 안단 말이냐!"

그런 한편으로 그도 궁금했다.

상황을 지휘해야 할 그가 모습을 보이지 않은 지 오래다.

어쩌면 그가 없기에 천왕교의 무사들이 사분오열되어 밀리고 있는 것인지도 몰랐다.

그러고 보니 안 보이는 사람이 백리군악 한 사람만이 아니다. 호법과 장로를 비롯해 상당수의 간부들이 보이지 않는다.

사도궁조는 불안감이 점차 현실처럼 인식되었다.

백리군악, 그가 상당수의 고수들을 데리고 도망간 것처럼 느껴지는 것이다.

그렇다면 오늘의 싸움은 이길 수가 없다는 말.

"이놈! 내 검을 받아봐라! 타앗!"

대갈을 터뜨린 사도궁조는 마치 단 일검에 모든 것을 걸겠다는 듯이 천왕검을 휘둘렀다.

후우우웅!

찬란한 청광이 그의 천왕검에서 뿜어졌다.

갑작스런 적극적 공세!

전무심 역시 전력을 끌어올려 사도궁조에 맞서갔다.

붉은 기가 도는 백색검강과 찬란한 청광이 오 장의 거리를 두고 맞부딪쳤다.

콰과과광!

천지가 뒤집힐 듯한 굉음!

두 사람 사이의 땅이 들썩이며 먼지구름이 피어올랐다.

한데 바로 그때였다.

사도궁조가 두 사람이 부딪친 반탄력을 이용해 갑자기 뒤로 몸을 날리지를 않는가.

"이놈! 다음에는 반드시 죽여주마!"

생각지도 못했던 그의 행동에 전무심이 즉시 그의 뒤를 쫓아 몸을 날렸다.

"모두 저놈을 막아라!"

순간 내원 쪽에 서 있던 무영천혼위 세 사람이 달려오며 전무심의 앞을 가로막았다.

그러나 그들은 결코 전무심의 상대가 되지 못했다.

무천일수에 가슴이 함몰되어 튕겨지는 자. 이 장의 거리를 두고 휘둘러진 유리혈루에 머리와 몸이 분리된 자. 천홍지주에 이마가 꿰뚫린 자.

하지만 그 짧은 시간에 사도궁조의 그림자는 이미 내원의 깊숙한 곳으로 사라져 버렸다.

그러한 상황에 당황한 서문조휘가 다급히 소리치며 몸을 날렸다.

"모두 뒤로 물러서라!"

기다렸다는 듯 썰물처럼 물러서는 천왕교의 무사들을 천사단이 뒤쫓으려 하자 전무심이 소리쳤다.

"제이대의 무사들 중 육조에서 십조까지는 남아서 부상자들을 살피시오!"

내원으로 들어가려던 자들 중 삼십여 명이 걸음을 멈췄다.

천사단의 단원 삼백여 명 중 육십여 명이 부상을 당한 상태.

육조에서 십조까지, 오 개 조의 단원들은 전무심의 명이 떨어지자 재빨리 부상당한 동료들을 향해 달려갔다.

그리고 나머지 단원들은 전무심을 따라 내원으로 들어갔다.

물러서는 자들과 쫓는 자들 뒤에는, 벌겋게 물든 땅에 혼이 떠난 육신과 신음하는 부상자만이 남았다.

척우진은 바로 따라가지 않고 진무악에게 다가갔다.

진무악의 시신 앞에 무릎을 꿇은 그는 손을 뻗어 친구의 부릅뜬 눈을 감겨주었다.

파르르 그의 눈초리가 떨렸다.

"잘 가게, 친구. 마지막은… 정말 멋졌네."

그러고는 허리를 펴고 입술을 깨물었다.

강호의 칼밥을 먹고사는 인생.

언제 죽을지 아무도 모른다.

그러나 죽더라도 사나이답게 죽고 싶었다.

"자넨 진짜 사나이였어, 무악."

척우진은 도를 잡은 손에 힘을 주었다. 그리고 훌쩍 내원을 향해 몸을 날렸다.

"이제부터는 내가 자네 몫까지 싸워주지!"

사도궁조가 내원의 천왕전으로 들어가자 다급히 문을 열고 들어선 사도궁회가 무릎을 꿇고 소리쳤다.

"상황이 아무래도 좋지 않습니다, 교주! 남쪽을 빼놓고는 삼면이 적들에 의해 둘러싸여 있습니다!"

남쪽은 탁 트인 공간, 정천무맹과 천사단과 마존궁은 습격을 하기 위해 동, 서, 북쪽으로만 쳐들어온 듯했다. 지금은 차라리 그것이 다행이었다.

와중에도 사도궁조가 사도궁휘에게 물었다.

"백리군악은 어디 있느냐?"

"보이지 않습니다. 들리는 말로는 적이 쳐들어오자마자 남쪽 문으로 나갔다 합니다!"

"배은망덕한 여우새끼!"

사도궁휘가 분노한 사도궁조를 향해 다급히 입을 열었다.

"사단의 무사들을 막고 있지만, 놈들이 곧 이곳까지 쳐들어 올 것입니다. 일단 물러갔다가 다시 오시는 것이 어떻겠습니까? 천마 어르신과 천외비각의 어르신들도 모두 남쪽 문으로 빠져 나갔다 합니다!"

천마가 먼저 장원을 빠져나갔다는 말에 사도궁조는 입술을 깨물었다.

"겁쟁이 같은 늙은이!"

그래도 천마 서문유적이 먼저 도주했다는 것에 조금은 기분 이 나아졌다. 그때 사도궁휘가 재촉했다.

"본 가의 사람들이 교주의 명을 기다리고 있습니다! 명을 내 려주시지요, 교주!"

"좋다! 일단 천왕곡으로 철수하자!"

그의 결정이 내려지자 사도궁휘가 벌떡 일어섰다.

그는 이제 다섯 명밖에 남지 않은 호법과 장로들, 그리고 무 영천혼위를 이끄는 천혼령주를 향해 빠르게 입을 열었다.

"천왕령주의 이름으로 명을 내리겠소! 무영천혼위와 호법과 장로 분들은 교주님을 모시고 속히 이곳을 빠져나가시오!"

기다리고 있었다는 듯 한순간의 망설임도 없는 명령이었다.

그러고는 자신의 뒤에 서 있는 다섯 명의 수하에게도 빠르게 명을 내렸다.

"너희들은 즉시 사단의 단주들과 삼당의 당주들에게 놈들을 일각가량 막은 다음 교주님의 뒤를 따라 후퇴하라 이르라! 어서 가라!"

당황하지 않고 사람들을 일사불란하게 지휘하는 사도궁휘다. 사도궁조는 그를 새삼스런 눈으로 바라보고는, 곧바로 밖을 향해 걸음을 떼었다.

무영천혼위가 앞장서고, 장로와 호법들이 사도궁조의 뒤를 따라 천왕전을 빠져나갔다.

그들이 모두 빠져나가자 사도궁휘의 눈빛이 싸늘하게 빛났다.

"주사위는 던져졌다. 백리군악, 이제부터는 네 차례다."

사도궁휘가 천왕전을 빠져나간 직후, 전무심과 천사단이 천왕전 앞의 대연무장에 도착했다.

천왕전 앞의 넓은 연무장에 보이는 사람은 대부분이 사단의 무사들과 천왕대전에 속한 삼당의 무사들뿐이었다.

그들만으로는 결코 천사단의 상대가 되지 못했다.

더구나 진무악의 죽음으로 분노한 척우진의 도는 여느 때보다도 살기가 충천했다.

끊이지 않는 비명. 솟구치는 붉은 선혈!

비릿한 혈향이 사람들의 이성을 마비시켰다.

쨍! 쩌저정!

"모조리 죽여!"

"크아악!"

"흐트러지지 말고 물러서!"

순식간에 삼백의 무사 중 칠팔십 명이 쓰러졌다.

그 와중에 사진옥과 고후명, 상유상, 예종을 알아본 신월단의 무사들이 대경해 소리치며 뒤로 물러났다.

"사 대주?! 당신 사진옥 대주가 아니오?"

사진옥도 그들을 알아보고는 이를 앙다물고 잇새로 소리쳤다.

"죽고 싶지 않으면 투항해라! 대항하는 자는 모두 벨 것이다!"

그때였다. 한쪽에서 경악성과 노성이 뒤섞여 터져 나왔다.

"이놈! 정말로 사진옥이로구나! 네놈이 어째서 우리에게 검을 겨눈단 말이냐!"

신월단주 명기상이었다.

사진옥의 눈매가 가늘게 떨렸다.

고후명과 상유상, 예종도 차마 더는 손을 쓰지 못하고 그들을 노려보기만 했다.

사진옥이 악을 쓰듯 소리쳤다.

"우리가 누구를 따랐는지 단주께선 아실 거 아닙니까!"

"너희들이 혈사자를 따르고 있었다는 것은 나도 들었다! 하지만 그것이 우리에게 검을 겨눌 이유가 될 수는 없지 않느냐?!"

그때 상유상이 우렁우렁한 목소리로 소리쳤다.

"대형이, 혈사자가 여기에 있는데 왜 이유가 안 된단 말이오!"

명기상의 눈이 휘둥그레졌다. 주위에 있던 사단의 무사들이 상유상을 바라보았다.

혈사자!

그 이름이 천왕전 앞에 울려 퍼진 순간! 사단과 삼당의 무사들은 상대를 밀치고 뒤로 주르륵 물러섰다.

명기상이 발악하듯 소리쳐 물었다.

"무, 무슨 소리를 하는 것이냐?! 혈사자라니! 몇 년 전에 죽은 혈사자가 왜 이곳에 나타난단 말이냐?!"

이판사관, 상유상이 외쳤다.

"천사혈왕 전무심! 아직도 그가 누군지 모르겠소, 단주!"

명기상의 눈이 전무심을 향했다.

일검 일수에 장로와 호법들을 가랑잎처럼 날려 버리고, 결국은 천왕과 천마조차 꼬리를 말고 도망가게 만든 자.

천사혈왕 전무심이 바로 그였다.

"정말… 당신이 혈사자 천유옥이오?!"

그때였다. 단 일검에 패천단의 부단주 적수창의 목을 베어버린 전무심의 목소리가 허공을 울렸다.

"천왕교의 교도들은 모두 검을 놓아라! 천왕수호총령 암천혈왕에 반하는 자, 용서치 않을 것이다!"

상유상이 덩달아 기세를 올렸다.

"아직도 모르겠느냐! 이분이 바로 혈사자시다!"

어차피 혈사자의 이름을 발설했다고 욕을 먹을 것은 매한가지. 그는 고래고래 소리를 지르며 한껏 기분을 냈다.

"혈사자를 따르는 자는 살 것이고, 따르지 않는 자는 죽을 것이다!"

천왕전 앞의 싸움이 멈춘 것은 순식간이었다.

한데 암천혈왕과 혈사자의 이름이 연이어 터져 나오면서 갑자기 싸움이 멈추자 뒤쪽에서 누군가가 소리쳤다.

"모두 천왕곡으로 돌아간다!"

곧바로 칠팔십 명이 담장 너머로 몸을 날렸다. 이어서 주춤거리던 자들 중 이십여 명이 그들을 따라 담장을 넘어갔다. 대부분이 천왕대전 삼당의 무사들과 혈천단의 무사들이었다.

앞쪽이 신월단과 유천단과 패천단의 무사들로 막혀 있는 상태. 천사단은 그들을 쫓지 못하고 바라보는 수밖에 없었다.

분노에 차 있던 척우진조차 이를 악물고 그들을 바라보기만 했다.

쫓아가려면 못할 것도 없었다. 그러나 졸개들 몇 죽이자고 미친 듯이 설치고 싶지는 않은 것이다. 그것은 진무악도 바라지 않을 테니까.

'무악, 곧 진짜 죽여야 할 놈들을 쫓아갈 것이다. 조금만 기다려라.'

남은 자는 백여 명.

패천단주와 유천단주는 죽고 혈천단주는 도주한 상황. 단주로는 신월단주 명기상만이 남아 있을 뿐이었다.

전무심은 싸늘한 눈빛으로 명기상을 바라보았다.

"천왕율을 어긴 대가가 고작 이것이오?!"

명기상은 아무런 말도 하지 못했다.

"무엇을 위해 천왕율을 어기고 천왕곡을 나왔소?!"

명기상의 눈이 땅을 향했다.

전무심은 사진옥을 향해 눈을 돌렸다.

"진옥, 네가 책임지고 이들을 맡아라."

전무심을 향한 사진옥의 굳은 눈이 가늘게 떨렸다.

"예, 대형!"

명기상은 그에게 신뢰를 보여준 사람이었다. 그리고 그의 딸인 명수화는 자신을 친오빠처럼 따르지 않았던가.

가슴을 쓸어내린 사진옥이 명기상을 바라보았다.

"잠깐 저 좀 보시죠. 할 이야기가 있으니."

쾅!

천왕전의 커다란 문이 가루가 되어 폭풍에 휩쓸린 듯 안쪽으로 밀려들어 갔다.

당연하게도 안에는 아무도 없었다.

천왕전 내부를 바라보는 전무심의 눈빛이 무저의 늪처럼 깊게 가라앉았다.

'천왕곡으로 향했겠지?'

전무심은 천왕의 무리를 바로 쫓을 생각이 없었다.

선우진진을 제외하곤 누구에게도 말하지 않았지만, 바라고 있던 바였다.

한데 이상한 점이 한두 가지가 아니다. 아무리 돌이켜 생각해

봐도 예상보다 훨씬 빠른 후퇴였다.

자신이 알고 있는 천왕교의 전력은 쉽게 무너뜨릴 수 없는 것이 아니었다. 솔직히 반수 이상의 희생을 각오하고 오지 않았던가.

'백리군악은 어떻게 된 거지?'

그가 보이지 않았을 때부터 이상했다. 게다가 천왕의 무리 중 절정에 달한 고수들도 생각보다 적었다. 어쩌면 상황이 급박히 흐른 것도 그 때문인 듯했다.

'무슨 생각을 하고 있는 것이냐, 군악!'

모든 것이 제대로 되어가는 듯하면서도, 누군가가 짜놓은 계획에 이끌려 가는 것 같았다. 그의 초감각조차 혼란을 느낄 지경이었다.

전무심이 혼란스런 마음을 정리하고 있을 때였다.

선우진진이 안으로 뛰어들어 왔다.

"유옥! 어떻게 할 거야? 바로 쫓을 거야?"

전무심은 이를 지그시 다물고 고개를 저었다.

"일단 이곳을 먼저 정리한다. 정천무맹과 마존궁의 피해를 파악하고, 그들 중 고수들만 추려 추적할 것이다."

"그럼 서둘러야겠군. 그런데 백리군악은 어디 있는 거지? 왜 그가 안 보이지?"

"아무래도 먼저 빠져나간 것 같다."

선우진진도 이해가 안 가는지 눈을 좁혔다.

"그가 겁을 먹었을 리는 없을 텐데?"

"그래서 조금 늦추자는 거다. 아무래도 느낌이 안 좋아."

천천히 고개를 끄덕이는 선우진진을 향해 전무심이 말했다.

"그리고 그동안 너도 상처 좀 돌봐라."

선우진진의 찢어진 옷 사이로 선혈이 배어 나오는데, 옆구리 쪽으로는 제법 진하게 붉은 물이 들어 있었던 것이다.

"이 까짓것, 죽은 사람에 비하면 상처도 아냐."

당차게 말하며 입술을 씹는 선우진진이다.

전무심도 더 이야기하지 않았다.

진무악과 노숭환이 죽고, 천사단의 단원들 중 오십여 명이 죽었다.

나머지 이백오십 명도 크고 작은 부상을 입지 않은 사람이 거의 없을 정도다.

살갗이 터져 나간 정도의 상처는 사치처럼 생각될 정도였다.

어쨌든 천왕교의 무사들이 썰물처럼 빠져나가고 밖이 조용해지자, 전무심은 즉시 천사단의 핵심 고수들을 전각 안으로 불러들였다.

"피해는?"

곡초운이 대답했다.

"이곳에서 또 십여 명이 죽고 이십여 명이 크게 다쳤습니다."

고수들이 다 빠져나간 바람에 피해는 생각보다 크지 않았다.

"일단 부상자들을 보살피고 몸을 추스르라고 하시오. 곧 놈들을 쫓을 테니까."

그때였다. 외부에서 천왕장 주위를 감시하고 있던 삼족개가 헐레벌떡 뛰어들어 왔다.

"전 단주! 놈들의 주력으로 보이는 자들이 남쪽 계곡을 빠져나갔다는 연락이네!"

나중에 빠져나간 무사들을 말하는 것이 아닌 듯했다.

아니나 다를까, 삼족개가 말을 잇는다.

"그 기세가 하도 삼엄해서 본 방의 장로들도 백 장 안으로 접근할 수가 없었다고 하네."

전무심이 사진옥을 바라보았다.

"사문천 궁주에게 이곳으로 와달라고 해라."

그러고는 사진옥이 뛰어나가자 삼족개에게 말했다.

"무당에 연락을 했으면 하오."

"무당에?"

"그곳에 있는 사람들 중 일류 이상의 고수들만 뽑아도 백 명은 될 것이오. 중간에서 만나자고 전해주시오."

"알겠네."

"그리고 무화단의 화 단주가 있거든, 그에게 천왕교를 쫓아가 상황을 살펴보라 하시오."

"그렇게 하지."

삼족개가 다시 부리나케 밖으로 달려가자 전무심은 앞에 늘어 서 있는 사람들을 둘러보았다.

진무악의 죽음으로 어느 때보다 굳어 있는 척우진이었다.

또한 다수가 죽어서인지 은천비원의 조장들도 모두 표정이 침중하게 가라앉아 있었다.

고후명이나 상유상 등 형제들이 그나마 괜찮은 것 같지만, 그것도 겉보기만 그랬다. 속으로는 작지 않은 내상을 입었는데 아무런 표를 내지 않고 있을 뿐이었다.

도병천이 이마를 찌푸린 채 물었다.

"놈들이 천왕곡으로 가면 잡기가 힘들지 않겠나? 정천무맹과 마존궁의 무사들이 함께한 상황에서도 겨우 승리를 했을 뿐인데, 천왕곡에 아직 이삼천의 무사가 남아 있다 하지 않았는가?"

그의 말대로 천왕곡에 남은 무사들이 천왕과 함께한다면 잡는 것은 거의 불가능했다.

모두가 그와 같은 마음인지 무거운 표정으로 전무심을 바라보았다.

전무심이 입을 열었다.

"이제와 말이지만, 놈들은 절대 천왕곡 안으로 들어갈 수 없습니다. 천왕곡에 남은 무사들도 천왕을 돕지 않을 것이고 말입니다."

고후명이 의아한 듯 물었다.

"무슨 말씀입니까, 대형?"

"천왕곡을 떠나오기 전에 천왕정주 사도무연과 지옥전주 영호승악에게서 약속을 받아낸 것이 있다. 천왕이 패자가 되어 되돌아오면, 그들이 천왕의 천왕곡 진입을 막기로 했지."

"예?"

고후명이 놀란 눈을 크게 뜰 때다. 선우진진이 전무심의 말을 보충해서 설명했다.

"귀왕전도 동참한다. 그러니 진짜 싸움은 천왕곡의 입구인 탈연곡에서 벌어지는 거지."

무겁던 분위기가 조금은 밝아졌다.

그렇다면 천왕의 무리를 끝장내는 것이 불가능하지만은 않았다.

전무심이 사기가 오른 천사단을 향해 말했다.

"한 시진 후에 추적을 시작할 테니, 그때까지 몸을 추스르고 상처를 치료하시오."

전무심은 천왕전을 나와 동쪽으로 신형을 날렸다.

신음과 고함 소리만이 내원의 담장 너머에서 들려왔다.

"부상자들을 조심해서 다뤄라!"

"한쪽으로 내려놓고 약을 가져와!"

전무심이 담장을 넘어 내려서자, 헐떡거리며 주위를 둘러보고 있던 진성자가 반갑게 소리쳤다.

"전 도우!"

결과는 굳이 물어볼 필요도 없었다.

사방이 피로 물들고 시신들이 여기저기 널려 있다. 천왕교와 정천무맹의 사람들이 뒤엉킨 시신은 언뜻 봐도 수백 구.

서 있는 정천무맹의 무사들이 삼백여 명인 것으로 봐서 오백이십 명의 무사 중 사 할이 죽거나 부상을 입었다는 말이었다.

진성자도 왼쪽 어깨의 옷이 찢어지고, 왼쪽 팔이 그곳에서 흐른 피로 범벅되어 있는 상태였다.

전무심이 묻기도 전에 진성자가 간단하게 상황을 설명했다.

"한참 싸우고 있는데 말이야, 빼빼 마른 놈이 하나 나타나서 물러서라고 소리치더군. 그걸로 싸움이 끝나 버렸네."

설명도 그걸로 끝이었다.

전무심의 눈이 이십여 장 밖에 있는, 반쯤 부서진 전각을 향했다.

"천마가 이곳에 있었던 것 같소만?"

진성자가 넌더리를 치며 부르르 몸을 떨었다. 그러고는 차마 입을 열기도 두렵다는 듯 웅얼거리는 목소리로 말을 이었다.

"있었지, 있었네. 처음에는 동방 노선배와 맹주가 합공을 했는데……. 후우, 정말 무섭더군. 싸움이 시작된 지 얼마 지나지 않아서 맹주가 내상을 입은 채 물러서고, 원로 다섯 분이 함께 손을 썼는데도 열세를 면치 못했지. 잠깐 사이에 두 분이 놈에게 당하고, 다른 분들도 심각한 내상을 입은 상태네. 아마 동방 노선배가 혼신으로 막지 않았으면, 그들이 물러가기도 전에 모두 죽었을지도 모르지."

보지 않았어도 상황을 알 수 있을 듯했다.

"두 분은 어디 계시오?"

"지금 한쪽에서 내상을 돌보고 계시네. "

동방진학과 허경 진인마저 심각한 내상을 입은 상태라면, 그들을 쫓아갈 생각은 아예 하지도 못했을 터. 차라리 다행이었다.

"한데 천왕은 어떻게 되었는가?"

"도주한 것 같소. 아마 천마도 그가 도주했다는 것을 알고 몸을 뺐을 것이오."

진성자의 눈이 동그래졌다.

"도주?! 천왕이?!"

그의 목소리가 조금 크게 울리자 주위를 정리하고 있던 자들이 일제히 고개를 돌렸다.

"정말이오? 정말 그가 도주했소, 전 시주?"

소림의 여공 대사와 여상 대사가 다급히 다가오며 물었다.

"내원으로 물러선 그를 쫓았는데, 보이지 않았습니다. 외곽에서 상황을 살피고 있던 삼족개 장로에게 들으니, 남쪽 문을 통해 수백 명의 무사들이 빠져나갔다 합니다."

"허어, 그럼 우리가 이겼다는 말이구려!"

그때 옆에서 냉랭한 코웃음소리가 들렸다.

"흥! 그러면 이러고 있을 때가 아니잖소! 빨리 전열을 가다듬어서 놈들을 쫓읍시다!"

오십대 초반의 그는 신양(信陽) 신궁산장(神弓山莊)의 장주이며 칠절 중 한 사람인 궁절(弓切) 유태종이라는 자였다.

진성자가 어이없다는 표정으로 그를 쳐다보았다.

"다친 사람들을 놔두고 그들을 쫓아가자는 말입니까?"

유태종은 쏘아붙이듯 말하는 진성자를 노려보았다.

오늘에서야 사람들은 진성자의 강함을 알고 그를 보는 눈이 달라져 있었다. 각파의 원로들보다 강한 무위는 그를 아는 모두를 놀라게 하기에 족했다.

오죽하면 종남파의 장로들도, '네가 정말 만둔자가 맞냐' 며 의심하는 눈으로 그를 바로 봤을까.

그렇다고 진성자의 한마디에 물러설 유태종도 아니었다.

"그럼 놈들이 도망가는 것을 보고만 있어야 한단 말인가?!"

"누가 보고만 있자 했습니까? 다친 사람들을 먼저 보살펴야 한다는 것이지요."

두 사람이 쓸데없는 말다툼으로 신경을 곤두세울 때다. 전각 쪽에서 한 사람이 달려오며 소리쳤다.

"전 공자! 맹주께서 찾으십니다!"

화산의 등운평이었다. 그 역시도 전신이 반쯤 피로 물들어 있었는데, 다행히 큰 부상은 입지 않은 듯했다.

전무심이 그곳으로 발길을 돌리자 진성자가 눈싸움을 멈추고 재빨리 뒤를 따라왔다.

전각 안의 침상에 앉아 있는 동방진학과 허경 진인의 얼굴은 백짓장처럼 창백하게 굳어 있었다.

특히 허경 진인은 왼쪽 가슴 부위의 옷자락이 손바닥 형상으로 부스러진 데다, 그 주위가 붉게 물든 것이 제법 깊은 상처를 입은 듯했다.

전무심이 다가가자 두 사람을 에워싸고 있던 각파의 원로들이 길을 터주었다.

예전과 확연히 달라진 태도였다.

하긴 반 시진 만에 말로만 들었던 천왕교의 가공할 무력을 경험한 그들이 아니던가. 그들에겐 지난 몇 달 천왕교를 상대로 승승장구한 전무심이 불가사의한 존재로 보일 지경이었다.

"괜찮으십니까?"

전무심이 묻자 동방진학이 쓴웃음을 지으며 대답했다.

"그럭저럭 참을 만하네."

무위가 절대지경에 달했다는 두 사람이 천마 한 사람에게 형편없이 밀렸다. 그것만 해도 치욕인데, 그 와중에 강호의 원로인 소요수사와 곤륜의 장로 장춘 진인이 천마의 손에 죽임을 당했다.

아마 그들이 아니었다면, 자신이 죽었을지도 모르는 일. 천하에 적수가 거의 없다 생각했던 한때가 덧없게만 느껴지는 동방진학이었다.

"한데 이제 어떻게 할 건가? 놈들을 쫓아야 하지 않겠나?"

전무심은 때가 되었다 생각하고 동방진학과 각파의 수장들에게도 천왕곡의 상황을 간략하게 설명해 주었다.

"해서 한 시진 후에 그들의 뒤를 쫓아갈 생각입니다."

뜻밖의 사실에 원로들의 눈이 커졌다. 그러나 곧 얼굴을 펴고 천천히 고개를 끄덕였다. 솔직히 조금 전까지만 해도 천왕의 무리를 멸하는 것이 불가능할지 모른다는 생각했었는데, 이제는 충분히 가능하다는 생각이 든 것이다.

흐려졌던 동방진학의 노안에서도 신광이 살아났다.

"으음……. 그렇다면 해볼 만하겠군."

"부상자와 부상자들을 보살필 사람들은 남겨놓고, 강한 사람들로 백 명 정도만 추려주십시오."

그 이상은 추릴 수도 없었다. 전무심도 그걸 알기에 한 말이었다.

"후속대가 오려면 하루는 걸릴 테니, 하는 수 없군. 그곳에서 죽을 각오를 한 사람들만 이끌고 가지."

천왕전으로 돌아가자 사문천이 와 있었다.

마존궁도 엄선한 고수들 오백 명 중 백수십 명이 죽은 상태였다.

그나마도 천왕은 전무심이, 천마는 동방진학과 허경 진인이 상대한 덕에 피해가 적은 편이었다.

정천무맹으로 하여금 제일 먼저 공격을 하게 해서 천마의 시선을 동쪽으로 돌렸지만, 만약에라도 천마가 자신들 쪽으로 왔다면 어떤 일이 벌어졌을지, 사문천은 상상만 해도 오싹했다.

"말은 들었네. 부궁주에게 후속대가 도착하거든, 수하들 중 최고의 정예만을 고르라 했네. 패하면 마존궁의 문을 닫을 생각 하라고 했지."

한쪽에서는 멸사의 각오. 또 다른 곳에선 멸문의 각오를 한다.

진정한 강호의 힘이다.

전무심은 왜 무림의 역사에 천하통일을 한 문파가 없었는지 어렴풋이 이해가 갔다.

지나치게 강한 자는 천하가 똘똘 뭉쳐 견제한다.

정파는 물론이고 마도조차 자신들보다 월등히 강한 자들이 설치는 것을 원하지 않는다.

강호의 수레바퀴는, 보이지 않는 법에 의해 그렇게 흐르고 있었던 것이다.

2

다른 사람들은 사도궁조와 서문유적을 따라 함께 가도록 하고, 서문조휘는 쉬지 않고 만 하루를 꼬박 달렸다.

단 하루 만에 구백 리를 달린 그는, 천왕곡에서 삼십여 리 떨어진 천외비각에 도착하자마자 입구의 진세를 뚫고 들어가더니, 천외비각의 외곽에 위치한 작은 건물로 들어갔다.

겉으로 보기에 그 건물은 단순한 가옥처럼 보였다.

그러나 실제로는 지하로 통하는 밀실의 입구를 감추기 위한 건물이었다.

명왕동이라는 이름이 붙은 그곳은 천하에서 오직 세 사람, 서문조휘와 반 미쳐 있는 그의 형 서문조환. 그리고 천마 서문유적만이 알고 있는 밀지(密地)였다.

그가 지하로 내려가자 서문조환이 겁에 질린 표정으로 그를 맞이했다.

"왔는가, 아우."

하지만 서문조휘는 고개만 한번 끄덕이고는 또 다른 석실로 들어갔다.

"철신마유액은 모두 흡수되었소?"

"오늘 아침 나절에 완전한 흡수가 끝났네."

"그래요? 늦지 않아 다행이군. 그럼 즉시 깨울 준비를 하시오. 시간이 없으니까."

석실에는 열 개의 관이 일렬로 놓여 있었다.

관 안에는 열 명의 사람이 누워 있었는데, 회칠을 한 듯한 얼굴은 결코 산 사람의 피부가 아닌 듯했다.

그리고 사실이 그랬다. 그들은 살아 있지도, 그렇다고 완전히 죽은 것도 아닌 반생반사의 몸이었다.

서문조환은 이리저리 빠르게 움직이며 서문조휘가 화내기 전에 모든 준비를 갖추었다.

　일각 후.

　녹색 연기가 가득한 밀실 안에서 머리를 풀어헤친 괴인의 사이한 음성이 울려 퍼지기 시작했다.

　"킬킬킬킬, 우흐흐흐흐, 유부사령의 주인이 명하노니, 돌아가지 못하는 혼을 지닌 자들은 몸을 일으켜라. 바리 홈, 바리 홈, 옴 나메지나 사리 바하……."

　사혼마종 서문조환. 삼십여 년 전, 무림공적이 되어 쫓기다 사라진 천하제일의 강법술사.

　그가 천외비각의 구석에서 필생의 역작을 만든 지 이십구 년, 마침내 전설로만 전해지던 기물이 완성되어 가고 있는 것이다.

3

　앞을 바라보는 사도무연의 눈빛이 잘게 떨렸다.

　"언젠가는 이런 날이 올 거라 생각했다. 하지만 막상 닥치니 슬프기 한이 없구나."

　그의 앞에는 피로 얼룩진 사도궁무가 오연한 자세로 서 있었다.

　천왕가에서 다섯 손가락 안에 든다는 절대의 고수. 차제에 천왕가를 이끌 가문의 자랑스러운 조카가 바로 그였다.

　한데 그런 조카가 자신을 죽이러 오는 자를 잡기 위해 쳐 놓은 덫에 걸린 것이다.

　주위에 널브러져 있는 다섯 명의 시신은 모두가 그의 손에 의해 죽은 천왕가의 가족들이었다.

사도무연은 착잡함에 치가 떨렸다.

"이 모든 게 사도궁조, 바로 제 동생을 죽인 그놈 때문이니라!"

"크, 크, 큭! 분노할 것 없소, 숙부. 처음부터 단추가 잘못 꿰였던 것뿐이니까."

"그래, 형님께서 처음 생각대로 궁조를 천왕으로 삼았다면 아무 문제가 없었을 일이었지. 궁헌의 자질이 아무리 뛰어났다 해도……."

사도무연의 눈빛이 심연으로 가라앉았다.

이제 피해갈 수 없는 결과만이 남았을 뿐이었다.

그는 주위를 둘러싼 천왕가의 사람들을 향해 나직이 입을 열었다.

"궁무의 사지근맥을 자르고, 단전을 파괴한 다음 뇌옥에 집어넣어라."

천왕곡에 떠돌던 소문의 진실이 드러난 것은 그날 오후였다.

사도궁무를 잡은 사도무연이 천왕가의 사람들을 이끌고 천왕대전을 급습한 것이다.

전격적인 급습에 천왕가의 일백오십 명 사도 성을 가진 사람들이 참여했다.

이십 명의 무영천혼위와 천왕을 따르던 삼십여 명의 천왕가 사람들이 그들을 막았지만 힘의 열세를 넘어서지는 못했다.

사도무연은 그곳, 천왕대전의 오층에서 사도궁헌의 부인과 딸을 구해냈다. 그녀들은 반쯤 미쳐 있어 아무 말도 하지 못했지만, 사람들은 그것만으로도 천왕에 대한 분노를 금치 못했다.

그 직후.

귀왕전의 숨겨진 고수들과 지옥전의 지옥십관에 웅크리고 있던 고수들이 일제히 모습을 드러냈다.

그들은 사도무연이 이끄는 천왕가의 사람들과 함께 천왕곡을 정리하기 시작했다.

그들의 주목표는 천왕을 따르는 사람들이 아니었다.

정체를 숨긴 채 서문조휘를 위해 일하던 자들. 천마를 따르던 자들, 바로 그들이었다.

천마 서문유적과 그의 손자 서문조휘를 따르는 자들을 잡아야만 이 진정으로 천왕교를 정리할 수 있소. 그들은 천왕가를 무너뜨리고 천왕교를 자신들의 수중에 넣기 위해 수십 년간 천왕교의 곳곳에서 암약하며 천왕교를 변질시켜 왔소. 천왕과 천마가 돌아오기 전에 그들을 잡으시오. 그들은……

한 장의 서신은 사도무연도 모르게 그의 침상에 놓여 있었다.

서신의 말미에는 누군가가 자신을 죽이러 올 거라는 것도 쓰여 있었다.

누가 보낸 것인지는 알 수가 없었다. 그러나 모든 것이 한 치의 빈틈도 없어 의심할 수가 없었다. 그리고 은밀한 내사 결과 하나둘 모든 것이 사실로 드러났다.

사도무연은 전무심이 보낸 자에게서 귀왕전과 지옥전에 대한 말을 듣자마자 곧바로 귀왕전주 선우무혁과 지옥전주 영호승악을 비밀리에 만났다.

그리고 오늘, 마침내 모든 일을 끝마치기로 작정한 것이다.

"한 놈도 놓치지 마라! 암천혈왕이 오기 전에 모든 것을 끝내야 한다!"

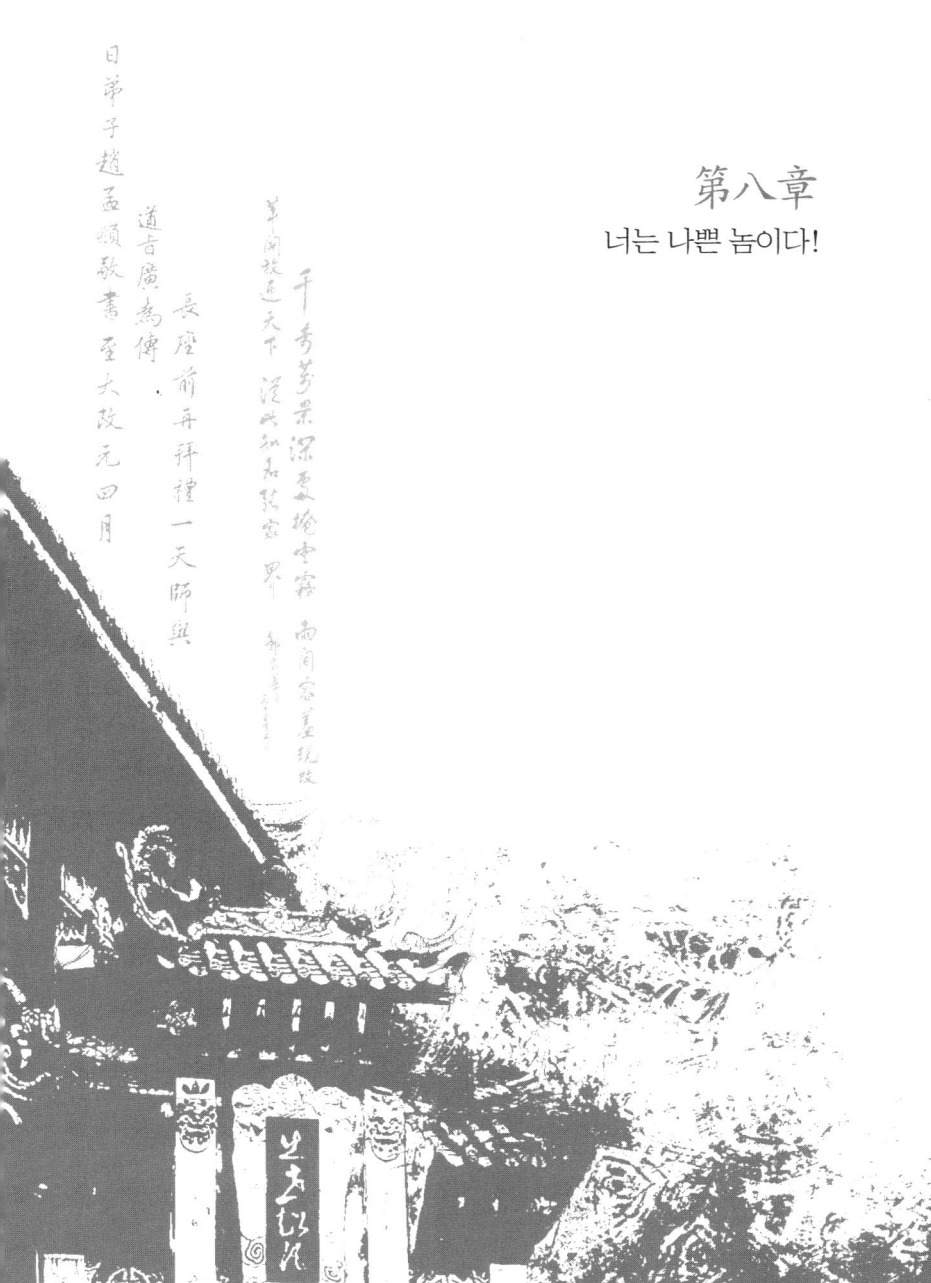

第八章

너는 나쁜 놈이다!

死星
天血

1

연합 세력은 삼십 리 정도의 거리를 두고 천왕의 무리를 뒤쫓
았다.

그들은 절대 서두르지 않았다. 어차피 갈 길이 막힌 자들, 당
장은 자신들의 몸을 최상의 상태로 끌어올리는 것이 더 중요했
다.

그렇게 무당산을 이백 리가량 비켜 지날 즈음, 그곳에서 백삼
십 명의 무사가 합류했다.

절천에서 무당으로 갔던 정천무맹의 맹도들과 무당, 철심장,
흑화령이 개방의 연락을 받고 각파의 무사들 중 일류 이상의 고
수만 뽑아서 달려온 것이다.

인원이 더해지자 조직 편성도 다시 할 겸, 연합 세력은 천왕
곡을 백오십 리가량 남겨놓고 마지막 휴식을 취했다.

그때 일곱 명의 형제와 함께 구석진 곳의 물가에서 쉬고 있는 전무심을 향해 한 사람이 뛰어왔다. 상유상만큼이나 커다란 덩치, 진철명이었다.

사진옥이 그의 앞을 막으려 하자 전무심이 손을 저었다.

"그가 바로 철심장의 진철명이네. 조부와 함께 운남에서 돌아온 것 같군."

순간 사진옥 등이 호기심 가득한 표정으로 진철명의 온몸을 살펴보고는 고개를 끄덕였다. 특히 상유상은 친동생이라 만난 듯 반가워했다.

"호오, 정말 멋진 몸이군!"

진철명도 상유상을 한번 바라보고는 곧장 전무심에게 다가왔다. 금방이라도 울 것 같은 표정으로.

"형님!"

전무심도 입가에 가느다란 미소를 머금었다.

할 말이 많았지만 거두절미하고 물었다.

"어떻게 여기를 왔느냐?"

"조부님께 우겼습니다. 형님을 꼭 뵙고 싶어서요."

"네가 참가하기에는 너무 위험한 싸움이다."

"하하하! 저도 그렇게 약하지 않습니다. 뭐, 천사혈왕에 비하면 어림없지만요."

사실이 그랬다. 진철명은 몰라보게 달라진 상태였다. 능히 일류고수라 불릴 수 있을 듯했다. 하지만 그 정도로는 목숨을 유지할 수 있을지 그것조차 장담할 수 없었다.

"조심해라. 절대 앞서가지 말고."

이미 무당에서 천왕교의 무사들과 한 차례 접전을 치러본 진철명이었다. 그 무서움을 어찌 모를까.

"예, 형님."

진철명은 단단히 각오를 다진 표정으로 힘차게 대답하고는 슬며시 주위를 둘러보았다.

"그런데… 이분들이 천사칠성(天死七星)이신가요?"

고후명과 사진옥이 의아한 표정을 지었다.

무슨 말인지 모르겠다는 듯 상유상이 예종에게 물었다.

"천사칠성이 누구지?"

"내가 그딴 놈들을 어떻게 알아? 나도 처음 듣는데."

진철명이 어색한 표정으로 입을 반쯤 벌렸다.

바로 그때였다. 계곡의 입구를 바라보던 전무심의 표정이 굳어졌다.

천왕과 천마의 뒤를 쫓고 있던 화운곡이 계곡으로 들어서고 있었던 것이다.

"가지, 출발할 때가 된 것 같군."

일어서는 전무심을 향해 화운곡이 곧장 달려왔다.

그는 무진장 힘들게 뛰어왔다는 표정을 지으며, 맺히지도 않은 이마의 땀을 쓱 닦더니 눈에 힘을 주고 말했다.

"다주! 그드이 처앙고으 이꾸로 드러강네."

2

하얀 손이 쇠창살 앞에 꽂혀 있는 아홉 개의 쇠로 된 깃대를 뽑아냈다.

순간! 한 치 앞도 볼 수 없을 만큼 짙푸르던 안개가 서서히 사라지기 시작했다.

쿠르르르!

그리고 곧이어 팔뚝보다 굵은 창살이 느릿느릿 옆으로 밀려났다.

창살이 두 자쯤 벌어졌을 때다. 서른 세 쌍의 붉은 광채가 허공에 둥실 떠서 창살 사이를 빠져나왔다.

희미한 유등 불빛에 드러난 서른세 명의 사람.

검은 옷, 검은 복면. 보이는 것은 오직 하나, 혈광이 넘실거리는 눈빛뿐이었다.

삐이이익!

하얀 손에 들린 핏빛 붉은 호각에서 낮고 긴 울음이 터져 나온 것은 바로 그때였다.

동시에 소름 끼치는 서른세 쌍의 붉은 광채가 광기를 폭사시켰다.

"크크크크! 피를 마시고 싶어!"

"약을 줘! 이 개새끼들! 왜 약을 주지 않는 거야!"

"나가서 원하는 놈들을 죽여주면 약을 준다잖아! 빨리 나가!"

광기에 젖은 그들은 빠르게 동굴을 빠져나갔다.

그러더니 순식간에 이백 장 절벽을 타고 넘어 어디론가 달려갔다.

3

천왕곡의 입구라 할 수 있는 탈연곡(脫然谷)은 그 길이만도 무려 백 리에 이르는 길고 긴 계곡이었다.

연합 세력이 탈연곡에 들어섰을 즈음.

천왕과 천마의 무리들은 탈연곡 끝에서 한 치의 전진도 하지 못하고 있었다.

지옥전이 이틀간 심혈을 기울여 몰래 설치한 아홉 개의 기문진을 통과할 수가 없었던 것이다.

천왕도, 천마도 노성을 내지르고 수하들을 윽박질렀지만, 무려 백 장에 걸쳐 설치된 진세를 어떻게 하지는 못했다.

게다가 사도무연과 지옥전과 귀왕전이 손을 잡고, 천왕곡 내의 천왕과 천마와 서문조휘의 추종자들을 제거하기 시작했기에, 그들은 누구의 도움도 받을 수가 없었다.

그렇게 두 시진, 답답해진 그들은 뒤늦게 다른 곳으로 돌아가려 했다. 빙 돌아가든, 백 장에 이르는 절벽을 타고 올라가든 다른 곳을 통하면 들어갈 수 있을 테니까.

그러나 바로 그때, 전무심이 이끄는 강호의 연합 세력이 그들의 뒤를 치기 시작했다.

선두는 전무심과 천사단이 맡았는데, 뒤로 처져 있던 삼당의 무사들은 전무심을 보고는 혼비백산 안으로 뛰어들어 갔다.

"천사혈왕 전무심이다! 혈사자가 쫓아왔다!"

그들의 수효는 이백여 명. 결코 선두에 선 천사단의 상대가 되지 못했다.

"놈들을 쳐라!"

천사단이 파죽지세로 밀어붙이자, 흥분한 자들이 앞으로 튀어나갔다.

그때 안쪽에서 천왕가의 사람들이 뛰어나오며 그들을 공격했다.

"으악!"

"끄어억!"

천사단이 그들을 구하려 했을 때는 이미 대여섯 명이 쓰러진 후였다.

척우진이 흥분해서 앞으로 나서려는 자들에게 싸늘히 소리쳤다.

"죽고 싶은가?! 너무 앞서가지 마라!"

이각이 지나자 탈연곡이 피로 뒤덮이기 시작했다.

싸움은 처절하고도 참혹했다.

연합 세력의 집중 공세에 천왕교의 무사들도 죽기 살기로 맞섰다.

이곳에선 명예도, 명분도 필요없었다.

죽이지 않으면 죽는다!

강한 자가 법이다!

오직 그것만이 진실이었다.

패(覇)의 법칙만이 통하는 곳. 그들은 천왕곡에 있는 것이다.

정천무맹의 원로들도 악귀처럼 손을 썼다.

콰광!

"으악!"

"끄어억!"

"죽어!"

쩌저정!

"죽여라! 놈들을 죽여 제자들의 원수를 갚아라!"

"물러서지 마라! 물러서는 놈은 내 손에 죽을 것이다!"

수백 명의 악다구니가 동시에 계곡에 울려 퍼졌다.

비명이 터져 나오고, 피가 얼굴로 튀고, 팔다리가 잘려 발밑을 굴렀다.

그러나 누구 하나 옆의 동료를 신경 쓰지 못했다.

쓰러지는 자들 중에는 강호 명숙도 있었고, 이름이 알려지지 않은 천왕교의 무사도 있었다.

소림의 여공 대사도 목이 잘려 죽었고, 천왕대전의 곽진상도 한 팔이 잘린 채 빠져나갈 길만 찾아 두리번거리다 초중암에게 목이 잘렸다.

그뿐이 아니었다.

천외비각의 노괴 하나를 상대하던 동방진학도 연신 뒤로 물러나기 바빴다. 천왕오로 중 하나인 사도무극도 척우진과 선우진진의 공격에 입에서 피를 흘리며 바닥을 기다 심장이 뚫렸다.

어느 누구도 이곳에서는 승리를 장담하지 못했다.

지옥(地獄)! 모두의 앞에 지옥이 펼쳐졌다.

한데 그 지옥에서 갑자기 예종이 몸을 뺐다. 함께 손을 쓰던 유상이 버럭 소리를 질렀다.

"예종! 왜 그래?! 힘을 내! 저놈들을 쓸어버리자고!"

"미안해, 유상! 아무래도 안 되겠어!"

"무슨 소리야?"

뒤로 물러선 예종이 망설이다가 겨우 입을 열었다.

"…애가 생겼거든. 애까지 죽일 수는 없잖아!"

"……."

"그러니까 너도 죽지 마! 알았어? 아버지 없이 키울 수는 없
잖아!"

"애라고? 내 아이가 생겼단 말이지? 우하하하하! 알았어! 너
는 뒤로 물러서! 내가 네 몫까지 싸울 테니까!"

그의 목소리를 들었는지 사진옥과 고후명을 비롯한 근처의
천사단원들이 일제히 예종을 보호했다.

"그래! 아이에게는 큰아버지도 있어야 하겠지?!"

"당연하지! 예종! 애 이름이 뭐야?!"

"미친놈! 아직 나오지도 않은 애가 이름이 어디 있어!"

전장이 갑자기 시끌벅적해졌다.

그런데도 그들의 도검에서 뿜어지는 기운은 조금 전보다 훨
씬 더 거셌다. 지옥에서 들려온 아이에 대한 소식이 그들의 지
친 몸에 활력을 불어넣은 것이다.

하지만, 그 모든 싸움을 합해도 한곳에서 벌어지는 싸움만 못
했다.

전무심이 서문유적과 천외비각의 고수 중 하나인 유령마제의
합공을 받으며 일 대 이로 싸우기 시작한 것이다.

콰르르릉! 쩌저적!

"서문유적! 오늘은 절대 도망가지 못할 것이다!"

"오냐, 이놈! 오늘 결판을 내자!"

유령마제마저 곁에 있는 상황. 서문유적은 이 기회에 반드시 전무심을 죽이겠다는 듯 강하게 몰아붙였다.

대낮에 천둥 벼락이 치고 돌가루가 구름처럼 일어났다.

어지간한 자는 그들의 근처 삼십 장 이내로 접근하지도 못했다.

그렇게 오초의 격돌이 벌어졌을 때다. 작심한 전무심이 벽마령(碧魔靈)의 봉인을 미리 풀어버렸다.

이제 나중이라는 말은 아무 소용이 없었다.

이곳에서 결판을 내지 않으면 어떤 결과가 나올지 아무도 모르는 일이었다.

만일 더 많은 마령을 풀어야 한다면 그렇게라도 할 작정이었다.

어쨌든 벽마령마저 풀리자 전무심은 두 사람의 합공을 받고도 밀리지 않았다.

그러나 그것도 잠시였다. 상황이 여의치 않자 눈치만 보고 있던 천왕마저 합세했다.

"이곳에서 반드시 놈을 죽여야 하오!"

서문유적도 마찬가지 마음이었다.

"전력을 다하게! 힘을 아낄 필요 없네!"

눈앞에 있는 놈은 결코 사람이 아니었다. 그들에겐 그렇게 느껴졌다. 두 사람에겐 자존심이고 나발이고 전무심을 죽이는 것이 최우선이었다.

수하들 모두가 죽어도, 전무심만 죽일 수 있다면 다시 시작할 수 있을 터였다.

그렇게 천왕마저 합공에 가담하자 형세가 급격히 기울기 시작했다.

한데 십여 초가 지나기 전, 전무심의 내부에서 또 한 번의 폭발이 일어났다.

마침내 여덟 번째 금마령이 봉인을 뚫고 힘을 뿜어내기 시작한 것이다.

순간 그의 몸에서 서문유적과 사도궁조마저 질리게 할 가공할 금광이 뿜어졌다.

제일 먼저 유령마제가 금마령의 기운에 희생양이 되었다.

전무심이 터져 나오는 기운을 좌수에 담아 무천일수를 펼친 순간,

콰앙!

항거할 수 없는 거대한 금색 기운에 유령마제의 몸이 벼락에 튕기듯 뒤로 날아갔다.

"크어억!"

동시에 전무심의 몸에서 칠채광이 회오리처럼 맴돌았다.

휘이이잉!

그의 몸을 휘도는 칠채의 광란에 서문유적이 튀어나올 듯이 부릅떠진 눈으로 소리쳤다.

"구천…… 마령?! 오, 맙소사! 구천마령이 현세에 나타났구나!"

그는 구천마령에 대해 뭔가를 알고 있는 듯했다.

당혹과 경악이 떠오른 눈빛에는 공포마저 섞여 있었다.

그러나 전무심은 그의 말을 음미할 정신이 없었다.

폭주하는 마령의 힘을 쏟아내는 것이 급선무였다.

"아버지의 이름으로! 그대들을 죽이겠다!"

콰아아아아!

그의 손이 저어지고, 유리혈루가 하늘을 갈랐다.

백색 광채가 뿜어지던 유리혈루에서 칠채광이 솟구쳤다.

그토록 기세등등하던 천마가 그걸 보더니 연신 뒤로 물러섰다.

"마, 말도 안 돼! 어찌 네놈이 천 년도 더 전에 사라진 구천마령의 힘을 지녔단 말이냐?!"

천왕신공과 마라혈정공을 동시에 펼치던 천왕도 당혹감을 감추지 못했다.

금방 쓰러질 것 같던 전무심이 갑자기 전보다 더 가공할 기운을 뿜어내자 질려 버린 것이다.

하지만 전무심 역시 밀리던 상황만 만회했을 뿐, 확실한 승기는 잡지 못했다.

한데 바로 그때였다.

"모두 저 백색 검을 든 놈을 죽여라!"

계곡을 뒤흔드는 외침이 울리더니, 서문조휘가 열 명의 회의인과 함께 오십여 장 높이의 깎아지른 절벽을 타고 날 듯이 내려왔다.

서문조휘가 다급히 소리쳤다.

"조부님! 놈은 명왕대(冥王隊)에게 맡기고 뒤로 물러나십시오!"

서문유적도 그들의 존재를 알고 있는지 서문조휘가 말하기도 전에 재빨리 뒤로 물러섰다.

"때맞춰 왔구나!"

"명왕대가 늦게 깨어나 조금 늦었습니다."

"이제라도 되었다. 저들이 전무심이라는 놈만 붙잡고 있으면, 우리가 나머지 놈들을 모조리 쓸어버릴 수 있을 것이다."

생각지도 못했던 상황에 사도궁조의 눈이 파르르 떨렸다.

열 명으로 전무심을 상대할 수 있을 듯이 말한다.

대체 명왕대가 어떤 자들이기에 그리도 자신한단 말인가.

문득 이상한 생각이 들었다.

서문조휘는 분명 늦게 깨어났다고 했다.

무슨 말일까? 미리 준비하고 있었다는 말일까? 그럼 언제부터? 어디에 쓰려고?

사도궁조는 전무심에게 달려들고 있는 열 명의 명왕대를 자세히 살펴봤다.

무표정한 얼굴, 가공할 공세에 별다른 타격을 입지 않는 불괴의 신체, 그리고 죽어버린 회색 눈빛.

결코 살아 있는 사람이라 볼 수가 없었다.

'설마, 실혼강시(失魂殭屍)?'

금단의 제련법으로 만들어진 실혼강시라면 모든 것이 설명이 된다.

일반 강시조차 만드는 방법이 실전된 지금, 갑자기 전설의 생강시인 실혼강시라니.

사도궁조는 서문조휘와 서문유적이 오래전부터 뭔가를 꾸며

왔다는 것은 알았지만, 설마하니 실혼강시까지 만들었을 줄은 꿈에도 몰랐다.

그러나 지금은 어쨌든 좋았다. 저들을 상대하는 것은 전무심과 천사단을 괴멸시킨 이후에 해도 되었다.

"각주! 우선 다른 놈들부터 쓸어버립시다!"

"그렇게 하세, 교주! 우리의 일은 모든 것을 끝내고 이야기하지!"

절대의 고수 두 사람이 뛰어들면 천사단과 정천무맹의 고수 중 누구도 막을 수 없을 터였다.

순식간에 상황을 바꿀 수가 있는 것이다.

"크하하하! 이놈들! 모조리 죽여주마!"

서문유적의 입에서 광소가 터져 나오고, 사도궁조가 노성을 내질렀다.

"이놈들! 감히 본좌를 능멸하다니! 내 천왕교를 새롭게 바꿀 것이니라!"

두 사람의 목소리에 양편 절벽이 무너질 듯이 흔들리고, 싸우던 자들이 비틀거리며 손을 늦췄다.

하지만 서문유적도, 사도궁조도 난전이 벌어지고 있는 곳으로 가지 못했다.

이번에는 반대편 하늘에서 또 복면인들이 쏟아져 내리더니 그들의 앞을 가로막아 버린 것이다.

"그대들은 아무 곳으로도 갈 수 없다!"

한편 전무심은 천왕과 천마 대신 열 명의 괴인이 자신을 공격해 오자, 망설이지 않고 괴인들을 향해 마주쳐 갔다.

동방진학과 허경 진인이 중상을 입은 이상 천왕과 천마의 상대는 오직 자신뿐이다. 그들이 입구 쪽으로 움직이면 전세가 뒤집어지는 것은 순식간일 터였다.

그렇게 놔둘 수는 없었다.

얼마나 많은 사람이 죽어가며 지금 상황을 만들었는데, 모든 일을 공염불로 돌린단 말인가!

"내 앞을 막는 자, 누구도 용서치 않을 것이다!"

무령풍을 펼친 그가 괴인들 사이로 스며든 순간, 유리혈루에서 모습을 드러낸 백룡이 괴인들을 휩쓸었다.

콰아아아아!

괴인들 중 서너 명이 백룡에 휘어 감겼다.

반사적으로 무기를 휘두르는 그들과 유리혈루의 검강이 충돌했다.

순간 떠더덩! 마치 쇠북을 후려친 듯한 굉음이 일대를 울렸다.

훌훌 나가떨어지는 괴인들.

그러나 괴인들은 나가떨어지자마자 벌떡 일어나더니 다시 전무심을 향해 달려들었다.

갈기갈기 찢겨지고, 가루가 되어 부스러진 옷 사이로 보이는 상처는 단순히 붉은 자국 두어 줄기가 전부.

내상을 입은 듯 입가로 실 같은 핏줄기가 보이지만, 별다른 고통을 느끼지 못하는 듯하다.

감정도, 스스로의 의지도 말살되어 오직 주입된 살의만이 가득한 자들이다. 살아서 움직이되 살아 있다고 볼 수가 없는 자들.

"대체 어디서 이런 자들이……?!"

거암조차 단숨에 잘라 버릴 검강에도 끄떡없는 그들은 실로 공포의 존재였다.

그러나 그럴수록 전무심의 전신에서 흘러나오는 기운도 강해졌다.

언제부턴가 그의 눈에 핏빛 선이 떠올랐다.

분노한 천사지안! 바로 그것이었다.

사람의 혼을 강제로 제압해 괴물로 만든 적들에 대한 분노였다.

"참으로 악독한 자들이로구나! 어찌 인간으로서 이런 짓을 한단 말이냐!"

분노의 일성이 계곡을 울렸다.

광인들이 나타난 것은 바로 그때였다.

분노한 전무심의 표정에 처음으로 다급함이 떠올랐다.

지금 싸우는 자들만으로도 힘들거늘 저들이 합세한다면 과연 누가 살아 날 수 있단 말인가!

으스스한 마기가 느껴지는 목소리와 함께 땅으로 내려선 자들은 모두 삼십여 명. 복면 사이로 시뻘건 안광을 쏟아내는 그들은 명왕대보다도 더 괴이해 보였다.

"웬 놈이 감히 앞을 가로막는 것이냐?!"

서문조휘가 노성을 터뜨렸다.

그러나 끄덕도 하지 않고 미친놈 바라보듯 세 사람을 바라보는 괴인들이다. 제일 앞에 선 커다란 덩치의 괴인이 거꾸로 서문조휘를 다그쳤다.

"흐흐흐흐. 우리 앞을 가로막다니, 죽일 놈!"

어이가 없는지 서문조휘가 일갈을 내지르며 괴인을 향해 두 손을 휘둘렀다.

"이제 보니 제정신이 아닌 놈이로구나!"

쩌저적!

사 장의 거리를 단숨에 좁힌 시퍼런 손 그림자가 복면괴인을 덮어갔다.

순간 복면괴인이 한 걸음 나서더니, 핏빛으로 붉게 물든 쌍장을 마주 휘둘렀다.

콰앙!

동시에 복면괴인과 서문조휘가 세 걸음씩 물러서고, 혈광이 더욱 짙어진 복면괴인의 입에서 광소가 터져 나왔다.

"크카카카카! 모두 죽여 버리겠다!"

마치 그게 신호라도 된 듯했다.

나머지 괴인들이 일제히 천왕과 서문유적을 향해 몸을 날렸다.

"어떤 놈이 천왕이냐!"

"천마라는 놈은 이리 나와라! 케케케케!"

삼십여 명이 무더기로 날아들며 소리를 지르자 천왕과 사고궁조는 분노하면서도 당혹스러웠다.

제정신이 아닌 듯 보이면서도 삼십에 이르는 모두가 초절정의 경지에 이른 고수들이다. 게다가 그중에는 절대지경에 마저 오른 고수가 있지 않은가.

미쳤다는 것. 그것은 상대의 행동을 아무것도 예측할 수 없다는 말이기도 했다.

행동을 예측할 수 없는 삼십삼 인의 광인. 그들은 절대지경의 고수 열 명보다도 더 껄끄러운 존재였다.

더구나 자신들은 전무심과 싸우며 많은 힘을 소진한 상태. 제아무리 절대지경에 이르러 하늘을 농락할 무공을 지녔다 해도 당황하지 않을 수 없는 일이었다.

하지만 자신들이 누군가!

천하제일을 다투는 천왕과 천마가 아니던가!

당황했다는 것만으로도 치욕이었다.

미친놈들이 감히 자신들을 모욕하다니!

서서히 분노를 드러내는 서문유적과 사도궁조의 전신에서 묵광과 혈기가 회오리치며 흘러나왔다.

그러한 광경에 전무심은 의아하지 않을 수 없었다.

우려했던 광인들이 천왕과 천마를 향해 달려드는 것이 아닌가!

'그때 그자들이 아닌가?'

그들보다 강하고 복면을 썼다는 것이 다를 뿐, 분명 절곡에서 봤던 자들과 같은 기운이었다. 자신의 느낌이 분명하다면, 광인들은 절곡에서 만났던 바로 그자들이었다. 백리군악이 움직이는 것으로 알고 있는 자들.

어쨌든 지금 중요한 것은 그것이 아니었다.

광인이 적이 아니라는 것, 광인으로 인해 천왕과 천마가 발목을 잡혔다는 것. 중요한 것은 그것이었다.

걱정이 하나 덜어지자 전무심도 힘을 아끼지 않았다.

광인들이 천왕과 천마를 붙잡고 있는 사이 실혼인들을 모두 제거하는 것만이 최선의 방법이었다.

콰아아아!

유리혈루에서 피어나는 백룡이 붉은 눈물을 흘리기 시작했다. 조금 전과는 확연히 다른 강한 공격에 실혼인들이 본능적으로 몸을 뒤로 뺀다.

순간 무천일수가 이 장의 거리를 둔 채 실혼인의 가슴을 짓눌렀다.

동시에 전무심의 손이 기묘한 각도로 틀어졌다.

마치 회오리가 일듯 실혼인의 가슴이 비틀린다.

회자결(回字訣)이 가미된 무천일수다.

찰나,

콰지직!

그토록 강하기만 하던 실혼인의 가슴이 짓뭉개지며 뒤로 날아갔다.

"끄어어어……."

실혼인의 입에서 새어 나오는 괴이한 신음.

가슴이 뭉개진 실혼이 다시 몸을 일으킨다. 그러나 전과는 확연히 다른 움직임이다.

그걸 본 전무심의 천사지안이 싸늘한 광채를 발했다.

그때부터였다. 전무심은 중(重), 쾌(快)는 배제한 채 오직 회(回)만을 이용했다. 그것도 하나의 점에 집중해서 펼쳤다.

유리혈루에서 뻗어나간 거대한 백색 송곳이 실혼인의 가슴을 파고든 순간!

콰지직!

일검에 살점이, 뼈가 뭉개지며 사방으로 튀었다.

상대할 방법을 알아낸 이상 실혼인들은 더 이상 그의 상대가 아니었다.

그러나 철저히 머리를 보호하며 달려드는 그들의 공격에는 전무심조차 안심할 수가 없을 정도로 가공할 위력이 담겨 있었다.

무령풍이 아니었다면 실혼인들의 공격에 당했을지도 모를 정도였다.

전무심은 급한 마음을 버리고, 실혼인들을 하나씩, 하나씩 무너뜨렸다.

들끓던 마령이 더욱 기승을 부리지만 마령을 다스리는 것은 나중의 문제였다. 오히려 당장은 마령으로 인해 더욱 강력한 공격을 펼칠 수 있다는 것이 다행으로 생각될 정도였다.

그렇게 십여 초, 그토록 질기던 실혼인 넷이 철저히 무너져 다시는 일어나지 못했다.

서문조휘는 명왕대가 하나둘 무너져 가자 이를 악물었다.

명왕대가 전무심을 이겨주기를 바란 것은 아니었다. 그래도 전무심의 내력을 고갈시키는 데는 충분할 거라 생각했다.

그 정도만 되면 천마나 천왕이 충분히 상대할 수 있을 테니까.

처음에는 생각대로 되는 듯했다. 한데 십여 초가 지나기도 전에 하나둘 무너져 간다. 믿기 힘든 일이 눈앞에서 벌어지고 있는 것이다.

'제기랄! 저럴 줄 알았으면 정천무맹이나 천사단을 공격하라고 하는 것인데!'

천마와 천왕도 손발이 묶인 상태. 이대로 가면 전무심이 먼저 명왕대를 전멸시킬 듯했다.

게다가 천왕곡 쪽도 심상치 않았다. 사도무연이 이끄는 자들이 하나둘 모습을 드러내고 있었다. 천왕을 따르는 무리들과 천왕곡 내에서 자신의 명을 기다리던 수하들을 완전히 제압한 듯했다.

마음이 조급해진 서문조휘는 덤벼드는 두 명의 광인을 일장에 튕겨내고 빠져나갈 구멍을 살펴보았다.

한데 그때였다. 그의 마음을 눈치 챈 듯 유난히 말 한마디 없던 복면광인 하나가 그를 향해 두 손을 휘둘렀다.

"네놈은 반드시 이곳에서 죽는다!"

결코 자신의 아래가 아닌 가공할 무공을 지닌 복면광인의 공격에 서문조휘의 얼굴이 와락 일그러졌다.

비록 천마나 천왕에 비해 약하다지만, 그의 무공도 절대지경에 들어선 상태였다.

전무심과 천왕과 천마를 제외하면, 누구에게도 지고 싶은 마음이 없었다.

하물며 철천지원수처럼 달려드는 미치광이에게 지고 싶은 마음은 더더욱 없었다.

"미친놈! 내 네놈을 조각조각 잘라서 죽여주마!"

콰과광!

굉음이 일고, 주욱 물러선 서문조휘의 얼굴이 참담하게 일그러졌다.

놈의 내력이 결코 자신의 밑이 아니다. 게다가 어떻게 된 놈이 조금 전보다 더 강해진 것 같다.

은근히 오기가 솟았다.

"오냐, 이놈! 나도 네놈만큼은 반드시 죽이고 떠날 것이니라!"

그사이 전무심의 손에 일곱 번째 실혼인이 머리가 터지며 무너졌다.

천마와 천왕도 스무 명의 광인을 처참하게 죽이고 나머지 광인들을 향해 달려들었다.

가히 광란의 격전이었다.

그렇게 이십여 초가 흐르는 동안 다른 곳의 싸움이 거의 끝나갔다.

천사단과 정천무맹과 마존궁이 월등히 강해서가 아니었다.

때마침 천왕곡과 탈연곡을 단절시킨 진식이 열리고, 천왕을 따르던 자들과의 싸움에서 이긴 사도무연과 선우무혁과 영호승악이 나타난 것이다.

"나는 천왕가의 천왕정주 사도무연이라 한다! 천왕가의 사람들은, 형제를 죽이고 천왕위를 가로챈 사도궁조를 천왕으로 인정하지 않을 것이다!"

"우리 귀왕전도 사도궁조를 천왕으로 인정하지 않음을 무적천왕의 이름 앞에 천명하노라!"

"지옥전도 그를 천왕으로 인정하지 않을 것이다!"

선우무혁과 영호승악이 연이어 외치자, 사도무연이 천왕교의 무사들을 향해 일갈을 내질렀다.

"천왕교의 무사들은 모두 이곳으로 와 무기를 버리고 투항하라!"

그들의 외침은 천왕을 따르던 자들의 마지막 의지조차 꺾어버렸다.

백중지세를 이루던 싸움이 한쪽으로 기울기 시작한 것은 순식간이었다.

그렇게 일각이 지나기도 전이었다.

살기 위해 사도무연에게 달려가는 자가 나오기 시작했다.

하나둘, 그런 자들이 늘어나더니 나중에는 수십 명이 한꺼번에 사도무연이 있는 곳으로 달려가 무기를 내던졌다.

그렇다 해도 아직 오십여 명의 무영천혼위와 백여 명의 심복이 죽기를 각오하고 연합 세력에 대항했다.

콰광!

그때 굉음이 울리며 참담한 비명이 터져 나왔다.

"크어억!"

서문조휘의 비명이었다. 그의 가슴에는 복면광인의 손이 깊숙이 박혀 있었다.

"네, 네놈은?!"

"지옥으로 가거라, 서문조휘!"

복면광인의 손을 따라 서서히 딸려 나오는 서문조휘의 심장이 펄떡거리며 고동친다.

"이, 이놈! 네놈이 감히!"

그걸 본 서문유적이 노성을 내지르며 복면광인을 향해 날아갔다.

쩌저적!

그의 두 손이 휘둘러지자 묵빛 아수라가 복면광인을 향해 쏘아졌다.

묵빛 아수라가 막 복면광인의 머리를 덮치려는 순간이었다.

복면광인이 홱 손을 뿌려 서문조휘를 그에게 던졌다.

갑작스런 상황. 서문유적은 다급히 손을 틀었다. 하지만 그의 분노가 실린 일장은 너무도 강했다.

묵빛 아수라가 미처 방향을 완전히 틀기도 전.

퍽!

서문조휘의 머리 반쪽이 묵광의 아수라에 정통으로 가격당하며 허공에서 터져 나갔다.

"조, 조휘야!"

서문유적의 눈이 홉떠지고, 은발이 하늘로 솟구쳤다.

"찢어죽일 놈!"

서문유적은 한 손을 머리 위로 쳐든 채, 허공을 성큼성큼 걸어 복면광인에게 다가갔다. 그의 눈에선 혈광이 불길처럼 뿜어져 나왔다.

복면광인은 모든 힘이 다한 듯 주저앉아 있었다.

삼 장의 거리. 쳐든 그의 손바닥에서 시커먼 묵빛 아수라가 모습을 드러냈다.

일순간, 멈칫한 서문유적은 두어 걸음을 더 걸어갔다.

일장에 뭉개 죽이려던 생각이 바뀐 것이다.

그는 자신의 말대로 복면광인을 찢어 죽이고 싶었다.

팔다리를 찢고, 머리를 통째로 떼어내서 발로 밟아 터뜨려 버리고 싶었다.

"우흐흐흐흐! 세상에서 가장 처참하게 죽여주겠다!"

천마가 살소를 흘리며 복면광인을 죽이려는 사이, 전무심은 사도궁조를 향해 유리혈루를 뻗었다.

실혼인을 모두 죽이기 위해 전력을 다한 공격을 삼십여 번이나 펼쳐야 했다.

하지만 그 바람에 팔마령의 기운이 모두 튀어나온 상태였다.

이제 시간이 없었다.

그 기운이 전처럼 살기로 변하면 무슨 일이 벌어질지 아무도 모른다.

방법은 하나뿐.

살기가 자신의 정신을 지배하기 전에 천왕을 죽이고 이곳을 떠나야만 한다.

고오오오!!!

"사도궁조! 이제 끝을 내자!"

유리혈루에서 뿜어지는 기운이 전보다 훨씬 거세다.

은은한 칠채광이 사도궁조을 뒤덮어간다.

사도궁조는 아연한 눈으로 전무심을 뚫어지게 바라보았다.

"마, 맙소사! 대체 어떻게……!"

자신은 내력이 삼 할 이상 소진된 상태.

자신이 지친 만큼 전무심도 지쳤을 거라 생각했다. 상식대로
라면 당연히 그래야 맞았다.

그런데 저 괴물 같은 놈은 오히려 더욱 강해진 것 같지 않은
가!

무적천왕신공를 끌어올린 사도궁조의 안색이 흙빛으로 변했
다.

콰앙!

귀가 먹먹한 굉음!

"크윽!"

사도궁조의 몸이 주르륵 밀렸다.

동시에 두 번째 칠채광이 벼락처럼 떨어져 내린다.

사도궁조는 황급히 검을 들어 무적천검의 절대삼식을 연이어
펼쳤다.

콰과광!

사방 십 장이 들썩거리며 대지가 좌악 밀려났다.

"커어억!"

퍽!

뒤로 사정없이 튕겨진 사도궁조의 입에서 가느다란 핏줄기가
흘렀다.

한데 그것이 끝이 아니었다.

가공할 기운이 실린 칠채광이 눈앞에서 번쩍였다.

광기 서린 연환 공격은 사도궁조로 하여금 대항할 의지조차 말살시켜 버렸다.

검을 내려치는 사도궁조의 눈에 절망이 떠오른다.

퍼억!

이번에는 튕겨지지도, 밀려나지도 않았다.

대신 쩍 벌어진 사도궁조의 입에서 폭포수가 역류하듯 피분수가 뿜어졌다.

하지만 전무심도 무사하지만은 못했다. 마침내 팔마령의 기운이 폭주하기 시작한 것이다.

연환 공격으로 기운을 쏟아냈는데도 소용이 없다. 멈출 줄 모르고 피를 갈구하는 팔마령이다.

전무심은 이를 악물고 고개를 돌렸다.

천마 서문유적이 복면광인의 앞에 서 있는 것이 보였다.

순간이었다.

전무심의 좌수가 들리고, 좌수 중심에서 휘황한 빛이 번쩍였다. 팔마령의 힘이 실린 무천일수였다.

찰나! 복면광인을 향해 손을 뻗던 서문유적의 몸이 쑥 허공으로 빨릴 듯 올라갔다.

그래도 완전히 피하지는 못했는지, 그의 옆구리 쪽 옷자락이 가루가 되어 부스러졌다.

바로 그때!

아무런 힘도 쓸 수 없을 것 같았던 복면광인이 서문유적을 따라 빗살처럼 몸을 날렸다.

몸을 날리는 복면광인의 두 손은 검다 못해 묵빛으로 번들거렸는데, 그 크기가 평소의 두 배는 되어 보였다.

전무심의 공격에만 신경을 쓰고 있던 서문유적은 대경하며 몸을 틀었다. 그러나 복면광인이 마지막 힘을 모아 펼친 일수는 그에게 몸을 피할 여유를 주지 않았다.

콰직!

갈비뼈 부러지는 소리와 함께 서문유적의 몸이 허공으로 튕겨졌다.

"크억!"

서문유적은 그런 와중에도 아래쪽을 향해 손을 휘둘렀다.

그의 손에서 튀어나온 아수라가 복면광인의 가슴에 틀어박혔다.

퍽!

복면광인의 몸이 홀홀 날아가 핏구덩이 속에 떨어졌다.

바로 그 순간!

무령풍을 펼친 전무심이 서문유적의 머리 위로 날아올랐다.

전무심의 신형이 서문유적의 머리 위 삼 장 위에 도달했을 때다. 칠채광에 둘러싸인 유리혈루가 하늘과 땅을 가르며 떨어져 내렸다.

쩌어억!

그와 동시였다.

"같이 죽자, 이놈!"

서문유적이 발악하며 전무심을 향해 몸을 던졌다.

머리카락 하나의 차이.

천라건곤척의 검세에서 벗어난 서문유적이 전무심의 가슴을 향해 천마수를 펼쳤다.

피하기에는 늦은 상황. 전무심도 유리혈루를 앞으로 던져 내며 본능적으로 손을 뻗었다.

퍽!

찰나, 칠채광에 둘러싸인 유리혈루가 서문유적의 오른쪽 가슴을 관통했다.

그러나 극마지경에 달한 천고의 마인답게 서문유적은 가슴이 뚫리고도 속도를 늦추지 않았다.

순간!

천마수와 무천일수가 허공에서 엉켜들며 하나가 되어 들러붙었다.

동시에 서문유적의 입에서 광소가 터져 나왔다.

"크하하하! 몸을 터뜨려 죽여 버리겠다, 이놈!"

그는 적어도 본신 내공만큼은 자신이 앞서리라 생각했다.

전무심의 힘이 곧 구천마령의 힘이란 걸 아는 그였다. 그럼에도 자신이 있는 것은 구천마령의 약점을 알기 때문이었다.

칠채광이 떠오른 이상 여덟 번째 마령이 풀렸단 말. 조금만 충격을 주면 아홉 번째 천마령이 풀릴 것이고, 결국 단 한 번의 힘을 쓰고 나면 전신혈맥이 터져 죽을 것이 분명한 것이다.

전설이 말한 대로라면, 그 힘은 결코 인간의 육신으로 견딜 수 있는 것이 아니니까.

"우흐흐흐…… 이놈! 어디 천마령을 움직여 봐라!"

입을 열지 않았는데도 머릿속으로 서문유적의 목소리가 파고든다. 심령을 뒤흔드는 불길한 목소리.

한데 괴이했다. 서문유적이 구천마령을 아는 듯이 말한 게 벌써 두 번째다.

전무심은 살기가 충천한 상태에서도 입술을 깨물어 정신을 차렸다.

"그대가 어찌 구천마령을 아는 것이냐!"

"크크크, 어찌 아냐고? 너 같은 놈에게 절대천마의 진정한 힘이 담긴 전설의 구천마령침이 흘러들어 가다니! 진정 환장할 일이로다!"

절대천마(絶對天魔) 순우경천!

천이백 년 전의 절대자. 절대마조라 불리며 천마천을 열었던 고금제일마!

구천마령침에 불가사의한 힘을 담은 자가 바로 그란 말이었다.

하지만 어쨌든 상관없었다. 구천마령침을 누가 만들었든 문제는 그것이 아니었다.

서문유적의 천마수라기가 몸속으로 흘러들자 구천마령의 아홉 번째 마령인 천마령이 반응하기 시작한 것이다.

전무심은 천라혈왕공과 구전암황기를 전력으로 끌어올려 서문유적의 천마수라기를 밀어냈다.

서문유적도 사력을 다해 천마수라기를 밀어 넣었다.

그는 여차하면 선천진기까지 모조리 사용할 생각이었다. 어차피 죽이지 못하면 죽을 수밖에 없는 일. 전무심의 몸이 터져 죽어가는 꼴을 보고 싶은 것이다.

"천마수라기와 구천마령은 한 줄기, 너는 절대 벗어날 수 없다, 애송이!"

그의 말대로였다. 천라혈왕공과 구전암황기가 천마수라기를 밀어내려 해도 천마령이 천마수라기를 끌어당기고 있었다.

아직 본격적으로 움직이지 않았는데도, 그 힘은 나머지 팔마령이 모두 합친 것보다도 더 거셌다.

내부가 활활 타오르는 것만 같았다.

충천했던 살기조차 그 거대한 힘에 하얗게 재가 되어 타버리는 듯했다.

그러던 어느 순간이었다.

콰아아아아아!!

십 장 허공에 뜬 두 사람의 전신 모공에서 가공할 기운이 흘러나오기 시작하더니, 서서히 거대한 구체를 이루었다.

순간 얼굴이 시뻘겋게 달아오른 전무심의 가슴에서, 무색의 영롱한 광채가 청의를 뚫고 눈부시게 피어났다.

마침내, 천마령이 봉인을 뚫고 튀어나온 것이다!

"우아아아아!"

전무심의 입에서 청천벽력과 같은 괴성이 터져 나오고, 그의 전신에서 찬란한 홍채가 폭사되었다.

그와 동시였다.

"내 말이 들리면 고개를 끄덕여!"

전무심의 머릿속에서 벽력이 울리듯 누군가의 목소리가 울렸다.

누구의 목소리인지는 알지도 못했고, 알 것도 없었다.

전무심은 이를 악물고 고개를 끄덕였다.

그러자 목소리가 이어졌다.

"놈의 기운을 모조리 흡수해! 선천진기까지, 한 톨도 남기지 말고 흡수해서 천마령을 달래! 그것만이 네가 살 길이다!"

생각할 필요도 없었다. 전무심은 머릿속을 울리는 말이 끝나기도 전에 서문유적의 기운을 끌어당겼다.

탄(彈)이 흡(吸)으로 변한 것이다.

전무심의 전신이 재로 변해 사라지기만을 기다리던 서문유적의 표정이 괴이하게 일그러졌다. 그러나 그것도 잠시, 상황을 깨달은 그의 입에서 절망에 찬 절규가 터져 나왔다.

"아, 안 돼! 멈춰! 으아아아!!"

변화의 시초는 머리카락에서 시작되었다.

은발이 회색으로 변하더니 허공에서 가루처럼 흩어졌다.

뒤이어 그의 옷이 가루로 변해 사라지고, 육신이 먼지처럼 스르르 흩어지기 시작했다.

그리고 곧, 허공에는 전무심 혼자만이 남았다.

사람들은 가공할 광경에 넋을 잃었다.

전무심이 서서히 땅에 내려서는 데도 누구 하나 입을 열지 못했다.

거칠게 흘러나오던 숨소리도, 고통에 찬 신음도 거의 들리지 않았다.

그렇게 시간이 흘렀다.

탈연곡에 침묵이 내려앉은 지 일각이 지났을 즈음이었다.

바람이 조심스럽게 전무심의 머리카락을 흔들었다.

순간 전무심이 천천히 눈을 떴다.

'살았나?'

확실하지는 않았다. 구천마령의 저주를 이겨낸 것인지, 아니면 아직 위험이 잠재되어 있는 것인지.

그러나 봉인을 뚫고 뛰쳐나온 천마령이 잠잠해진 것만은 확실했다. 살기 또한 느껴지지 않았다.

어이가 없었다. 서문유적의 가공할 천마수라기가 스스로 제물이 되어 천마령을 진정시키다니.

'그런데 누구였지?'

뒤늦게 의문이 들었다.

아득한 정신을 일깨우던 목소리. 비록 울림이 심해 정확히 알아듣진 못했지만, 분명 어디선가 들어본 목소리였다.

'누군데 그런 사실을 알고 있었던 거지?'

자신과 서문유적의 무공을 알지 못하면 절대 할 수 없는 충고였다.

그때 문득, 전무심의 전신이 부들부들 떨렸다.

"유옥아! 손을 뻗어!"

"유옥아! 내 손을 꼭 잡아!"

또 다른 목소리가 들려온다.

오래전, 한수에서 절망에 처했을 때 들려오던 목소리.

전무심은 천천히 고개를 돌려 핏구덩이 속에 앉아 있는 복면광인을 바라보았다.

그가…… 거기에 있었다.

심장이 튀어나올 것처럼 두근거렸다.

스멀거리는 뭔가가 목구멍을 틀어막았다.

손발이 부들부들 떨려 발을 옮길 수가 없었다.

너였구나! 너였어!

'왜! 왜 네가 목숨을 내던져 천마와 함께 죽으려 했느냐! 네가 죽이려 했던 사람은 내가 아니었더냐!'

자신조차 섬뜩하게 만들었던 그 가공할 마기는 이미 온데간데없이 사라진 상태다.

찢겨진 복면 사이로 보이는 고요히 가라앉은 눈빛.

시뻘건 입에서 피거품이 흘러나와 복면을 적시는데도 그의 눈은 웃고만 있다.

'웃지 마라! 제발 웃지 마라, 백리군악!'

"의외인가?"

그가, 백리군악이 묻는다. 입을 달싹이자 피거품이 튀어 가슴으로 흘러내린다.

전무심은 대답을 하지 못했다.

"그렇게 보지 마라. 네가 그렇게 본다고 해서 내 얼굴이 바뀌는 것도 아니니까."

한참만에야 힘들게 그의 입이 열렸다.

"왜… 왜 그랬지?"

그를 죽이려 한 것을 묻는 걸까? 아니면 왜 스스로 죽음을 택했냐고 묻는 걸까.

스스로도 알 수가 없다.

절대 불변하리라 생각했던 마음이 너무도 쉽게 흔들린다.

"말해봐라, 나를 설득시켜 봐."

"쿨룩!"

그때 백리군악의 입에서 한 움큼의 핏덩이가 쏟아져 나왔다. 그 속에는 자잘하게 잘린 내장 조각도 섞여 있었다.

하지만 고개를 든 백리군악은 쓱 입을 닦고 전무심, 아니, 그에게는 언제나 천유옥인 친구를 직시했다.

"유옥, 황경이 약 하나는 제대로 만든 것 같다. 내장이 조각났는데도 이렇게 멀쩡하다니 말이야. 후후후후……."

결코 멀쩡하지 않다. 초인적인 인내심으로 극한의 고통을 참고 있을 뿐. 그래도 쓰러지지 않은 것만큼은 인정하지 않을 수 없었다.

하지만 전무심, 천유옥은 다른 이유로 놀라지 않을 수 없었다.

"그럼 네가……?!"

"처음에는 일이 끝나면 다른 사람의 중독을 풀어주려고 했지. 그런데 의외더군. 중화제가 환락단으로 만든 광혼단의 광기를 막을 수 있지 뭔가. 해서 내가 직접 사용하기로 했지."

말이 길어질수록 그의 입에서 흘러나오는 피의 양도 많아졌다.

한데 그때였다.

"가가!"

여인의 처절한 울부짖음이 천왕곡 쪽에서 들려왔다.

고개를 돌리는 백리군악의 얼굴이 처절하게 일그러졌다.

"오지 말라 했거늘……."

천유옥도 소리가 나는 곳을 바라보았다.

한 여인이 날 듯이 뛰어오고 있었다.

천유옥도 아는 여인. 선우소소, 그녀였다.

그녀는 순식간에 천유옥과 백리군악 앞에 도착하더니, 묵묵히 서 있는 천유옥은 아랑곳하지 않고 백리군악의 앞에 주저앉았다.

"가가! 안 돼요! 돌아가시면 안 돼요, 가가!"

일순간 천유옥의 눈빛이 파르르 떨렸다.

선우소소의 품속에 안겨 있는 아이 하나. 그 아이가 누군지 아는 것은 그리 어렵지 않은 일이었다.

'닮았군.'

자신의 짐작이 틀리지 않은 듯 선우소소는 품속에 안고 있던 아이를 핏물 위에 앉아 있는 백리군악에게 내밀었다.

"운범이를 봐서라도 살아야 해요. 살아야 한다구요!"

백리군악의 눈이 천천히 아이를 향했다. 신기하게도 아이는 울지 않고 있었다.

'살고 싶다. 정말 살고 싶다, 운범아. 하지만… 이 못난 아버지는 살 수가 없단다. 너무나 큰 잘못을 저질렀거든.'

그때 운범이가 손을 뻗었다.

"아브지, 우지 마."

"그, 그래."

"우믄 바브라고 해짜나……."

"안 운다니까? 암, 아버지가 누군데 운단 말이냐?"

백리군악은 핏물이 흘러나오는 입을 가리고 눈에 힘을 주었다.

점점 흐릿해져 가는 눈이 원망스럽기만 했다. 힘이 없는 두 팔이 야속하기만 했다.

한 번이라도 더 보고 싶은데, 한 번이라도 안아보고 싶은데……

팔 년 전, 진실된 내막을 알게 된 이후 처음으로 후회가 되었다.

'내가 잘못한 걸까?'

그럴지도 몰랐다. 아니, 그럴 것이다. 이미 지난 일이라 후회해도 소용없는 일이지만.

백리군악은 힘겹게 눈을 들어 선우소소에게 눈짓을 했다.

턱을 바들바들 떨며 아이를 품에 안는 선우소소다.

그제야 백리군악은 천유옥을 바라보았다.

"우연히… 천기원의 밀실에 있는 오래된 보고서를 훑어보다 이상한 것을 발견했다. 크크크, 한 사람의 죽음에 얽힌 것이었지. 바로 내 아버지의 죽음에 대한 것 말이야. 그리고 알게 되었지. 누가, 왜 내 아버지를 죽였는지."

"그럼 네 아버지를 죽인 사람이 천기원주가 아니었단 말이냐?"

백리군악이 웅얼거리듯 말했다.

"맞아. 서문조휘, 바로 내 외숙부가 천왕령주인 사도궁조를 부추겨 아버지를 죽였더군. 그것도 아버지가 천외비각의 위험성을 알리고 해체시켜야 한다는 보고서를 올렸다는 것 때문에.

교묘하게 차도살인의 방법을 써서. 다른 사람들은 모두 백리진 양이 죽인 것으로 알고 있었지만……."

"그런데 왜 백리가의 사람들을 죽여가며 이용했지? 그들과 힘을 합쳤으면 더 쉬웠을 것이 아니냐?"

"쉬웠을 거라고? 크크크크, 그들 중 반이 서문조휘의 사람인데도? 그가 천외비각의 힘을 얻었는데도 말이냐?"

선혈이 점점 선홍빛을 띠고 있었다. 잘린 내장 조각도 점점 더 많이 섞여 나왔다.

죽음이 가까워지고 있다는 말이다.

"너무 강해서… 자멸시키지 않고는 무너뜨릴 수가 없겠다는 생각이 들었지. 한데 놈들이 강호를 욕심내더군. 잘되었다 싶었지. 나 자신을, 너를, 많은 사람들을 이용하면 놈들을 무너뜨리는 게 훨씬 쉬워질 테니까."

천천히 고개를 드는 백리군악이다.

천유옥은 왠지 백리군악의 눈빛이 맑게 느껴졌다.

"나를… 네 손으로 죽여다오, 유옥. 꼭… 네 손에 죽고 싶었다, 나는……."

"이, 이 빌어먹을 놈!"

바로 그때였다.

두 다리가 잘린 광인 하나가 복면을 벗어 던지고 울부짖으며 기어왔다.

비록 많이 변했지만, 천유옥은 그가 누군지 알아볼 수 있었다.

자신과 함께 지옥십관을 함께 했던 공오, 바로 그였다.

"그분을 용서해 주시오! 당신은 그분을 용서해 주서야 합니다! 풍백의 죽음 때문에 한이 맺혔다 해도, 당신은 그분을 용서해 주서야 합니다, 암천혈왕! 제발, 마지막 길이나마 편안히 갈 수 있도록, 그분을 용서한다고 말해주시오!"

천유옥의 고개가 홱 돌아갔다.

"공오! 말해봐라! 왜 내가 군악이를 용서해야 하는지!"

공오가 무릎에서 잘려 나간 두 다리를 끌고 천유옥에게 다가왔다. 그의 뒤로 길게 붉은 선이 두 줄기 그어졌다.

"그분이 아니었다면, 당신은 확실하게 죽었을 것이라는 것이 첫 번째 이윱니다."

"자세히 말해봐라!"

"천왕과 헌원무강이 당신을 직접 죽이려 했으면, 당신은 절대 빠져나가지 못했을 겁니다."

그랬을지도 몰랐다. 하지만 그것은 추측일 뿐이었다.

"다른 이유를 대봐!"

"두 번째 이유는, 주군이 아니었다면, 당신은 몰라도 천사단은 모두 죽었을 것이기 때문입니다."

아슬아슬하게 위기를 넘긴 것이 몇 번 있었다. 그럼 그것이 백리군악 때문이라는 말인가?

하지만 그것도 자신이 구천마령의 힘을 더 끌어냈다면 넘길 수 있는 위기일 수도 있었다.

"또 다른 이유는 없는가?!"

"세 번째 이유는…… 주군은 당신이 천가장의 핏줄임을 알고 있었으면서도 결코 이용하려 하지 않았다는 것입니다."

알고 있었으면서도 그냥 놔두었다는 말.

'하긴 좀 이상하긴 했지.'

"더! 더 없나?!"

공오가 왈칵 눈물을 쏟아내며 악을 쓰듯 외쳤다.

"천동쌍마가 왜 금강대환단을 지니고 있었는지 아십니까?! 왜 그걸 복용하지 않고 당신에게 찾아갔는지 그 이유를 아십니까? 주군께선 당신이 그걸 얻기를 바랐지요! 행여 위기가 닥치면 그만한 성약이 없으니까! 그걸 가지고 있으면, 적어도 한 번은 목숨을 구할 수 있을 테니까!"

그러더니 갑자기 눈을 치켜뜨고 바락바락 소리쳤다.

"이 멍청한 사람아! 주군이 아니었으면 당신은 죽어도 몇 번을 죽었을 거다! 하은설이 실수해서 당신이 죽지 않은 줄 알아?! 추적을 할 줄 몰라서 풍백을 살려 보낸 줄 알아?! 뭘 알고나 주군을 욕해! 천유옥, 이 멍청한 사람아!"

줄줄 흐르는 눈물이 피와 섞여 가슴을 적셨다.

그런데도 공오는 멈추지 않고 자신의 심경을 쏟아냈다.

"너는 군악이를 용서해야 돼. 정말이야, 유옥! 아니면 너는 평생을 후회하며 살게 될 거다."

후회할 거라고?

미친놈! 멍청한 놈!

천유옥은 벌겋게 달아오른 얼굴로 공오를 뚫어지게 바라보았다.

미칠 것 같았다!

대체 뭐가 진실이란 말인가!

분노가 치밀어 멱살이라도 잡고 외치고 싶었다.

"멍청한 놈! 진짜 멍청한 놈은 내가 아니라 군악이와 너다! 이 자식들아! 왜! 왜 나에게 사실을 말하지 않은 것이냐!"

그때다. 백리군악의 입이 파르르 떨리며 열렸다.

"쿨룩! 비밀은 한 사람이라도 적게 아는 것이 나은 것이다, 유옥."

"빌어먹을 놈! 그걸 말이라고 하는 거냐!"

"그만큼 두려웠거든. 아니면 일 할의 가능성도 보이지 않았으니까. 그리고 덕분에 네가 더 강해졌지. 크크크, 쿨룩, 쿨룩!"

"미친놈! 세상은 네 생각처럼 만만한 곳이 아니다! 너는 그걸 알았어야 했어! 알았다면 이렇게 멍청한 방법을 쓰지 않아도 되었을 것이다, 이 멍청한 놈아!"

"그래…… 어쩌면 그래야 했을지도…….."

목소리가 잦아드는 백리군악이다.

힘이 없는지 감겨지는 눈꺼풀이 잠자리 날갯짓처럼 파르르 떨린다.

어느새 천유옥의 뒤로는 삼십여 명의 사람이 늘어서 있었다.

천사단, 정천무맹, 마존궁을 이끄는 그들은 아무 말도 못하고 석상처럼 굳어버렸다.

백리군악이 광인들을 이끌고 천마와 천왕을 막지 않았다면, 이곳에서 얼마나 많은 사람이 죽었을지 아무도 몰랐다.

한데 오늘뿐이 아니라지 않는가.

천왕과 천외비각을 교묘히 이용해 그들의 힘을 약화시킨 것이 백리군악이라지 않는가.

그가 아니었다면 천하가 피로 뒤덮였을 거라지 않는가 말이다!

비록 수많은 사람이 그에게 이용당하고 죽었다지만, 누가 지금에 와서 그에게 돌을 던질 수 있을까!

그때 사진옥이 용기를 내어 입을 열었다.

"대형! 용서를……."

"대형… 군악이를……."

고후명과 상유상과 예종도 같은 마음인 듯하다.

이를 지그시 앙다문 천유옥이 홱 몸을 돌렸다.

"대형!"

"단주!"

"유옥!"

선우진진과 척우진과 천사단의 모두가 간절한 눈으로 천유옥을 바라보았다.

천유옥이 그들을 향해 빽, 고함을 질렀다.

"멍청하긴! 친구 간에 용서가 어디 있어! 그냥 이해하면 되지!"

"……"

아무도 입을 열지 않았다. 그저 멍하니 천유옥을 바라보기만 했다.

그때다.

"가가! 가가!"

선우소소의 비명 같은 절규가 절곡을 울렸다.

천유옥은 석양이 서산으로 넘어가는 것보다 더 느릿하게 고개를 돌렸다.

잘린 다리로 꿇어앉아 있는 공오의 뺨에 두 줄기 눈물이 흐른다.

절규하는 선우소소의 어깨가 파도치듯 들썩인다.

"가가! 눈을 떠봐요! 제발!!"

그가 죽었다. 백리군악, 그가.

천하를 뒤흔든 천왕교의 제군이!

내 친구, 한때는 내 모든 것을 줄 수 있다 생각했던 군악이가!

갑자기 온몸이 오들오들 떨린다. 주체할 수 없는 격정에 산산이 가루로 부서진 몸이 허공으로 떠다니는 것만 같다.

악이라도 쓰고 싶은데 입이 벌어지지 않는다.

'군악아! 군악아!! 네가 정말로 죽었단 말이냐!'

덜덜 떨리는 턱을 어찌나 악물었는지 이가 부서질 것 같다.

한데 그런 자신에 비해 군악이는 너무나 평온해 보인다. 마치 자신이 당연히 용서할 거라는 걸 알고 있었다는 듯한 표정이다.

'네가 나를 구하기 위해 한수에 뛰어든 이후 나는 너를 위해 무엇이든 하겠다고 결심했었지. 아니, 어쩌면…… '나는 군악이라고 해! 우리 친구 할까?' 그때부터였는지도 모르겠다. 그런데도 칼 좀 맞았다고, 쓰디쓴 독 좀 먹었다고 그걸 잊고 너를 원망하다니. 멍청한 놈! 나는 정말 멍청한 놈이다! 네가 한낱 욕심 때문에 나를 해치려고 하지는 않았을 거라는 걸 어떻게, 어떻게 모를 수가 있단 말이냐!'

의부는 웃으며 돌아가셨다.

일어났을 때 자신이 슬퍼할까 봐. 당신이 자식을 구했다는 마음에 기뻐서.

원망 한 점 없던 그 표정이 눈에 선하다.

'의부는 너의 마음을 짐작하고 계셨을지도 모르겠다. 처음부터 내가 당할지 모른다는 것도 알고 계셨던 분이니까.'

확실한 것은 아무것도 없었다. 그러나 의부의 표정을 떠올리면 그랬을지 모른다는 생각이 드는 천유옥이었다.

'내가 멍청했다면…… 나에게 말하지 않은 너는 나쁜 놈이다, 군악!'

백리군악의 숨이 끊어진지 일각.

석양이 화톳불처럼 타오른다.

마치 하늘로 올라가려는 혼백을 인도하는 듯하다.

선우소소의 오열하는 소리가 점차 잦아들 즈음, 천유옥이 천천히 몸을 돌렸다.

모두가 그의 입에서 어떤 말이 나올지를 기다렸다.

"여기서 끝냅시다."

그의 입이 열리고 딱 두 마디가 튀어나왔다.

연합 세력의 고수들 중 살아남은 자들은 모두 사백여 명. 누구도 더 싸우고 싶은 사람은 없었다. 복수해야 한다는 생각조차 잊은 듯했다.

허경 진인이 창백한 표정으로 입을 열었다.

"다시는 천왕교가 강호에 나오지 않는다는 것을, 단주의 이름으로 확언해 주게나."

"좋습니다. 대신 정천무맹도 약속을 지켜주시기 바랍니다."

"물론이네. 우리도 다시는 이런 싸움을 하고 싶지 않다네."

어스름이 밀려온다.

시신과 부상자를 챙긴 정천무맹이 먼저 발길을 돌렸다. 이어서 미련이 잔뜩 남은 눈으로 천유옥을 바라본 사문천이 마존궁의 세력을 이끌고 탈연곡을 빠져나갔다.

그 이후에야 백리군악의 시신이 천기원으로 옮겨졌다. 천왕과 천외비각을 제거하기 위해 백리군악과 손을 잡았던 자들이 그의 시신을 호위했다.

선우진진이 탈진한 선우소소와 칭얼대는 아이를 안아 들고 그 뒤를 따라갔다.

백리군악이 천기원 안으로 완전히 사라지자, 천유옥은 잠시 다녀올 곳이 있다며 홀로 걸음을 옮겼다.

천사단의 누구도 그가 어디를 가는지 묻지 않았다. 굳이 물을 필요가 없었다. 그가 천왕곡 안에서 갈 곳은 패왕전과 석심장, 단 두 곳에 불과했으니까.

설령 모르는 자도 묻지 않았다. 어깨에 만 근 바위가 올려진 것처럼 보이는 그에게 무슨 말을 걸 수 있을까.

"미안하네."

하천광의 목소리가 떨려 나왔다.

"알고 계셨습니까?"

"얼마 전에야 알았네. 자네를 봤다는 말을 하고 나서야 들었지."

"군악이가 그러더군요. 설아는 저를 살리기 위해서 그랬다고."

"그 아이도 그러더군. 하지만 그렇다고 해서 잘못이 사라지는 것은 아니라네."

천유옥은 말없이 듣기만 했다.

"머리를 깎고 비구니가 되겠다더군. 백리군악의 여동생처럼."

여동생이라면, 청아?

그녀가 비구니가 되려 한단 말인가?

"청아가 왜……?"

"자네를 해친 백리군악을 무척이나 원망했었는데, 백리군악이 천왕곡을 나가자마자 머리를 깎고 천왕사에 딸린 암자로 들어갔다네."

'군악아, 너는 너무도 많은 사람에게 시련을 안겨주었구나.'

자신으로 인해 겪었을 고통만 해도 그러하거늘, 앞으로 겪을 오빠를 오해했다는 절망의 고통은 또 어떠할 것인가.

'나는 부처를 잘 모른다만 부처라도 너의 마음을 치유해 줬으면 좋겠구나, 청아야.'

안쓰러웠지만, 지금 자신으로서는 그녀를 위로해 줄 어떤 방법도 없었다.

천유옥은 안타까운 마음을 접고 하천광을 바라보았다.

"설아는 어디 있습니까?"

하은설의 방은 닫혀 있었다.

"안 열면 부술 거다."

하지만 천유옥의 당장이라도 부술 것 같은 목소리에 문이 열렸다.

하은설의 얼굴은 홀쭉하니 야위어 있었다. 묵묵히 그녀를 바라보던 천유옥이 불쑥 말했다.

"군악이의 장례가 끝나면 함께 가자."

"어디로……."

"내 집으로. 나도 이제 집이 생겼거든."

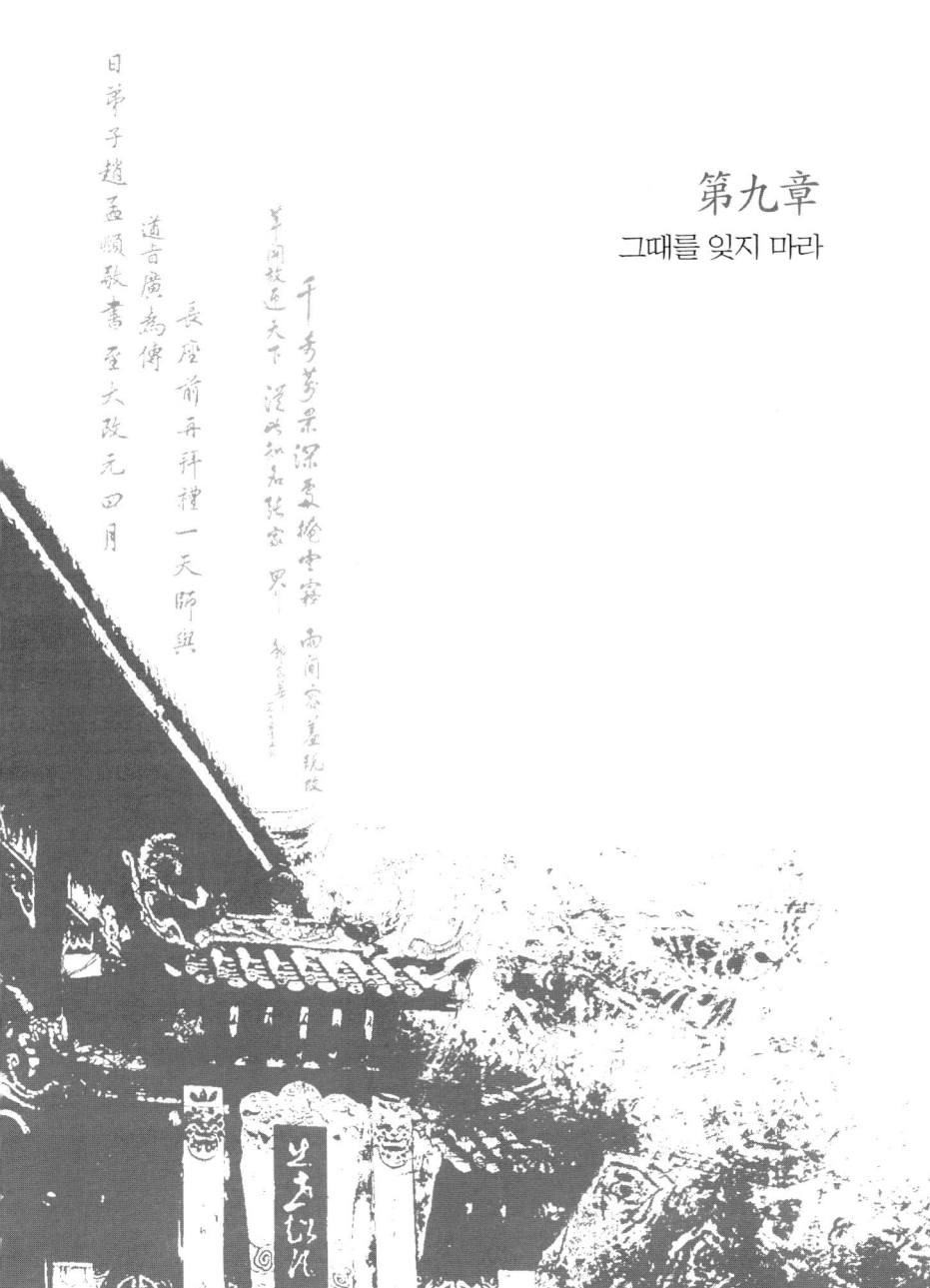

第九章
그때를 잊지 마라

死星天血

1

한수를 건너자 제갈경으로부터 소식이 전해졌다. 마침내 혈곡이 정천무맹의 대대적인 공격에 무너졌다는 것이었다.

상남 쪽으로 가려던 천유옥은 장안으로 방향을 꺾었다.

그리고 이틀 후.

은천비원의 사람들이 빠진 천사단이 장안으로 들어섰다.

천유옥은 천가장의 정문이 보이자 걱정이 앞섰다.

쓸데없는 걱정이란 걸 알면서도 하지 않을 수 없었다. 버젓하니 여자까지 데리고 가는 판이 아닌가. 그나마 선우진진이 천왕교의 일을 매듭짓고 온다며 함께 오지 않은 게 다행이었다.

'후우, 하는 수 없지. 일단 부딪쳐 보는 수밖에.'

그날도 정문은 왕이가 직접 관리하고 있었다. 왕이는 멀리서 다가오는 수십 명의 사람을 보더니 눈을 휘둥그렇게 떴다.

"저, 저게 누구야?"

옆에서 이제 갓 정문위사가 된 스무 살짜리 신입이 고개를 내밀고 물었다.

"누군데 그러십니까, 위사장님?"

하지만 왕이는 그의 질문에 대답할 정신이 없었다. 그는 부리나케 안으로 뛰어가며 목이 터져라 외쳤다.

"전 공자님이 오신다!!"

천유옥은 장원 안으로 들어가자마자 후원으로 바로 향했다. 일행들은 별원으로 보내고 하은설만 대동한 채.

그러고는 곧장 후원의 전각으로 들어가, 보따리에서 족자 형태로 만들어둔 어머니의 초상을 꺼내 조심스럽게 폈다.

가만히 바라보고만 있던 하은설은 여인의 초상이 천유옥을 닮은 걸 알고 눈을 조금 크게 떴다.

여인의 육감으로 뭔가를 깨달은 것이다.

'어머닌가?'

그때 문이 열리고 천소령과 천수경이 들어왔다.

천소령은 하은설을 힐끔거리며 천유옥에게 다가갔다.

'그동안 이분 때문에 나를 멀리하려 한 걸까?'

아무래도 그런 것 같았다.

하지만 그녀의 표정은 여전히 밝았다. 그녀에겐 전무심이 돌아온 것이 중요하지, 여자를 데려왔다는 것은 그리 문제가 되지 않았다. 이미 소미하란 때부터 그러려니 했었으니까.

천소령이 밝은 목소리로 물었다.

"전 공자, 왜 이곳부터 오신 거예요?"

천유옥은 아무런 대답도 없이 어머니의 초상화를 잡고 천천히 일어서서는, 아버지의 초상화 옆에다 걸었다.

의아한 듯 천소령이 물었다.

"그분은 누구세요?"

바로 그때였다.

"그, 그, 그건……! 그걸 어떻게 자네가?"

천수경이 더듬거리며 초상화를 뚫어지게 바라보았다.

아마도 초상화의 주인을 알아본 듯했다.

천유옥은 떠나기 전 유종원에게 부탁해 만들어두었던 고리에 초상화를 걸고 천천히 돌아섰다.

창백해진 천수경의 눈꺼풀이 중풍이라도 걸린 듯 떨리고 있었다.

"제 어머닙니다."

순간 천수경의 눈이 부릅떠졌다.

천유옥이 무심한 목소리로 말을 이었다.

"전무심이라는 이름 외에도, 저에게는 또 다른 이름이 있습니다. 유옥, 천유옥이라는 이름이죠."

천수경이 휘청거리며 금방이라도 주저앉을 것처럼 흔들렸다.

"앞으로 어머니를 아버지 옆에다 모시려 합니다. 허락해 주셨으면 합니다."

"어떻게… 어떻게 그런……."

그런 천수경의 모습에 당황한 것은 천소령이었다.

"하, 할아버지, 왜 그러시는 거……. 전 공자, 대체 무슨 말이에요?"

그녀가 무슨 잘못이 있을까?

천유옥은 착잡한 표정으로 천소령을 바라보았다. 천수경을 바라볼 때와는 또 다른 눈빛이었다.

"미안하다. 전무심이 나의 이름이기도 하지만, 천유옥 또한 나의 이름이다. 나를 낳아주신 분이 천유명이라는 분이니까."

천유명.

천소령도 알고 있는 이름이다. 바로 이 방의 전 주인이 아니던가.

"그, 그럼… 전 공자가 바로……?"

그제야 확실한 사정을 안 듯 천소령의 눈이 튀어나올 듯이 커졌다.

너무 큰 충격에 뒤로 쓰러질 것 같은 모습. 천유옥은 그녀를 안정시키기 위해 다급히 입을 열었다.

"그래, 그래서 내가 너를 받아들일 수 없었던 거다."

천소령의 두 눈에 그렁그렁 눈물이 맺혔다.

"너에겐 정말 미안하다. 미리 말을 못해줘서."

"아니, 아니에요."

천소령이 눈물을 훔치며 도리질을 했다.

얼마나 가슴이 아팠기에 태어나 처음 본 가족에게도 아는 체를 하지 않았을까?

할아버지를 볼 때마다 새카맣게 가슴이 타 들어갔을 텐데, 그

처절한 고통을 어떻게 삭였을까?

마치 천유옥의 아픔이 그대로 전해오는 것만 같은 그녀였다.

"잘 오셨어요. 정말… 잘 오셨어요."

"고맙… 다, 소령."

고마운 한편으로는, 자신을 이해해 주는 천소령에게 미안한 마음만 더해진다. 천유옥은 그 모든 원인을 제공한 천수경이 더욱 야속하기만 했다.

"아버지는 돌아가시기 전, 세 살짜리 저에게 절대 장안으로 돌아가지 말라고 하셨지요. 위험하다고 하시면서요. 무슨 말씀인지 아시겠습니까?"

처연한 표정을 짓고 있던 천수경이 힘없이 고개를 끄덕였다.

그가 왜 모를까.

손자를 죽이려 했던 사람이 바로 자신이거늘.

"…미안하구나. 너에게도, 네 아비에게도. 내 입이 열 개라 한들 무슨 말을 할 수 있겠느냐?"

노안에서 굵은 눈물이 방울지더니 주름 사이를 흐른다.

턱에 다시 맺혔다 뚝뚝 떨어지는 눈물이 가슴의 옷자락을 적신다.

천유옥은 차마 더 다그치지 못하고 고개를 돌렸다. 보고 있으면 자신의 눈에서도 눈물이 흐를 것 같았다.

"당분간 이 방은 제가 사용하겠습니다."

"그렇게… 하도록 해라."

천수경은 하염없이 천유옥을 바라보고는, 천유옥이 고개를 돌리지 않자 축 처진 어깨를 돌렸다.

더 많은 이야기를 듣고 싶었다.

자신의 손자가 살아 있다니! 이게 꿈인가, 생신가!

'그래서 눈빛이 그리도 비슷한 것이었어!'

하지만 아직 말할 준비가 되지 않은 듯 보였다. 시간이 좀 더 있어야 할 듯했다.

"소령아, 우리 나중에 다시 오자꾸나."

천소령은 천유옥의 넓은 등을 바라보며 고개를 끄덕였다.

"예, 할아버지."

한데 방문을 열고 나가려던 천수경이 멈칫했다.

"내 미처 말하지 못했다만, 네가 잘못 알고 있는 것이 하나 있다."

그 말을 외면하지 못한 천유옥이 고개를 돌리자 천수경이 말을 이었다.

"너흰 친남매가 아니다."

"……"

"소령이는 오래전에 죽은 내 친구의 손녀란다. 내가 혼자서 지내는 것을 보고 그 친구가 죽기 전에 나에게 보낸 것이지. 아무래도 이제는 '문인'이라는 성을 찾아줘야 할 것 같구나."

천유옥은 굳은 눈으로 천소령을 바라보았다.

배시시, 웃는 그녀의 표정이 더없이 밝다.

눈가에 매달린 눈물도, 활짝 핀 꽃송이에 맺힌 이슬처럼 보인다.

'이, 이런! 정말이군.'

아버지는 외아들이라 했었다. 그걸 알았으면서도, 천가의 가족사를 억지로 외면한 자신의 잘못이었다.

한 번만 물어봤어도 알았을 일이 아닌가 말이다.

"쉬세요, 천 공자."

천소령, 아니, 문인소령이 활짝 웃으며 문을 닫는다.

방문이 닫힐 때까지 천유옥의 눈은 움직이지를 못했다.

그때 뒤로 다가온 하은설이 물었다.

"남매라면서요? 정말 몰랐어요?"

조금, 아주 조금 기가 살아난 목소리였다.

2

사천 강호의 형세가 급변했다.

천왕교의 무사들이 빠져나간 신마성은 사천무련의 상대가 되지 못했다.

단 보름 사이, 신마성은 예전의 성세를 잃고, 총단이 있는 보광에서 배수진을 친 채 사천무련과 대치했다.

그러던 차에 소문이 돌았다.

—천사혈왕 전무심이 신마성을 치기 위해 사천으로 향했다!

소문은 곧 사실임이 드러났다.

칠월의 햇살에 피부가 지글거리며 타 들어갈 무렵, 천유옥이 천사단의 단원 이십 명과 이제는 무화단이 된 흑화령의 사람들을 대동한 채 사천성 성도에 나타난 것이다.

한데 그들이 성도의 성문을 나서 보광의 신마성 총단으로 떠나기도 전에 한 가지 소식이 전해졌다.

환우신마 회천양과 신마성의 삼백 무사가 운남으로 도주했다는 것이었다.

그들이 운남으로 갔다면 백은궁이 위험할지도 모르는 일.

궁사한과 소미하란이 이별을 고했다.

"아무래도 저희들이 가봐야 할 것 같습니다, 대형."

하지만 천유옥은 둘만 떠나게 놔두지 않았다.

"일단 비룡표국에 들렀다 같이 떠나지. 매듭을 지어야 뒤탈이 없을 테니까."

사진옥도 한마디 거들었다.

"명색이 천사칠성인데, 어찌 둘만 간다고 합니까?"

궁사한이 조용히 웃었다.

"고맙네, 진옥."

"고맙기는요. 어차피 궁 형님하고 소 누님 혼인식에 참석해야 하지 않겠습니까?"

"어? 어, 그, 그건 그렇지……."

궁사한과 소미하란의 얼굴이 붉게 달아올랐다.

천유옥은 곧바로 비룡표국으로 향했다.

표국주 송만상이 안절부절못하며 그들을 환대했지만, 천유옥은 무심한 표정으로 추영산과 수경상만 만났다.

한 팔을 잃은 유강이는 이미 비룡표국을 떠나 보이지 않았다.

"좋아 보이는군요."

"다 전 대협 덕분이외다. 전 대협과 함께 혈로를 걸었는데 누가 감히 무시하겠소이까?"

추영산은 밝은 표정이었다.

"그 덕에 보수도 더 많이 받아요."

수경상도 수줍게 웃었다.

"유강이는?"

천유옥이 유강이에 대해 묻자 수경상이 대답했다.

"유강이는 그때 돌아가신 분들의 가족과 함께 작은 음식점을 차렸어요. 전 대협께서 주시고 간 돈을 전부 투자했지요. 장사가 잘된다면서 이대로면 삼 년 안에 큰 객잔을 살 수 있겠다고 했어요."

"덕분에 저희도 돈 좀 벌게 생겼습니다. 마누라 얼굴도 활짝 펴졌고 말입니다. 하, 하, 하."

겸연쩍게 웃는 추영산이다.

두 사람의 표정이 밝은 걸 보니 천유옥도 기분이 조금은 나아졌다.

"그럼 운남으로 가기 전에 유강이의 집에 가서 식사나 해야겠군요."

유강이는 한참을 울고 나서야 빙그레 웃었다.

"잘 지내고 있다니 다행이군."

"많은 분들이 도와주셔서 잘되고 있습니다, 무심 형님."

이들에게는 여전히 전무심이었다. 하긴 전무심도 그의 이름임은 분명했다.

"흠. 어디 잘나가는 집, 음식 맛 좀 볼까?"

유강이 밝게 웃었다.

"조금만 기다리십시오. 곧 저희 은정루(恩情樓)가 자랑하는 요리를 대령하겠습니다!"

잠시 후, 탁자 위에 요리가 가득 찼다.

그때 일행에 앞서 신마성의 총단을 조사하러 떠났던 비곡상이 돌아왔다.

대령주 한무중이 물었다.

"언제 떠난 것 같더냐?"

"뒷간을 살펴보니 떠난 지 이틀이 넘은 것 같습니다."

화운곡이 입술을 씹으며 아쉬운 듯 다시 물었다.

"확시해?"

비곡상이 자신있게 말했다.

"가장 최근 것을 찍어서 확인해 봤는데, 맛이 적당히 신 걸 보니 확실합니다."

"제기랄! 귀시가치 아고 내빼군."

모락모락 김이 올라오는 음식은 보기만 해도 군침이 흘렀다.

하지만 식사에 열중한 사람은 전무심과 무화단의 사람들뿐, 다른 사람들은 젓가락으로 깨작깨작 음식만 뒤집었다.

전무심이 젓가락을 놀리며 무심한 표정으로 입을 열었다.

"박쥐 요리 시켜줄까?"

사진옥과 고후명, 상유상이 흠칫 얼굴을 붉히며 음식을 집어 들었다.

그들을 향해 전무심이 말했다.

"그때를 잊지 마라."

보름 후, 환우신마 희천양은 백은궁에 들어가 보지도 못하고 곤명 입구에서 목이 떨어졌다.

그리고 석 달 후, 천가장에서 떠들썩하니 잔치가 벌어졌는데, 그날 저녁 해가 지자마자 한 가지 이야기로 장안이 시끌벅적해졌다.

"그럼 남매끼리 혼인한 건가?"

"남매가 아니라 원래 양손녀였대."

"신랑 동생이라던가? 덩치 큰 사람이 그러는데, 다른 신부에게는 남매라고 속이고 데려왔다고 하더군."

"잘못하면 꽉 잡혀 살겠군."

"에이, 설마. 천하제일인이 여자에게 잡혀 살겠어?"

"사는 게 다 그렇지 뭐. 천하제일인이 별거여?"

〈終〉

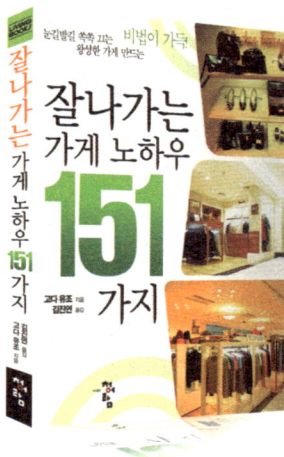

입소문을 통해 아는 분은 다 알고 계십니다!
올 한해 공인중개사 최고의 화제작!

1-2권 합본 | 이용훈 지음
3-4권 합본 | 이용훈 지음
5-6권 합본 | 이용훈 지음
용어해설 | 이용훈 지음

수험생 기본 필독서
만화 공인중개사

제목 : 만화공인중개사 쓰신 분에게 감사드립니다.

학원을 두 달 다녔어요. 근데 과연 그 숫자 외우기 그런 게 몇 문제나 나올까 생각을 했어요.
아니라는 생각이 드네요. 학원강의를 뒤로하고 서점을 갔어요. 내 머리에 가장 이해될 수 있는
책이 없나 하구요. 거기서 만화를 발견했어요. 무조건 세 번 봤어요. 3개월 걸렸어요. 문제집을 보라고
했는데 그건 시행을 못했어요. 근데 합격을 했네요.
어떻게 감사의 말을 해야 될지…….
도서관에서 만화책 들고 다니니까 사람들이 비웃더라구요. 만화책으로 공인중개사를 공부한다고
미친 사람처럼 보더라구요. 근데 그거 다 감수하고 했던 내가 자랑스럽습니다.
어떻게 감사의 말을 해야 할지… 정말 감사합니다.
부디 행복하세요. 제 나이 41살에 좋은 스승을 만난 것 같습니다.
엎드려 감사드립니다.

－본사 홈페이지에 독자분이 올린 메일 中 에서 발췌－

2008년 봄 그들이 온다!!

권왕무적의 초우, 궁귀검신의 조돈형, 삼류무사의 김석진, 태극검해의
한성수, 프라우슈 폰 진의 김광수, 흑사자의 김운영, 송백의 백준 등

총 20여 명에 이르는 호화군단의 인더북 이북 연재 확정!!
그 외에도 많은 정상급 작가들의 이북 연재 런칭 예정!!

**포도밭 그 사나이, 새빨간 여우 등의 로맨스 정상급 작가
김랑의 작품을 이북 연재로 만나다!!**

오직 인더북에서만 독점 연재!!

아쉬움을 남기고 1부에서 막을 내린 **권왕무적 시리즈의 2부** 등 인기 작가들의 수준 높은
미공개 작품들이 시중에 책으로 출간되지 않고, 오직 인더북에서만 연재됩니다.

COMING SOON! INTHEBOOK.NET

1. 인더북의 이북 유료연재는 2008년 1월 말 ~ 2월 중순경 오픈
2. 인더북에 연재되는 작품들은 시중에 출판되지 않은 작품들로 엄선

*이북 유료연재의 새로운 도전! 그리고 새로운 시작! 인더북!!
곧 새로운 모습의 이북 연재 사이트로 여러분께 다가가겠습니다.*